"이건 생각지도 않은 손님이군.
아니……, 벡터 신의 인도라고 해야 되려나?"

검은 로브의 남자 § 야젠 노인 살해와 리제타 유괴 미수 사건의 주모자로 추정되는 존재.
그 정체는…….

《중앙도시 센트리아》 전
황제직할령
포도밭
유령 저택
루르 강
귀족의 사유지
숲
노르키아 호수
가도
습지대
밭
겨울의 벽
봄의 벽
중앙도시 센트리아
수검학원
센트럴 커시드럴
놀란가르스 제성
대욕탕
비룡 축사
웨스달라스 제성
비룡 발착장
묘비
이스타발리에스 제성
서더크로이스 제성
위사청사
숙박소
가을의 벽
여름의 벽
일러스트/쿠루스 타츠야

「이것은 게임이지만
놀이가 아니다.」

──「소드 아트 온라인」 프로그래머 카야바 아키히코

SWORD ART ONLINE
moon cradle

reki kawahara

abec

bee-pee

020

순백의 백합과 날개를 펼친 매.

놀란가르스 북제국의 문장이 수놓인 칠흑의 벽걸이가 붉은 화염에 휩싸여 있었다.

북센트리아 제성, 왕좌가 있는 방의 바닥에 놓인 두꺼운 융단에도 여기저기 불이 붙어 있었고, 멀리서 검과 검이 부딪히는 소리와 고함소리가 끊이지 않고 들려왔다.

검을 쥔 로니에와 티제의 약 20메르 앞에는 황금과 검은색 가죽으로 만든 놀라울 만큼 큰 옥좌가 있었고, 그곳에는 한 남자가 여유로운 태도로 앉아 있었다. 다리를 꼬고 팔꿈치를 괸 그 모습은 눈앞에 불이 나고 있어도 전혀 신경을 쓰지 않는 듯했다.

"……가장 먼저 짐 앞에 서는 것은 정합기사일 거라 생각했는데……"

끝을 뾰족하게 다듬은 회색 턱수염을 손가락으로 쓰다듬으며 남자가 말했다.

"설마 기사도 위사도 아닌 계집 둘일 줄이야……. 너희들은 수검학원 학생인가?"

거만하기 짝이 없는 그 물음에 대답할 의무는 없었다.

하지만 로니에는 본능적으로 느껴지는 엄청난 압박감을 떨치기 위해 굳이 자신의 이름을 밝혔다.

"——북센트리아 수검학원 초등연사 로니에 아라벨!"

옆에 서 있던 티제도 반쯤은 자포자기하는 듯한 목소리로 외쳤다.

"동(同), 초등연사 티제 슈트리넨!"

"호오. 진짜 검을 쥔 지 얼마 되지도 않은 병아리들에게 패배하다니, 거기 있는 멍청이도 늙긴 늙었나 보군."

남자가 힐끗 시선을 오른쪽으로 돌렸다.

융단 위에 큰대자로 쓰러져 있는 것은 백은 장식이 된 칠흑의 금속 갑옷을 입은 거한이었다. 가슴 보호대에 새겨진 것은 북센트리아 제국 근위대의 문장. 죽지는 않았지만 티제와 로니에의 연속 검기를 동시에 맞았으므로 더 이상 일어설 수는 없을 터이다.

황제경비대 대장을 자칭하는 거한과, 로니에와 티제는 이곳에서 20분 이상 격투를 펼쳤다. 둘 중 한 사람뿐이었다면 아마도 이기지 못했을 것이고, 신성술을 사용하지 않는 전통적인 검의 승부였다면 둘이 함께였다고 해도 이기지 못했을 터이다. 방 안 여기저기에서 타고 있는 화염은 로니에가 남발한 열소술(熱素術)의 흔적이었다.

강적이었지만 대장의 전투 방식은 정정당당한 것이었다.

그런 까닭에, 자신을 지키기 위해 싸웠던 충직한 부하에게 험담을 내뱉는 남자에게 로니에는 강한 분노를 느꼈다.

깊은 부상을 입지는 않았지만 대장의 호쾌한 검을 막아낸 두 팔은 둔하게 저려왔고, 무수히 많은 찰과상과 타박상도 끊임없이 쑤셔왔다. 그러나 그런 고통과 공포를 순간 잊어버리고 로니에는 소리쳤다.

"이 전쟁은 이미 끝났습니다! 지금 즉시 투항하고 근위군에게 내린 칙령을 철회해주십시오!"

왼쪽에 선 티제도 늠름하게 목소리를 높였다.

"이제 곧 정합기사와 인계수비군이 이곳으로 올 거예요! 이미 도망칠 곳은 없다고요!"

사실 이런 투항 권고를 해야 할 사람은 북센트리아 제성 공략을 지휘하는 정합기사 듀솔버트 신서시스 세븐이어야 했다. 실제로 이곳으로 이어지는 회랑 입구까지는 로니에와 티제가 속한 부대를 그가 이끌고 있었다.

그러나 듀솔버트는 성의 서문을 공격 중인 부대가 열세라는 소식을 듣고 로니에 일행에게 "먼저 가!"라고 명령한 뒤 지원에 나섰고, 부대의 위사들도 회랑을 수비하는 근위군을 유인하며 "먼저 가!"라고 하는 통에 최종적으로 두 사람만 옥좌가 있는 곳에 돌입하게 된 것이었다.

이렇게까지 작전을 서두른 것에는 이유가 있었다.

훗날 ≪4제국의 대란≫이라고 불리게 되는 이번 전쟁은, 인계의 4제국을 통치하는 네 명의 황제가 불과 한 달 전 설립된 인계통일회의에 대해 공리교회를 사유화한 반역자라고 단정하는 연명(連名)의 칙령을 내리고, 직속 근위군을 센트럴 커시드럴에 침공시킴으로써 일어난 것이었다.

근위군에 소속된 기사와 병사들은 결코 이계전쟁 때 공격해왔던 붉은 기사들처럼 절대적인 적이 아닌, 똑같이 센트리아에 사는 인계의 백성이었다. 그렇기 때문에 그들의 희생은 최소한으로 막아야만 한다――라는 것이 인계통일회의의 대표검사에 취임한 키리토의 의사였다.

만약 모든 정합기사와 신성술사들로 하여금 센트럴 커시드럴에 틀어박혀 방어에 전념하게 하고, 센트리아 시가지에 주둔한 인계수비군에게 후방을 공략하게 하면 근위군을 전멸시키는 일도 가능할 것이다.

그러나 키리토는 그 작전을 채택하지 않고, 거의 대부분의 정합기사를 커시드럴로부터 탈출시킨 뒤 수비군과 합류시켜 4제국의 제성으로 돌입하라고 명령했다. 이 전쟁을 최소한의 희생으로 종결시키기 위해서는 네 명의 황제를 붙잡아 칙령을 철회시키는 수밖에 없었기 때문이었다. 그런 까닭에 같은 부대의 위사들은 자신들이 미끼가 되어 근위군 대부대를 유인하면서, 로니에와 티제에게 옥좌가 있는 곳으로 돌입하는 중대한 임무를 맡긴 것이었다.

지금쯤 키리토와 부대표검사인 아스나는 얼마 되지 않는 하위 기사와 위병, 신성술사와 함께 커시드럴 방어를 이어나가고 있을 것이다. 아무리 인계 최강의 검사라고 해도 4제국의 근위대가 밀려드는 가운데 동서남북의 성문을 지켜내는 일이 쉬울 리 없었다.

1분 1초라도 빨리 칙령을 파기시켜 북센트리아에서의 전투를 끝내야 한다.

그런 결의를 담아 외친 두 사람이었지만, 왕좌의 남자——놀란가르스 북제국 황제 쿠르가 놀란가르스 6세의 차갑고 단정한 얼굴은 미동조차 하지 않았다.

"……네 년들과 같은, 이름도 들어본 적이 없을 법한 하급 작사의 여식이 짐 앞에서 엎드리기는커녕 검을 겨누는군. 이것 하나만 보아도 통일회의인가 하는 것이 우리 인계의 질서와

안녕을 파괴하는 녀석들이라는 것은 분명하겠지?"

대범한 태도로 그렇게 말한 뒤, 황제는 왕좌 옆에 있는 작은 원탁에서 수정으로 된 잔을 들더니 짙은 자색의 액체를 입에 머금었다.

황제가 마시는 와인은 황제 가문의 직할령과 대귀족의 사유지 중에서도 솔루스와 테라리아의 은혜를 가장 많이 받은 토지에서 만들어진 것으로, 한 병의 가격이 하급 작사의 한 달 치 월급 이상——이라는 이야기를 로니에는 과거 아버지로부터 들은 적이 있었다. 그 포도밭을 모두 밀밭으로 바꾸면 북 센트리아 시 전체가 소비하는 밀을 모두 충당할 수 있을 것이라는 말도.

그런 사치를 허용하는 치세가 일그러지지 않을 리 없었다.

"상급 작사가 인계를 위해 무엇을 했죠?!"

검 끝을 황제 얼굴에 겨누며 로니에가 소리쳤다.

"지난 이계전쟁에서 인계를……, 거기에 사는 사람들을 지키기 위해 싸운 것은 일반민인 위사와 하급 작사뿐입니다!"

"맞아! 대귀족은 모두 성이나 영지에 틀어박혀서 벌벌 떨기만 했으면서!"

그렇게 소리치며 티제는 검이 아니라 왼손 검지를 황제에게 들이대었다. 명확하게 귀족재결권에 의해 징벌 대상이 되는 행위였다. 이때 처음으로 황제의 높은 콧대에 희미하지만 불쾌한 듯한 주름이 잡혔다.

"……당연하지 않느냐?"

잔 속의 와인을 빙글빙글 돌리며 황제는 그렇게 말했다.

"하급 작사와 위사 놈들이 해야 할 일은 목숨을 바쳐 짐을 지키는 일이다. 그리고 짐이 해야 할 일은 제국의 민초를 올바르게 이끄는 일. ……그래. 지금까지는 북제국의 영토만이 내 지배하에 있었지만, 최고사제 예하가 깊은 잠에 빠지신 동안 공리교회가 정체를 알 수 없는 녀석들에게 농단되고 있으니 그 과오도 바로잡지 않으면 안 되겠지. 인계통일……. 그 과업을 이루는 건 천하디 천한 일개 검사 따위가 아니라, 이 쿠르가 놀란가르스인 것이다!"

높은 목소리로 그렇게 선언하더니 황제는 와인을 단숨에 마시고 술잔을 바닥에 던졌다.

비싼 수정잔이 산산조각 나 흩어지는 가운데 지배자는 천천히 옥좌에서 일어나 측면에 세워둔 장검을 잡았다.

로니에가 지금까지 본 적이 없을 정도로 화려하고 아름다운 장식이 된 진홍색 칼집에서 거울처럼 반짝이는 칼날이 뽑혀 나왔다.

순간 세 계단 위에 있는 옥좌에서 차가운 바람 같은 것이 불어왔고, 자신도 모르게 로니에는 살짝 오른쪽 다리를 뒤로 뺐다. 하지만 바로 멈추고, 힘껏 몸을 앞으로 내밀었다.

전투에 참여하지 않았다고 해서 황제나 대귀족이 검을 사용할 줄 모르는 것은 아니었다.

물론 재작년의 수석 상급수검사 월로 리반틴처럼 매일 엄격한 단련을 쌓는 상급 귀족은 드물 것이다. 하지만 키리토의 설명에 따르면 상급 귀족은 그들에게 부여된 특권인 중앙도시 근교에서의 수렵을 일상적으로 행하여 권한 레벨을 상승시킨다고 했다. 또한 귀족의 자제들은 거의 예외 없이 수검학원에 입학하므로 최저한의 검술을 습득할 기회도 있었다.

그런 만큼 황제라면 어린 시절부터 전속 교사에게 검의 영재 교육을 받았을 테고, 또 대형 짐승을 사냥할 기회도 많았으리라. 지금 황제가 들고 있는 보검도 우선도에서는 로니에와 티제의 인계군 제식검보다 훨씬 높았다.

후방의 회랑에서는 위사대가 근위군과 싸우는 소리가 계속해서 들려오고 있었다.

좌우 벽에 걸려 있던 제국의 문장을 수놓은 벽걸이 천들이 차례차례 불에 타 떨어졌다.

화염에 비친 황제의 장검이 눈부실 만큼 붉게 빛났다.

하급이라고 해도 로니에 역시 작사 가문의 후손이었다. 어렸을 때부터 마음속에 새겨온 제국과 황제 가문에 대한 외경심과 충성심은, 설사 검을 겨누고 있다 해도 지워지지 않았다. 그러나 지금의 로니에는 맹목적인 복종보다 더 소중한 것이 있음을 알고 있었다.

키리토와 유지오는 지금의 두 사람과 마찬가지인 수검학원 학생이었을 때, 인계의 지배자인 반신인(半神人) 최고사제 어드미니스트레이터와 싸웠다.

필사적으로 센트럴 커시드럴을 지키고 있을 키리토를 위해서라도――그리고 인계가 맞이해야 할 새로운 시대를 위해서라도 물러날 수는 없었다.

"끝끝내 칙령을 철회하지 않겠다고 하신다면……, 여기서 당신을 베겠습니다!"

제식검을 오른쪽 어깨 위로 치켜들며 로니에가 소리쳤다.

옆에 있는 티제도 기본인 중단 자세에서 아인크라드류 검술 자세로 바꾸었다.

웃음기를 지운 황제 쿠르가가 하늘을 찌르듯 보검을 들어 하이 노르키아류의 당당한 자세를 취했다.

왕좌 뒤쪽에 걸쳐져 있던 가장 거대한 벽걸이에 불이 옮겨 붙은 바로 그 순간, 로니에는 힘껏 바닥을 차며 앞으로 튀어 나갔다.

갑자기 그 바닥은 실체를 잃었고, 새까맣고 커다란 구멍이 입을 벌렸다.

비명도 지르지 못한 채 로니에는 그 구멍 속으로 떨어졌다.

그리고──.

1

"허억!"

등에 가해지는 충격에 그런 비명이 목구멍에서 나왔다.

얼굴에 휘감긴 천을 걷어내며 어둠 속에서 잠시 허둥대다가 이곳이 자신의 침실이라는 사실을 깨달았다. 아무래도 침대에서 떨어진 모양이었다.

아직 창밖은 어두웠다. 손으로 더듬어 모포를 회수한 뒤, 다시 침대로 올라갔다.

2월 하순이 되어 조금 따뜻해진 것을 느낄 수 있는 날도 늘었지만 해가 뜨기 전은 여전히 추웠다. 센트럴 커시드럴에도 암흑계의 제성 옵시디아처럼 온수 난방 장치가 있었으면 좋을 텐데……라고 생각하며 모포로 몸을 단단히 말은 뒤 휴우 하고 한 차례 심호흡.

로니에는 그다지 잠버릇이 고약한 편은 아니——었지만, 바닥에 떨어질 만큼 심하게 허우적거린 건 그날의 꿈을 꾸었기 때문이리라. 평소에는 일어나는 순간 내용을 잊어버리는 경우도 많았지만, 오늘 밤의 꿈은 여전히 머릿속에 남아 있었다.

이계전쟁이 종결되고, 중앙도시로 귀환한 게 인계력 380년 11월 중순. 12월에는 인계통일회의가 발족되었고, 4제국 대란이 촉발된 건 381년 2월이었으므로 로니에와 티제가 북제국 황제 쿠르가 놀란가르스와 검을 섞은 것은 정확히 1년 전의 일이었다.

꿈을 꾼 것은 그 때문일까, 애당초 사람은 왜 꿈을 꾸는 걸까……? 같은 것들을 생각하며 다시 잠의 요정이 찾아오기를 기다렸지만, 눈꺼풀은 좀처럼 무거워지지 않았다. 그래도 3분 정도 더 버티었지만 창밖에서 오전 다섯 시를 알리는 종의 머뭇거리는 듯한 음색이 들려오자 포기하고 상체를 일으켰다.

이번에는 두 발부터 바닥을 딛고 두터운 가죽 숄을 걸친 뒤 테이블 위의 램프로 손을 뻗었다. 램프 중간쯤에 있는 커다란 나사를 돌리자 유리로 만든 등피(燈皮)에 채워져 있던 물이 아래쪽 용기로 흘러들었고, 안에 들어 있던 달걀 크기의 광석이 자연 발화하면서 노란색이 섞인 부드러운 빛을 발했다.

이틀 전에 암흑계에서 귀환할 때 키리토는 어느 사이엔가 이 옵시디아 특산 광석 램프를 기룡의 화물칸에 열 개나 넣어와 사람들에게 선물로 주었다. 로니에와 티제도 하나씩 받아 바로 사용하고 있는데, 불을 붙일 때는 물을 동체에 내려 보내기만 하면 되고, 불을 끄는 것은 램프를 거꾸로 세워 물을 등피 안으로 되돌리기만 하면 된다. 사용하기가 너무 간단해 종래의 기름 램프는 물론이고 커시드럴에서 보급이 진행 중인 빛 엘레멘트 램프와 비교해도, 엘레멘트를 생성시키는 수고가 필요하지 않은 만큼 사용하기 쉬웠다.

물론 광석——현지에서는 루미노석이라 부르는 듯하다——도 무한대로 빛을 발하는 게 아니고, 계속 불을 끄지 않고 있으면 나흘 정도면 수명이 다한다고 한다. 즉, 로니에를 비롯해 램프를 받은 사람들이 이 램프를 사용할 수 있는 것은 아껴써도 1개월 정도이기에 아깝다고 생각하게 되지만, 키리토는 언젠가 루미노석을 암흑계에서 대량으로 수입하고 싶다고 생각하는 모양이었다.

일정량의 물에 담가놓지 않으면 제멋대로 발화하므로 장거리를 운반하기 위해서는 대책이 필요했지만, 만약 루미노석을 안정적으로 공급받을 수 있다면 센트리아의 밤도 더욱 밝아질 것이고, 난민의 유입이 이어져 일거리가 줄어든 옵시디아 쪽 사정도 조금은 안정되지 않을까.

그렇다고는 해도 광석 하나로 암흑계의 상황이 좋아질 리는 없었다. 지력과 양력이 부족해 인구에 비해 농작물의 수확이 너무 적다는 근본적인 문제를 해결하기 위해 키리토는 이런저런 시도를 하고 있었지만, 아직 좋은 결과로 이어지지는 않는 모양이었다.

이런 상황에서 키리토가 가장 희망을 걸고 있는 것은 언더월드 전체를 둘러싼 ≪최후의 벽≫ 그 너머였지만, 이쪽 역시 문제는 많았다. 생명체는 절대 넘을 수 없다고 하는 무한한 절벽을 기룡이라면 정말 넘을 수 있는 걸까……? 설사 넘는다고 해도 그 너머에 새로운 대지가 펼쳐져 있을까? 어쩌면 그저 ≪허무≫만 존재하는 건 아닐까?

"…………그렇다고 하더라도……."

작게 중얼거리며 이어지는 생각을 가슴속에 갈무리한 뒤, 로니에는 다시 이동했다.

선반 위의 검걸이에서 검은 가죽의 검집에 들어가 있는 장검을 들었다. 그리고 서랍에서 작은 나무 상자도 꺼낸 뒤 테이블로 돌아왔다.

검집과 똑같은 검은 가죽이 감긴 자루와 초승달을 본뜬 백은의 날밑을 가진 검은, 불과 닷새 전에 부대표검사 아스나로부터 받은 것이었다. 우선도는 39, 신기라고는 할 수 없었지만 수습기사에게는 너무나 과분한 검이었다.

조용히 검집에서 모습을 드러낸 도신은 광석 램프의 빛을 받아 아름답게 반짝였지만, 일부분에 작은 흠집이 나 있었다. 옵시디아 성의 맨 꼭대기 층에서 이스칸 총사령관과 셰이타 대사의 딸 리제타를 유괴한 검은 로브의 남자의 왼팔을 베었을 때 생긴 것이다.

검의 천명 자체는 꼬박 이틀 동안 칼집에 넣어두었으므로 이미 회복되어 있었지만, 얼룩이나 흠집은 손질을 하지 않으면 사라지지 않는다.

검을 테이블에 놓고 나무 상자를 열었다. 먼저 면으로 만든 하얀 천으로 도신과 날밑, 자루를 닦아 얼룩을 지웠다. 이어서 남제국산 은빛 사슴의 가죽에 연마유를 뿌리고 도신을 정성스럽게 닦았다.

수검학원 시절의 키리토와 유지오는 자주 이런저런 이야기를 나누며 밤하늘검과 청장미검을 손질하곤 했었다. 그 모습을 가까운 곳에서 지켜보는 것이 로니에는 무척이나 좋았다. 티제와 함께 그들을 수행하는 보좌연사로 있었던 한 달 반이, 17년 인생에서 가장 즐겁고 가장 빛났던 날들이었다고 지금도 생각한다.

이계전쟁과 4제국의 대란이 종결되고, 평화가 찾아온 커시드럴에서의 생활이 즐겁지 않은 것은 결코 아니었다. 검기와 술식, 심의를 수련하는 일은 힘들었지만 지금의 나날이 영원히 계속되기를 진심으로 빌었다. 그러나 가끔씩 티제의, 혹은 키리토의 얼굴에 그늘이 지는 것을 볼 때마다 유지오가 이제 없다는 사실을……, 그의 존재가 얼마나 큰 것이었는지를 의식하게 되었다.

키리토와 유지오, 로니에와 티제. 그렇게 넷이서 보낸 시간은 무척이나 소중했고 무엇과도 바꿀 수 없는 것이었다. 그러나 그 시간은 영원히 사라졌으며, 두 번 다시 돌아오지 않을 것이다.

…………아니야.

어쩌면 그렇게 느끼는 건 유지오가 없기 때문만은 아닐지도 모른다.

티제의 연심과 마찬가지로, 로니에 자신의 감정도 결코 이루어질 수 없다는 가혹하기 그지없는 사실을 알게 되었기 때문인지도 모른다…….

"아……."

무심결에 손이 미끄러지면서 엄지손가락 안쪽이 칼날에 스쳤다. 검을 내려놓고 손가락을 보자 통증은 거의 없었지만 얕은 자상 위로 피가 방울져 나오고 있었다.

반사적으로 빛 엘레멘트를 생성시키려고 든 왼손을 로니에는 다시 내려놓았다. 엄지를 입술에 대고 혀끝으로 상처를 핥았다. 금방 피는 멎었지만 상처가 다 아물려면 약간의 시간이 걸릴 터이다. 그러나 이것은 검을 만지고 있으면서 딴 생각을 한 자신에 대한 벌이었다.

손질을 마친 도신을 마지막으로 부드러운 헝겊으로 얼룩 하나 없도록 닦은 뒤 검집에 다시 검을 넣었다.

≪달그림자검≫이라는 이름을 지어준 지 얼마 되지 않은 새로운 애검과, 지금부터 조금씩 인연을 쌓아가야 한다. 이 검을 완전하게 사용할 수 있게 될 무렵이면 틀림없이 주체할 수 없는 감정도 정리가 될 것이다.

일어서서 검과 손질 용구를 선반에 돌려놓은 뒤 숄을 침대에 던지고 잠옷도 단숨에 벗어 던졌다. 순간 부르르 몸이 떨리면서 작게 재채기를 한 번.

사람은 왜 재채기를 하는 것일까? 다음에 꿈을 꾸는 이유와 함께 키리토에게 물어봐야지……. 그런 생각을 하며 로니에는 기사복이 들어 있는 옷장으로 향했다.

인계력 382년 2월 23일.

새벽 무렵부터 내리기 시작한 차가운 비가 커시드럴 50층 ≪영광의 대회랑≫을 둘러싼 커다란 유리창을 촉촉하게 적시고 있었다.

이곳은 대회랑이라는 이름처럼 벽의 위쪽으로 난간이 있는 통로가 둥글게 설치되어 있었다. 로니에와 티제는 그곳으로 올라가 눈 아래에서 진행되는 회의를 지켜보고 있었다.

왜 원탁 근처가 아니라 회랑인가 하면, 파나티오가 맡긴 아기 벨체가 높은 곳에 있을 때 기분이 더 좋기 때문이었다. 물론 대회랑 자체가 50층에 있는 만큼 지상으로부터 200메르 이상 떨어져 있었지만, 두터운 벽과 튼튼한 유리창으로 막혀 있기 때문에 한 살짜리 아기는 높다는 것을 실감하지 못하는 듯했다.

"저기, 로니에. 옵시디아에서 셰이타 님의 아기도 봤지?"

티제가 꾸벅꾸벅 조는 벨체를 부드럽게 흔들며 속삭였다.

"응, 밀크도 줬는걸."

"그래? 좋겠다. 아직 3개월 정도겠지? 귀엽겠다……."

"그거야 뭐, 머리카락은 엄청 부드럽고 눈은 무척 초롱초롱하고……."

로니에의 말에 티제의 눈빛이 흔들렸다.

"그렇구나……. 벨체도 자고 있으면 귀엽지만, 역시 남자아이와 여자아이는 다르잖아. 셰이타 님이 다음에 귀국하실 때 데리고 오시려나……?"

아마 그렇겠지 하고 대답하려다가, 로니에는 그 말을 그대로 삼켰다.

셰이타와 이스칸의 딸 리제타가 한나절에 불과했지만 유괴되었다는 사실을 로니에는 아직 단짝에게 이야기하지 않았다. 키리토로부터 오늘 회의에서 보고할 때까지 아무에게도 말하지 말라는 이야기를 들었기 때문이지만, 자신의 마음속에서도 그 사건과 관련된 의문과 위화감이 며칠이 지나도 해소되기는커녕 늘어가기만 했다.

유괴범이 리제타를 노린 이유는 이해가 갔다. 키리토를 협박하기 위해서는 리제타 이상의 유효한 인질은 그다지 없을 것이다. 굳이 말하자면 부대표검사 아스나 정도겠지만, 그녀를 유괴하고 감금할 수 있는 악당이 지금의 언더월드에 있을 것이라고는 생각하기 어려웠다.

하지만 유괴한 수법 쪽은 여전히 수수께끼 투성이였다.

경비는 엄중했었고, 비록 커시드럴보다는 낮지만 500메르나 되는 높이의 옵시디아 성 최상층까지 침입해 리제타를 유괴한 뒤, 열릴 리 없는 50층——왕좌가 있는 방의 창문을 열고 그곳에 잠복해 있었다. 범인은 키리토의 기지로 발각당했고, 로니에에게 왼팔을 베인 뒤 창문으로 뛰어내렸지만 사체는 발견되지 않았다.

50층 창문이 열렸을 때, 유괴범의 가슴에 걸려 있던 보석이 붉게 빛나는 것을 로니에는 분명히 보았다. 그것을 들은 총사령관 이스칸은 이계전쟁에서 죽은 암흑계의 황제 벡터의 왕관에도 비슷한 보석이 박혀 있었다고 말했다.

또 이스칸은 유괴범이 암살자 길드의 수하라고 추측했지만, 그 길드는 이미 해산된 상태인 듯했다. 게다가 유괴범이 성내 사람들을 혼란시키기 위해 사용한 인조생물 ≪미니언≫은, 마찬가지로 심하게 약화된 암흑술사 길드밖에 생산할 수 없는 것이라고 했다.

대체 암흑계에서는……, 그리고 인계에서는 무슨 일이 일어나고 있는 걸까?

누군가, 무슨 짓을 하려고 하는 것일까……?

"——뭐, 이상이 옵시디아 성에서 일어난 일의 개요려나?"

갑자기 귀에 회의장에서 이야기하는 키리토의 목소리가 들려와, 로니에는 제정신을 차렸다.

"뭐야……, 그쪽에서 그런 일에 휘말렸던 거야?!"

아무래도 로니에가 머릿속으로 더듬고 있었던 것과 같은 것을 키리토도 아래쪽에서 설명한 모양이었다. 친구의 얼굴을 힐끗 보고 로니에는 어깨를 움츠리며 고개를 끄덕였다.

"으응……. 그래도 나한테 딱히 위험한 일은 없었어."

"아기를 유괴한 녀석을 칼로 베려고 달려들었으면 충분히 위험했잖아! 하여튼……, 보좌는 지도생을 닮는다더니 딱 그 말대로네."

"학원에 그런 격언이 있었나……?"

로니에가 고개를 갸웃거리는 동안에도 아래쪽에서는 회의가 진행되고 있었다.

"——일어나고 만 것에 뭐라 말하고 싶진 않습니다만, 대표검사님, 저는 저번에 분명히 말씀드렸습니다! 모든 업무는 그 일에 천직인 사람이 있다고 말입니다!"

강철의 활을 연상시키는 굵은 목소리의 주인공은 정합기사 듀솔버트 신서시스 세븐이었다. 아직 오전이었기 때문인지, 평소의 적동색 갑옷이 아닌 동남풍의 얇은 옷차림이었지만 엄한 질책은 변함없었다.

"옵시디아 성에도 많은 위사가 있었을 겁니다. 적을 상대하는 것은 그들에게 맡기시란 말입니다! 지금 대표검사님은 인계의, 아니, 전 언더월드의 중추십니다. 만약 몸에 무슨 일이라도 생기면 이 세계에 얼마나 큰 혼란이 벌어질지, 누구보다 더 잘 아시리라 생각합니다!"

듀솔버트가 말을 마치자 평소에 그를 진정시키는 역할을 하는 2대 기사단장 파나티오 신서시스 투도, 어느 정도 진지한 어조로 말했다.

“나도 이번만큼은 듀솔버트의 말에 찬성이야. 꼬마……가 아니라 대표검사님 본인이 직접 검을 들고 적과 싸우는 시대는 이제 끝났다고 생각해줬으면 좋겠어.”

그 말에 동석하고 있던 렌리 신서시스 트웬티세븐과 커시드럴의 각 부처 우두머리들도 똑같이 머리를 끄덕였다.

회의라고 하기보다 꾸지람을 듣는 자리가 된 대원탁 북쪽 자리에 앉은 검은 옷의 대표검사는 미묘한 표정을 지으면서도 무게감이 부족한 어조로 반격을 시도했다.

“아, 뭐 나도 여러분들이 무슨 말을 하고 싶어 하는지는 알지만……. 그래도 선대 베르쿨리 기사장도 혼자 휙 하고 한끝 산맥까지 날아가서 암흑기사와 싸우고 그랬잖아? 직함이 대표라든가 대장이라든가 해도, 역시 안전한 곳에서 혼자 잘난 척해서는 신뢰를 얻지 못한다고 할까…….”

──말하는 내용 자체는 훌륭했지만, 왠지 어린아이의 핑계로밖에 들리지 않는 게 키리토 선배답다고 하면 선배다운 모습이네.

하고 회랑 위의 로니에가 생각하고 있을 때──.

“베르쿨리 각하와 대표검사님은 입장이 다릅니다!”

라는, 지금 막 벼려낸 칼날처럼 날카로운 목소리가 회랑 가득 울려 퍼졌다.

발언자는 지난 번 회의에는 참가하지 않았던, 늘씬한 몸매의 기사였다.

유려한 형태의 갑옷은 어슴푸레한 연둣빛. 좀처럼 보기 힘든 진한 녹색 머리카락은 의자에 앉아 있으면 바닥에 닿을 만큼 길었지만, 그래도 남자였다. 그의 뒤에는 끝에 가죽으로 만든 덮개를 씌운 장창이 아무것도 의지하지 않은 채 바닥 위에 홀로 서 있었다.

긴 머리의 기사는 키리토를 매섭게 쳐다보며 거듭 소리쳤다.

"베르쿨리 각하는 최고사제 어드미니스트레이터 예하의 뜻에 따라 인계와 공리교회를 지키기 위해 오랜 시간 전투를 계속하셨던 겁니다! 하지만 대표검사님은 다른 사람에게 명령을 받고 있지 않습니다……. 그렇다면 본인 자신에게 더욱 엄격해지셔야 하지 않겠습니까?!"

그 말에 키리토는 살짝 몸을 빼면서도 반론을 시도했다.

"하, 하지만 그런 식의 이론이라면 나도 나 자신에게 이런저런 명령을 했다고 하면 괜찮……."

그 순간, 기사가 철컹 하고 갑옷을 울리며 반쯤 일어섰다.

그러나 다시 한 번 질책이 날아가기 전에 현 기사단장 파나티오가 재빨리 끼어들었다.

"조금 진정하도록 해, 네기 꼬마."

"제 이름은 네기가 아닙니다! 네르기우스입니다!"

노한 목소리로 외쳤지만, 의외로 얌전히 다시 앉는 기사의 이름은 네르기우스 신서시스 식스틴. 백 년 이상이나 공리교회를 수호해온 고참급 상위 정합기사였다.

인계의 작명법에 따르면 네르기우스라는 이름은 고결함과

과감함, 명민함을 의미하는 것이었다. 하지만 로니에는 그의 신기 ≪맹람창(萌嵐槍)≫의 유래를 들은 뒤 이름에서 다른 의미를 떠올리게 되었다.

웨스달라스 서제국 변경에 있는 어느 농촌에선 예전부터 리코네기라는 품종의 파가 유명했다고 한다. 보통 파보다 두 배는 길고 세 배나 굵으며 네 배는 더 달콤하고 맛있다——라는 건 선전 문구겠지만, 어쨌거나 옛날 옛적 한 농부가 자신의 밭 한쪽에 유난히 키가 큰 리코네기가 자라고 있는 것을 보았다.

농부는 기뻐하며 더욱 크게 자라도록 매일 열심히 가꾸었다. 파는 점점 더 자라 금세 키가 1메르를 넘고, 2메르를 넘었다.

이윽고 괴물 파의 소문이 퍼지면서 가까운 마을과 도시에서 많은 구경꾼들이 몰려들게 되었다. 그 모습에 농부는 욕심이 생겨, 괴물 파를 수확하지 않은 채 파 앞에서 기도를 드리면 좋은 일이 생긴다는 이야기를 퍼뜨려 구경꾼들로부터 돈을 받게 되었다. 그 사이에도 파는 3메르, 4메르까지 계속 자랐고 굵기도 50센에 다다를 정도였다. 원래는 하얀색이어야 할 뿌리 부분은 은색의 금속성 광택을 띠었고, 잎의 녹색 부분도 매일 그 선명함이 더해졌다.

수개월이 지났을 무렵 농부는 자신의 밭에 이상이 생겼음을 알아차렸다. 새로 씨를 뿌린 리코네기의 새싹이 전혀 자라지 않는 것이었다. 생육 부진은 인접한 다른 사람의 밭까지 퍼졌고, 이윽고 마을의 농민들 사이에서는 이 이상 사태의 원인이 농부가 소중히 기르는 괴물 파라는 소문이 퍼지게 되었다.

결국 촌장의 지시가 떨어졌고, 농부는 괴물 파를 처분해야만 하게 되었다. 그 무렵에는 높이가 7메르에 이른 파를 농부는 우선 소를 이용해 뽑으려고 했지만 꿈쩍도 하지 않았고, 이어서 도끼를 사용해 베어내려고 했지만 도끼의 날이 들어가지도 않았다. 어쩔 수 없이 뿌리 쪽을 파내려고 하자, 갑자기 하늘이 어두워지더니 엄청난 폭풍이 마을을 덮쳤다.

바람과 비는 하루 종일 미쳐 날뛰었고, 겨우 그쳤을 때 마을의 리코네기 밭은 광활한 진흙탕으로 변했지만 밭 한가운데에는 괴물 파가 홀로 우뚝 서 있었다――.

네르기우스의 맹람창은 최고사제 어드미니스트레이터가 그 괴물 파를 장창으로 바꾼 것이라고 한다. 우선도는 신기급이었지만 꽤나 개성적인 특수 효과를 가지고 있어, 받침대 없이도 바닥이나 지면에 혼자 설 수 있고 아무리 쓰러뜨리려고 해도 절대 쓰러지지 않는 모양이었다.

그 창의 소유주도 마찬가지로 외골수인 성격으로 공리교회를 위해 오랜 세월 헌신한 고결한 기사였지만, 로니에는 그다지 좋은 인상을 가지고 있지 않았다. 왜냐하면 네르기우스는 최고사제 어드미니스트레이터를 쓰러뜨린 뒤 심신상실 상태였던 키리토를 반역자로서 처형해야 한다고 누구보다도 강하게 주장한 인물이었던 것이다.

선대 기사장 베르쿨리가 강경파를 설득했기에 즉각적인 처형은 피할 수 있었지만, 기사 앨리스가 키리토를 데리고 센트리아를 떠날 수밖에 없었다고 들었다. 게다가 네르기우스를 필두로 한 무리는 이계전쟁에 참가하지 않고 커시드럴과 한 끝산맥 방어를 위해 남았기 때문에, 그런 의미에서도 정신적인 거리감을 느낄 수밖에 없었다.

스스로를 진정시키기 위해서인지 네르기우스는 원탁에 준비된 찻잔을 들고 단숨에 마셨다. 조금이나마 부드러워진 분위기에 다시 새로운——하지만 이번에는 무척 느긋한 목소리가 울렸다.

"뭐, 이런 거죠. 키리토 선생께서 뭐든 너무 혼자서 다 처리해버리시니 저희들 입장에서는 신용을 얻지 못한 것 같아 섭섭하거든요. 그렇지, 네기오?"

그 말을 들은 네르기우스가 빈 찻잔을 든 채 오른쪽 옆자리를 노려보면서,

"아무도 섭섭하다고는 말하지 않았어!"

하고 으르렁거렸지만 ≪네기오≫라는 이상한 애칭에는 이의를 제기하지 않았다. 받아들였다기보다는 포기하는 경지에 이른 듯했다.

발언한 사람은 네르기우스와 동년배——물론 외관상 그렇다는 것이지만——인 청년 기사였다. 네르기우스보다 키가 약간 더 크고 조금 더 건장했다. 머리카락은 2, 3센 정도로 짧게 깎은 단발이었고 갑옷 색깔은 보라색이 섞인 청색. 무기는 일반적인 장검으로 당연한 말이지만 바닥에 혼자 서 있는 것이 아니라 왼쪽 허리에 차고 있었다.

이름은 엔토키아 신서시스 에잇틴. 역시나 고참급 상위 기사였지만, 그 역시 이계전쟁에는 참가하지 않았다. 네르기우

스와 마찬가지로 지난 몇 달 동안 얼굴을 보지 못한 것은 두 사람이 남제국에 출장을 가 있었기 때문이다. 아주 오래 전에 막혀버린, 한끝산맥을 관통하는 터널을 다시 사용할 수 있을지 조사하기 위해서였다.

엔토키아의 발언에 회의장에서는 렌리 다음으로 어리게 보이는 키리토가 검은 머리를 긁적이며 대답했다.

"으음……. 네르기우스 씨와 엔토키아 씨가 무슨 말을 하는지는 알지만, 역시 탑 안에서 명령만 하는 건 적성에 안 맞거든. 게다가 내가 뭐든 혼자서 처리하는 것도 아니고. 실제로 두 사람은 남제국에서 중요한 업무를 처리해주었잖아……."

"거기! 바로 거기입니다!"

갑자기 엔토키아가 큰 목소리를 내는 바람에 키리토가 놀라 상체를 일으켰다.

"거, 거기라니 어디?"

"저희들을 부를 때 이름 뒤에 씨는 안 붙여도 괜찮습니다. 저는 엔키, 네기오는 네기오라고 부르면 거리감이 훨씬 더 줄어들고……."

"그만해! 네가 무슨 짓을 하든 상관없지만 나까지 끌어들이지 마!"

정말 당황한 듯 네르기우스가 소리치자 로니에 옆에서 티제가 작게 웃었다. 바로 아차 하는 표정을 지었지만, 아무리 정합기사라도 멀리 떨어진 회랑 위에서의 소리는 듣지 못할 것이다.

"……나쁜 사람들은 아닌 것 같네……. 아마도."

티제의 속삭임에 로니에도 살짝 고개를 끄덕였다.

"예전에 파나티오 님이 이런 말을 했었어. 우리가 진심으로 키리토를 믿을 수 있는 건, 한 차례 진심으로 싸웠기 때문이라고. 아마 듀솔버트 님이나……, 앨리스 님도 그랬을 거라 생각해. 네르기우스 님과 엔토키아 님은 키리토 선배와 유지오 선배가 커시드럴에 있을 때는 한끝산맥에서 경호 임무를 하고 있었으니까……."

"그런가……. ──그건 그렇고, 엔토키아 님은 대체 왜 선배를 ≪키리토 선생≫이라고 부르는 거지?"

"글쎄……."

두 사람이 동시에 고개를 갸웃거리는 동안 아래쪽에서는 듀솔버트가 힘차게 손뼉을 치더니 이야기를 본제로 되돌렸다.

"자네들 두 사람과 대표검사님의 친목 도모는 회의가 끝난 뒤 하도록 하게. 지금은 급한 안건에 대해 이야기를 해야 하니까."

그 말을 들은 네르기우스는 자세를 바로 하며 고개를 끄덕였고 엔토키아도 두 손을 들어 알겠다는 표시를 했다.

"그럼……, 대표검사님의 이야기에 따르면 인계와 암흑계를 다시 분쟁으로 이끌려는 세력이 존재하는 것은 분명한 모양이군. 만약 그 검은 로브의 남자의 계략이 성공해서 대표검사님이 옵시디아에서 공개처형을 당했다면, 겨우 궤도에 오른 교류사업은 확실하게 중지……. 그대로 과거처럼 전쟁 상태에 돌입해도 이상하지 않겠지."

듀솔버트의 그 말에 가장 젊은 기사 렌리 신서시스 트웬티

세븐이 동의했다.

"작사 제도를 개혁하고, 사유지 백성을 모두 해방시킨 이후 중앙도시에서 키리토 님의 인기는 엄청나니까요……. 황제 벡터를 쓰러뜨린 영웅이라는 사실만으로도 충분한데, 사정(司正)에서도 수완을 발휘했으니 당연하다면 당연한 것이지만요."

그 말을 들은 키리토는 로니에의 예상대로 마음이 불편한 듯 어깨를 움츠렸다.

"아니, 제도 개혁의 실무를 담당한 건 공리교회의 국장들이고, 솔티……세루루트 장군이며 리반틴 사범, 또 상급 귀족들 중에서도 협력해준 사람들이 있었으니까. 내가 말하지 않았더라도 어차피 사유지는 해방되었을 거야. ……게다가……"

잠시 머뭇거린 뒤, 조용한 목소리로 말을 이었다.

"……중앙도시의, 아니, 인계 사람들은 내가 최고사제와 원로장을 죽인 사실을 몰라. 인계통일회의에 대한 지지는 결국 공리교회에 대한 신앙심과 같은 것이니까 말이야……. 시민들은 지금도 최고사제가 커시드럴 최상층에서 몇 번째인가의 휴면기에 들어갔다고 믿고 있잖아? 그게 거짓말이고 실은 내가 베었다는 사실이 공표되면 내 인기 같은 건 순식간에 날아갈 거야."

키리토의 말에 다시 네르기우스의 표정이 험악해졌다.

당연히 나중에 들은 이야기지만 최고사제 어드미니스트레이터가 죽은 직후, 기사장 베르쿨리는 당시 센트럴 커시드럴에 있던 모든 정합기사들을 이곳 영광의 대회랑에 모아 기사 앨리스로부터 들은 공리교회의 비밀을 대부분 밝혔다는 듯하다.

최고사제가 다가오는 암흑계와의 전쟁에 대비해 무수히 많은 검을 뼈처럼 조합한 거대 괴물을 만들려고 한 것. 그리고 그 목적을 위해 인계에 사는 백성 절반을 검으로 전환시키려고 했다는 것.

게다가 정합기사단의 상위 기관으로서 많은 명령을 내렸던 원로원이 실질적으로는 원로장 튜델킨 한 사람에 의한 조직이었다는 것. 갑자기 모습을 감춘 기사는 튜델킨이 조종하는 ≪딥 프리즈≫라고 하는 신성술에 의해 강제로 깊은 잠에 빠졌다는 것——.

네르기우스를 포함한 강경파가 키리토 처형론을 억지로나마 철회한 것은 원로원에서 얼음에 싸인 일곱 명의 정합기사를 직접 눈으로 보았기 때문인 듯했다. 현재도 딥 프리즈 술식의 해석은 끝나지 않은 채로, 그들은 커시드럴의 상부에서 여전히 잠든 상태였다.

그리고 또 한 가지. 똑같이 키리토를 반역자로 여겼던 최후의 정합기사 엘드리에 신서시스 서티원이 이계전쟁에 참가하여 동쪽 대문 방어전에서 목숨을 잃은 일도, 완고했던 네르기우스와 같은 자들의 태도에 영향을 끼쳤을 것이다……라고 수업 중에 듀솔버트가 말한 적이 있었다.

로니에와 티제는 기사 엘드리에와는 동쪽 대문의 주둔지에서 몇 번인가 스치고 지나간 적이 있을 뿐, 이야기를 나눌 기회는 없었다. 그러나 연보랏빛 머리카락을 휘날리며 상쾌하게 걸음을 옮기던 아름다운 기사의, 어딘가 우울한 듯한 표정은 기억에 선명하게 남아 있었다.

기사장 베르쿨리는 최고사제의 비밀을 대부분 기사들에게 밝혔지만 딱 한 가지 말하지 않은——아니, 말할 수 없었던 것이 있었다.

그것은 바로 정합기사단 최대의 비밀인 ≪신서사이즈 비의≫였다.

경이적인 힘을 가진 정합기사는 최고사제의 기도에 의해 신계에서 인계로 소환되고, 사명을 다하다 목숨을 잃으면 다시 신계로 돌아간다……는 것으로 되어 있다. 하지만 그 이야기를 믿는 건 당사자인 정합기사들뿐이었다.

실제로는 4제국 통일 무술대회에서 우승할 정도의 검력이나 금기목록에 저항할 정도의 정신력을 가진 자를 커시드럴로 끌고 와, 그때까지의 기억을 봉인하고 신계 운운 하는 거짓 기억을 불어넣음으로써 정합기사로 만드는 것이었다.

그런 위태로운 허구가 수백 년이나 지탱해온 건, 기본적으로 정합기사는 일반 백성들과 접촉하지 않았기 때문이다. 말을 섞는 것은 법을 어긴 자를 처벌할 때뿐이었고, 그나마 그런 일은 몇십 년에 한 번밖에 일어나지 않는다.

그러므로 정합기사의 가족은 아들이나 딸이 인계에서 최고의 영예를 얻었다고 믿었고, 다른 한편의 기사 본인은 가족에 대한 것을 전혀 기억하지 못한다는 비극이 몇 번이나 반복되었다.

하지만 그런 상황도 조금씩 변하고 있었다. 이계전쟁과 4제국 대란 이후 일부 기사들은 인계수비군의 위사들을 지도하게끔 되었고, 언젠가는 간단한 이야기라도 나누게 되면 기사의 출신 성분이 화제에 오르는 일도 있을 것이다. 머지않아 정합기사는 원래 인간이었고 신계 같은 건 존재하지 않는다는 사실을 모든 기사들에게 밝혀야 할 때 올 것……이라고 키리토는 복잡한 표정으로 말했다.

그렇다——지금도 키리토는 너무나도 많은 난제를 짊어지고 있는 것이다.

만약 내가 수습이 아니라 원탁에 앉을 권리가 있는 정기사였다면, 설령 상대가 백 세 이상의 고참 기사라 할지라도 함부로 말하지 못하게 할 텐데……라는 생각을 하며 로니에는 회의장 쪽으로 귀를 계속 기울였다.

자신이 최고사제를 베었다는 키리토의 위험하기 짝이 없는 발언에는 파나티오도 듀솔버트도 곧바로 반응을 할 수 없는 듯했다. 무게감이 느껴지는 정적을 가장 먼저 깬 것은 기사 네르기우스였지만, 그의 목소리는 의외로 침착했다.

"……대표검사님의 과거 행적을 이곳에서 문제 삼을 생각은 없습니다. 저도 암흑계와의 관계에서 항구적인 평화를 구축할 수 있다면 그것이 최선의 길이라고 생각하니까요."

파트너의 발언에 엔토키아도 동의했다.

"저도 그 말에 이의는 없습니다. 사실 금기목록을 아무리 찾아보아도 최고사제님과 싸워서는 안 된다……는 말은 적혀 있지 않으니까요."

그 말에 최고참급 기사 두 사람이 어이가 없다는 듯 한숨을 내쉬었다.

확실히 그런 조항은 없는지도 모르지만, 애당초 금기목록의

제1조 제1절 제1항에는 어떤 사람이라도 공리교회에 반역해서는 안 된다고 분명히 적혀 있었다. 지하 감옥에서 탈옥하여 몇 명의 정합기사들을 쓰러뜨리며 커시드럴을 올라와 원로장과 최고사제와 싸운 것은 분명 교회에 대한 반역 행위……라고 로니에도 생각했다. 수습 기사가 되어 금기목록과 제국기본법의 준수 의무에서 벗어난 지금도 자신이 그런 일을 할 수 있으리라는 생각은 전혀 들지 않았다.

그렇지만 한편으로는 당시 키리토와 유지오에게는 과거 최고사제 어드미니스트레이터와 동격의 존재였던 또 한 명의 최고사제 카디널이 협력하고 있었다. 키리토와의 싸움으로 빈사 상태에 빠진 파나티오를 치료한 것도 카디널이었던 데다, 그녀는 어드미니스트레이터와의 싸움에서 목숨을 잃었다고 한다.

그런 까닭에 금기목록에 기술되어 있는 ≪공리교회≫란 구체적으로 무엇을 가리키는 것일까……? 하는 법 해석의 문제로도 발전되고 만다. 예전에는 금기목록의 조문에 의문이 생기면 최고사제나 원로장에게 해답을 구하면 되었지만, 이미 그 두 사람은 존재하지 않았다. 그리고 정합기사에게도 금기목록에 대해 독자적인 해석을 할 수 있는 권리는 부여되지 않았다.

즉, 키리토 본인이 말한 것처럼 인계통일회의 대표검사라고 하는 직책은 인계에 있어서도――그리고 공리교회 내부에 있어서도 결코 흔들리지 않는 튼튼한 반석 위에 있는 것은 아니었다.

"——검은 로브의 남자에 대한 조사는 세이타와 이스칸 사령관에게 일임하는 수밖에 없겠군요."

탁상 위에 깍지 낀 두 손을 놓은 채 파나티오가 말했다.

"그자의 출신이 암흑계의 암살자 길드이든 암흑술사 길드이든 우리들로서는 손을 댈 수 없으니까요. 옵시디아에 밀정을 보낼 수도 없는 거고요."

"그런 방법은 취하지 않는 편이 나도 좋다고 생각해. 적에게 붙잡혀 오히려 이용당하게 될까봐 무섭기도 하고. 만약 누군가를 보낸다고 한다면……"

내가 가겠어, 라는 대사를 원탁을 둘러싼 모두가 예감한 듯 동시에 아무 말 없이 고개를 흔들었다.

"……아니, 뭐, 그만두지. 어쨌거나 야젠 씨 살해 사건에 대해서는 암흑계에서 올 보고서를 기다려야겠군……. ——그렇다면 커시드럴에서 신병을 확보하고 있는 산 고블린족의 오로이도 당분간은 석방이 어렵겠어……."

골똘히 생각하는 표정으로 키리토가 그렇게 말하자, 그때 처음으로 그의 옆에 앉아 있던 부대표검사 아스나가 입을 열었다. 잠자코 있었던 이유는 혹시라도 네르기우스 일행에게 심한 말을 하게 될까봐 아예 입을 다물고 있었던 건 아닐까?

"오로이 씨에게는 최대한 편의를 봐주고 있고, 매일 커시드럴의 명소 이곳저곳을 구경도 시켜주어서인지 아직까지는 연금 상태에 대한 불만은 보이지 않고 있어요. 하지만 약간의 향수병……이 아니라, 그러니까……"

슬쩍 키리토를 보았지만 그도 아스나가 입에 담은 신성어를 대체할 수 있는 적절한 인계어가 떠오르지 않는 모양이었다.

"……그러니까, 여행지에서 집이나 가족이 그리워서 기분이 가라앉은 상태를 이쪽에서는 뭐라고 하지?"

아스나의 말에 기사들과 국장들이 모두 고개를 갸웃거렸다.

"흐음……, 그게 어떤 기분인지는 알겠는데 저희들은 가족이 없고 집도 이곳 커시드럴이니까요……. 한마디로 표현하라고 하신들……."

듀솔버트의 신음소리를 들으며 로니에와 티제는 서로의 얼굴을 쳐다보았다. 여행지는 아니었지만 수검학원의 기숙사에서 그런 감정을 종종 느낀 적이 있었고, 그것을 어떻게 부르는지도 알고 있었다. 티제가 옆구리를 찌르는 바람에 어쩔 수 없이 회랑에서 몸을 내밀고 소리쳤다.

"저기, ≪회향증≫일 거라 생각합니다!"

회의장 안에 있던 모두가 로니에를 쳐다보며 그렇군 하는 얼굴로 고개를 끄덕였다. 서둘러 몸을 움츠리자 로니에의 큰 목소리에 놀랐는지 티제의 품 안에서 벨체가 몸을 꿈틀거렸다. 그러나 티제가 살짝 강하게 흔들자 음냐음냐 중얼거리며 다시 잠에 빠졌다.

"회향증이라, 고마워 로니에."

아스나는 회랑 위의 로니에를 향해 살짝 손을 흔든 뒤 설명을 이어갔다.

"그러니까, 오로이 씨에게 그 회향증이 나타나는 듯하니까 이제 2, 3일 뒤면 나가고 싶다고 할 것 같아요. 그때까지 사건이 해결되면 괜찮겠지만……."

"아무리 그래도 사흘 안에는 어렵겠죠. 옵시디아에서 올 기마 전령이 아무리 서두른다고 해도, 편도 2주는 걸리니까요."

파나티오의 말을 키리토가 보충했다.

"게다가 조사에 걸리는 시간이 플러스……되어야 하겠지. 역시 셰이타 씨의 보고를 기다리기만 할 게 아니라 이쪽에서도 조사할 수 있는 건 조사해야겠어……."

"하지만 야젠 노인을 살해한 흉기인 단검은 사라졌잖습니까? 사건의 목격자도 없고, 딱히 피해자에게 살해될 이유도 없으니, 어떻게 조사를 시작해야 할지 난감하네요."

엔토키아의 어조는 가벼웠지만 내용에는 무게감이 있는 지적에 일동은 다시 침묵에 빠졌다.

몇 초 뒤, 조심스럽게 손을 든 것은 아스나와 마찬가지로 지금까지 침묵하고 있었던 인물이었다.

얼룩 하나 없는 흰색 로브를 단정하게 입고 갈색 머리카락을 하나로 땋아 내린 여성. 이름은 아유하 프리아, 젊은 나이에도 공리교회 신성술사단 단장으로 발탁된 재원이다.

신성술사단은 예전에는 수도사단으로 불리었으며 인계 전체의 교회 조직을 총괄하고 있었다. 모든 도시와 마을의 중심부에는 반드시 교회의 지부가 있고, 신성어로 ≪브라더≫ 혹은 ≪시스터≫로 불리는 술사들이 상주하고 있었는데, 지역에 따라서는 촌장이나 시장과 동등하거나 그 이상의 발언력을 가지고 그들을 감독함으로써 은연중에 권력을 유지해왔다.

게다가 수도사단을 총괄하는 네 명의 상급 사제는 어떤 의미에서는 상급 귀족 이상의 권세를 누렸다고 하는데, 기사장 베르쿨리가 동쪽 대문 방어전에 출전할 것을 요구하자 네 사람은 모두 그것을 거부했다. 인계수비군에 참가한 약 300명의 수도사 태반이 하위 혹은 중위 술사들로 공격술이 뛰어난 상위 신성술사는 불과 100명, 사제 계급을 가진 자는 거의 전원이 커시드럴에서 나오려고 하지 않았다고 한다.

이계전쟁이 종결되고 인계통일회의가 발족된 직후, 네 명의 상급 사제는 모두 사적으로 재물을 챙겨왔던 사실이 발각되어 센트럴 커시드럴에서 추방되었다. 수도사단 자체도 신성술사단으로 재편되어 초대 단장으로 뽑힌 사람이 오등작사 가문 출신의 아유하 프리아였다.

아유하는 대문 방어전뿐 아니라, 인계수비군 미끼부대에도 참가하여 수도사들의 중심으로써 마지막까지 격전을 치러냈다. 같은 부대에 있었던 로니에는 하얀 로브를 부상자의 피로 빨갛게 물들인 채 필사적으로 치유술을 영창하는 그녀의 모습을 기억하고 있었다. 술력은 상위 정합기사 정도는 아니었지만, 술식과 매체에 관련된 지식은 발군이었고 무엇보다 성실하고 상냥했다.

로니에도 신성술을 배운다면 아유하에게 배우고 싶다……고 계속 생각했지만, 유감스럽게도 두 사람의 선생님은 아유하의 여동생이자 신설된 대도서실의 사서이기도 한 소네스 프리아라는 신성술사로, 이쪽은 무척 엄격했다. 부대표검사도 소네스의 강의를 듣고 있지만, 평소에는 거대한 나무처럼 흔들리지 않는 아스나마저도 가끔 불평을 할 정도니 정말로 엄격한 사람이라고 할 수 있었다.

소네스도 이 회의에 참가할 자격은 있었지만, 그녀는 웬만한 일이 아니면 대도서실에서 나오지 않았다. 선대 사서가 도서실에 쳐놓은 술식을 빨리 해석하지 않으면 무슨 일이 일어날지 알 수 없다……고 했는데, 무슨 의미인지 정확히는 알 수 없었다.

손을 든 아유하는 파나티오의 재촉을 받고 차분하고 침착한 목소리로 발언했다.

"그 건에 대해서는 신성술사단 쪽에서 미력하나마 협력할 수 있을지도 모르겠습니다."

"어머……, 무슨 말이지?"

"얼마 전부터 금기목록 위반자를 색출하기 위해 만들어진 ≪자동화 원로기관≫을 구속하는 술식의 해석을 진행하고 있었습니다만……. 아무래도 그 불쌍한 원로들은 금기목록을 위반한 자를 즉시 발견해내는 일뿐 아니라, 어느 정도 과거로 돌아가 감시하는 일도 가능했던 것 같습니다."

"과거로……?"

중얼거린 파나티오뿐 아니라 다른 기사들과 국장들도 모두 고개를 갸우뚱거렸다.

그런 가운데 키리토가 덜컹 소리를 내며 몸을 내밀더니 빠른 어조로 물었다.

"자, 잠깐만……. 그 말은 서버의 로그……가 아니라 그, 과거에 일어났던 사건을 영상으로 재생이 가능하다는 건가? 설마……, 아니, 그렇지만 불가능한 일은 아니야……. 만약 시스템이 금기목록 위반을 검출해서 그 시점에 창을 열어도 위반 행위 그 자체는 이미 완료된 거니까 과거를 들여다보지 않으면 실제로 무슨 일이 일어났는지 확인할 수 없겠지. ——그 술식은 며칠 정도 과거로 거슬러 올라갈 수 있는 거지?"

"현재로서는 하루 단위로 거슬러 올라가는 일은 어렵습니다, 대표검사님. 제가 술식을 시험해보았지만, 부하가 너무 커 30분을 거슬러 올라가는 게 한계였습니다. 사건이 일어난 직후 과거시술(過去視術)을 사용했다면 좋았겠지만, 문헌이 발견된 것이 어제여서……."

안타까운 목소리로 아유하가 대답하자 키리토는 곤혹스러운 표정으로 팔짱을 끼었다.

무언가를 열심히 생각하는 듯한 대표검사를 대신해 부대표검사가 입을 열었다.

"아유하 씨, 조금 전 '술식의 부하가 너무 크다'고 했는데 구체적으로 어떤 느낌이죠?"

"네, 말로 정확히 설명하는 것은 어렵지만……. 머릿속을 엄청난 양의 소리와 빛이 흘러가는 느낌이랄까, 그 가운데에서 목적했던 정경에만 집중하는 일이 어렵습니다. 게다가 한번 과거시술을 사용하면 한계까지 소모되는 탓에……. 더 효율적인 술식으로 재조합하는 일은 가능하겠지만, 그것도 시간이 걸릴 것 같습니다."

"그렇군……. 고마워요, 아유하 씨."

아스나가 감사를 표하자 술사단의 단장은 살짝 쑥스러운 듯이 고개를 끄덕였다.

정합기사와 달리 신성술사는 천명이 동결되지 않는다. 그렇기 때문에 아유하 역시 겉모습대로——아마도 스물 두셋 정도의 나이로 보였지만, 극히 드물게 표정을 지을 때는 여동생인 소네스 사서보다도 분위기가 어리게 느껴졌다.

그렇게 느끼는 건 소네스의 표정이 너무 변화가 없기 때문인지도 모르지만……. 로니에가 그런 생각을 하고 있는 순간, 다시 대표검사의 목소리가 들렸다.

"——프리아 사단장, 과거시 술식의 해석을 계속해서 부탁하고 싶지만 부디 무리가 없는 범위 내에서 부탁해. 오로이 씨에 대한 케어는 남센트리아의 숙박소에 체류 중인 그의 동행자들도 커시드럴로 불러 대처하는 게 좋을 것 같아. 식사도 가능한 한 고향의 맛을 느낄 수 있도록 내가 요리장과 의논해 볼께."

키리토와 아스나의 말에 가끔씩 섞이는 익숙지 않은 신성어에 대해서는, 회의 참석자들을 비롯해 로니에와 티제도 나름대로 이해할 수 있었다. ≪케어≫라는 말은 신경 쓰다 혹은 걱정하다, 돌보다라는 의미로 겨우 두 글자로 그런 의미를 표현할 수 있으니 확실히 효율적이었다.

"그런 일이라면 제가 할 수 있습니다만……"

커시드럴에서 자재관리국의 국장으로 있는, 사각형 안경을 쓴 40대 남자가 입을 열었지만 키리토는 곧바로 고개를 흔들었다.

"아니, 난 현지에서 몇 번인가 식사를 얻어먹은 적이 있거든……. 완전히 처음부터 조사를 하려면 시간도 많이 걸릴 테니까."

그렇게 말하는 이상, 인계를 벗어난 적이 없을 터인 국장은 물러설 수밖에 없었다.

산 고블린족의 식사는 척박한 산기슭에서 겨우 길러낸 퍼석퍼석한 보리와 황야에서 채취한 나무 열매와 들풀이 주식이었고, 날랜 바위쥐와 계곡에서 잡은 갑옷송어가 가끔 먹을 수 있는 진수성찬이었다. 비슷한 식재료를 센트리아에서 재현하는 것은 어렵겠지만, 그 부분은 요리장의 실력을 믿는 수밖에 없었다.

키리토의 말로 사건에 관련된 논의가 일단 끝을 맺자, 아유하가 다시 손을 들었다.

"다음으로 신성술사단의 인원 보충에 대해 보고하겠습니다."

"겨우 심사가 끝난 모양이네, 수고 많았어……. 그럼 보고 부탁해."

파나티오가 치하의 말을 건네자 사단장은 가볍게 목례를 한 뒤 백마지 다발을 꺼냈다.

"——현재 신성술사단은 수습을 포함해 총원 352명으로, 이계전쟁 전의 500명일 때와 비교하면 여전히 인원이 부족합니다. 진행 중인 ≪치료원 확대 계획≫을 조기에 실현하기 위해서라도 증원을 서둘러야 합니다. 일단 2월 중에 수습술사를 30명……."

"잠깐만."

말을 자른 것은 탁상 위의 과자를 우물우물 먹고 있던 엔토키아였다. 오늘 과자는 아스나 부대표가 주방에서 친히 만든 ≪마카롱≫이라는 이계의 과자——라는 사실을 아는 사람은 도운 로니에와 티제뿐이었지만, 엔토키아는 상당히 마음에 든 모양이었다.

절반쯤 먹은 천도복숭아 과즙이 들어간 분홍색 마카롱을 모두 입에 밀어 넣은 뒤, 짧은 머리의 기사는 말을 이었다.

"수습술사를 늘리는 일에 불만은 없지만, 병아리가 한 사람 몫을 하기 위해서는 몇 년이 걸리는 거지? 그렇다면 커시드럴을 나간 녀석들을 다시 부르는 방법을 생각해보는 것도 좋지 않을까? 녀석들도 슬슬 머리가 식었을 테니까."

엔토키아의 제안에 원탁에 앉은 사람뿐 아니라 로니에와 티제도 얼굴을 마주보았다.

그러고보면 네 사람의 상급 사제가 추방된 뒤, 그들을 뒤따르듯 술사들이 100명 가까이나 커시드럴을 떠났다. 대부분이 인계수비군으로의 합류를 거부한 자들이었기에 로니에는 마음속으로 '마음대로 하라지' 하고 생각했지만, 인격은 차치하더라도 기술과 관련해서는 인계에서 최고급 술사였음은 분명했다. 만약 나갔던 100명이 돌아오면 신성술사단의 인원 부족도 단숨에 해소……되겠지만.

"으~~~~음……."

긴 신음 소리를 낸 뒤 키리토는 원탁 구석에 앉은 인물에게 얼굴을 돌렸다. 원탁은 완전한 원형이므로 구석도 가운데도 없었지만, 그 인물이 앉은 위치만은 왠지 항상 어두침침한 것이 묘하게도 구석이라는 느낌이 들었다.

"샤오 씨, 공리교회를 나간 술사들은 그 뒤에 뭘 하는지 알고 있어?"

대표검사에게 의견을 요구받은 건 담백한 갈색과 회색 옷을 입은 자그마한 여성이었다. 이름은 샤오 슈카스, 커시드럴 정보국의 국장이었다.

정보국은 인계통일회의 발족 뒤에 신설된 부서로, 과거에는 원로원이 장악하고 있었던 정보 수집을 주요 업무로 삼고 있었다. 그렇다고는 하나 아직 인원도 적었고 무엇보다 샤오 국장이 어떤 사람인지도 로니에는 전혀 모르고 있었다.

짙은 갈색 머리카락을 여성으로서는 한계까지 짧게 자른 샤오는 소곤소곤 속삭이는 듯한……, 그런데도 회랑 위의 로니에 일행에게도 들리는 신비한 목소리로 대답했다.

"모든 술사를 추적하고 있는 것은 아닙니다만, 인계 각지의 교회 지부에 자리를 구한 사람들이 가장 많습니다. 그리고 큰 도시에 있는 학원의 교사가 되거나, 드물게는 유복한 협력자를 구한 경우 자신의 기도소를 개설하는 정도……입니다."

억양이 거의 느껴지지 않는 목소리는 기사와 같은 박력은 전혀 느껴지지 않았지만, 소녀 기사 리넬과 피젤은 샤오 국장의 지시에 따라 여기저기를 돌아다니는 모양이었다. 대체 어떤 식의 명령 계통이 구축된 것일까? 로니에로서는 도무지 이해할 수 없었다.

"흐음……. 의외로 성실하게 바로 재취업을 하는 듯한 느낌이군……."

키리토의 말에 샤오가 살짝 고개를 끄덕였다.

"다만 파악이 가능한 것은 커시드럴을 떠난 술사 중 7할 정도로, 나머지 3할은 지금 어디에 있는지, 무엇을 하는지 현재로서는 추적 불가능……입니다."

"그런가……. 고마워, 정보국의 증원도 조만간 검토해볼게. 그리고 엔토키아 씨의 아이디어는, 아직 이쪽에서 접촉하는 것은 시기상조라는 생각이 들어. 그들에게도 마음의 응어리가 있을 테니까……. 하지만 교회 지부와 학교에서 일하는 술사들은 어쩌면 치료원의 확대 계획에 협력할지도 모르니까 검토는 해볼게. ──프리아 사단장, 중단시켜서 미안했어. 계속 해줘."

"그……, 그럼……"

샤오의 발언 중에 먹고 있던 마카롱을 급히 밀어 넣고 차와 함께 삼킨 아유하가 다시 백마지 위로 시선을 떨어뜨렸다.

"음, 이번 달 말까지 들어올 예정인 수습술사 30명 말입니다만, 내역은 센트리아 시내에서 29명, 시 외에서 한 명입니다. 명단을 읽겠습니다……."

가볍게 헛기침을 한 뒤 새롭게 커시드럴에 입성할 젊은이들의 이름을 아유하는 촉촉하고 아름다운 목소리로 열거하기 시작했다.

최고사제가 지배하고 있던 시절에는 귀족이든 일반민이든 자신이 원해서 백아의 탑에 들어오는 방법은 많은 무술 대회를 거쳐 4제국 통일대회에서 우승하는 방법밖에 없었다. 설사 그 영광을 손에 쥔다 하더라도 ≪신서사이즈 비의≫로 기억이 지워져야 하지만 말이다.

그렇다면 기사가 아닌 수도사나 수도녀, 사제들은 어떻게 충원되는 것일까? 그들 중 대다수는 교회 안에서 태어나고 자란 사람들이었다. 그렇지만 부모의 사랑으로 태어난 아이들……로 충원되는 것이 아니었다. 최고사제 어드미니스트레이터가 수도사들의 재능과 성격을 검토한 뒤 발탁된 남녀에게 명령해 아이들을 태어나게 하는 것이었다.

즉, 수도사들의 대부분은 커시드럴에서 태어나고 자란 사람들이었다. 그런 술사들이 잘도 탑 밖에서 일을 하는구나 하고 로니에는 감탄도 했지만, 정합기사와 달리 수도사들은 예전부터 교회 지부를 감독하거나 물자를 구매하기 위해 거리에 나갔던 만큼 일반민의 삶에 대해서도 알 기회가 있었던 듯했다.

그러나 최고사제가 죽은 이후, 당연히 명령으로 태어나는 아이는 없었으므로 현재 커시드럴 내에 있는 12살 이하의 아이들이 모두 수습술사가 되면 술사단의 인원은 더 이상 늘어날 수 없었다. 게다가 천직 선택의 자유를 부여받은 아이들이 술사의 길을 걸으리라는 것도 보장된 게 아니었다.

그렇기에 외부로부터 신성술사를 보충하는 것은 반드시 필요한 일이 되었고, 어드미니스트레이터 시대에 특출난 재능 때문에 예외적으로 외부에서 초대——실제로는 강제였던 모양이지만——되어 신성술사가 된 아유하 프리아가 새로운 신성술사단 단장을 맡게 된 것도 그런 사정과 관련이 있으리라…….

그런 생각을 하며 로니에는 거침없이 호명되는 이름에 멍하니 귀를 기울였다.

"……이상, 서센트리아로부터 여섯 명이었습니다. 이어서 북센트리아에서 채용한 다섯 명입니다. 북센트리아 교회 지부의 브라더 수습 이하루 다리크 13세, 마찬가지 브라더 수습 마시옴 토루젤 14세, 시스터 수습 레논 시무키 13세, 시스터 수습……."

"역시 대부분 교회 아이들이네."

티제의 속삭임에 로니에는 "그야 그렇겠지"라고 말하려고 했다. 그러나 다섯 번째 북센트리아 출신 수습술사의 이름을 들은 순간, 무슨 말을 하려고 했는지 잊어버리고 말았다.

"……그리고 북센트리아 수검학원의 상급수검사 프레니카 세스키 17세."

""뭐……어어어어어어어————————?!""

두 사람이 동시에 절규한 순간, 티제의 품에서 벨체가 번쩍 눈을 떴다. 남색 눈동자에 금세 커다란 눈물방울이 맺히더니 둑이 터지듯 큰 소리로 울기 시작했다.

두 사람은 일단 회의장을 향해 꾸벅꾸벅 머리를 숙인 뒤, 필사적으로 벨체를 달래면서도 계속 서로의 얼굴을 쳐다볼 수밖에 없었다.

어느 쪽이 먼저랄 것도 없이 입 꼬리가 올라가면서 웃고 말았다. 당장 티제와 이런 저런 이야기를 하고 싶었지만, 회의가 끝날 때까지는 참아야만 했다.

뜻하지 않은 두 사람의 방해에 보고를 중단했던 아유하 사단장이 가볍게 헛기침을 하고 다시 이름을 읽기 시작했다.

"으음, 이상 북센트리아에서 다섯 명이었습니다. 그리고 마지막으로 시외에서 한 명……. 놀란가르스 북제국 북부 근교 루리드 마을 교회 지부의 시스터 수습 세르카 투베르크 15세."

"뭐……어어어어어어어———————?!"

하고 절규한 건 로니에도 티제도 아니었다.

지금까지 원탁의 상석에서 살짝 졸린 얼굴로 보고를 듣고 있던 대표검사였다.

2

"하아……. 그 반응은 정말 실수였어……."

두 손으로 머리를 감싼 채 깊이 한숨을 쉬는 대표검사를 보며 로니에, 티제 그리고 아스나는 동시에 킥킥 하고 웃음 소리를 냈다.

긴 회의가 겨우 끝나, 벨체를 파나티오에게 돌려준 로니에 일행은 점심을 먹기 위해 10층 대식당으로 향하려 했지만 계단을 올라가기 직전 아스나가 불렀다. 점심을 같이 먹자는 말에 거절할 이유는 당연히 없었으므로 바로 승낙했다. 그렇게 두 사람이 부대표검사와 함께 간 곳은 센트럴 커시드럴 95층 ≪효성의 망루≫였다.

사방이 기둥뿐인 개방된 공간으로, 바닥 대부분은 아름다운 화초와 맑은 수로가 있는 정원으로 꾸며져 있는 이곳 95층은 사실상 현재 커시드럴의 최상층이었다. 96층으로 올라가기 위한 계단은 아스나가 신력으로 만들어낸, 파괴가 불가능한 문으로 봉인되어 이제는 정합기사뿐 아니라 대표검사인 키리토조차 올라갈 수 없었다.

정원의 한쪽에는 하얀 테이블이 놓여 있었고, 세 사람보다 몇 분 늦게 모습을 나타낸 키리토는 의자에 앉자마자 풀이 죽은 목소리로 중얼거렸다. '그 반응'이란 물론 세르카 투베르크라는 이름을 듣는 순간 놀라 소리를 지른 것을 의미했다.

로니에와 티제도 프레니카의 이름을 들은 순간 소리를 내고 말았지만, 그녀와는 과거 수검학원의 초등연사 기숙사에서 같은 방을 쓴 사이였으므로 두 사람이 놀라는 것도 무리는 아니었다.

그러나 키리토의 경우는 상황이 다소……, 아니, 상당히 복잡했다.

키리토와 유지오가 북쪽 변경의 마을 루리드를 떠난 뒤 많은 시련을 극복하고 수검학원의 학생이 되었다는 이야기를 로니에와 티제는 보좌 시절 들었지만, 커시드럴에서는 그런 일화가 알려져 있지 않았다.

왜냐하면, 키리토 일행이 센트리아를 목표로 한 이유는 똑같이 루리드 마을 출신으로 지금은 전설적인 존재가 된 황금의 정합기사 앨리스 신서시스 서티를 공리교회로부터 되찾기 위해서였기 때문이다.

정합기사는 천계로부터 소환된 신의 사자라는 최고사제의 거짓말을 여전히 많은 기사가 믿고 있는 현 상황에서는, ≪정합기사의 출신지≫와 관련된 정보는 비밀로 할 수밖에 없다. 거기에다 금기목록을 위반한 어린 앨리스를 루리드에서 연행해온 사람은 현재 인계통일회의에서 중요한 역할을 하고 있는 듀솔버트 신서시스 세븐이었는데, 그에게는 그런 기억이 존재하지도 않았다. 듀솔버트 자신은 ≪신서사이즈 비의≫에 대한 진실을 어느 정도 아는 모양이었지만, 젊은 기사들을 배려해서인지 굳이 이야기를 꺼내지 않았다.

오전 중 회의에서 키리토는 세르카 투베르크의 이름을 듣고 놀란 이유를 "예전에 신세를 진 사람의 이름과 비슷해서"라고 설명했지만, 그 모습이 얼마나 어색한지 파나티오를 비롯해 다른 이들이 바로 납득한 것처럼은 보이지 않았다.

탁상에서 머리를 감싸고 있는 키리토에게 웃음을 그친 아스나가 위로의 말을 건넸다.

"뭐, 이미 지나간 일은 후회해도 소용없잖아, 키리토 군. 어차피 세르카 씨가 센트럴 커시드럴에 오게 되면 아는 사이라는 걸 모두가 알게 될 테고."

"그건 그렇지만……. 모두들 이상하게 생각하지 않도록 가능하면 준비를 해놓고 싶었어……."

"준비라고 해도, 가능한 일은 세르카 씨와 말을 맞추는 정도잖아? 나는 그것도 좀 그렇다고 생각해……."

"으음, 하긴……."

고개를 끄덕이면서도 얼굴을 들려고 하지 않는 키리토에게 티제가 살짝 주저하는 듯하면서도 말을 걸었다.

"저기……, 키리토 선배."

"응? 왜, 티제?"

대표검사가 비로소 몸을 일으켜 티제를 보았다. 붉은 머리의 친구는 다시 망설이는 듯한 표정을 짓더니, 로니에도 깜짝 놀랄 만한 말을 입에 담았다.

"전 이제 진실을 이야기하는 편이 좋다고 생각해요……. 정합기사들 모두에게 당신들도 다른 사람들과 마찬가지로 인계에서 태어났다고요."

"자, 잠깐만 티제……."

로니에는 당황해서 친구의 말을 막으려고 했다. ≪신서시스 비의≫는 현재의 정합기사단, 그리고 인계통일회의에 있어서 최대의 비밀로 수습기사가 입에 담아서는 안 될 일이라고 생각했기 때문이었다.

그러나 키리토는 미소와 함께 손을 들어 로니에를 제지하고 티제에게 시선을 돌렸다.

"응, 그건 나도 기본적으로는 찬성이야. 천계에서 소환되었다……는 말은 이제 여러가지 의미에서 무리니까 말이야. 고참급 기사 중에서도 파나티오 씨나 듀솔버트 씨, 그리고 아마 셰이타 씨 정도는 상당히 많은 진실을 알아차렸을 테니 언젠가는……. 아니, 가능한 한 빨리 모든 정합기사들에게 진실을 설명해야 할 거라고 생각해. …………다만……."

거기서 잠시 말을 멈추고 키리토는 로니에와 티제를 향해 조심스러운 표정을 지었다.

"……미안, 안 좋은 기억이 떠오르겠지만……. 두 사람 모두 기억하지? 라이오스 안티노스의 마지막을……."

그 이름을 들은 순간, 나란히 앉아 있던 로니에와 티제의 몸이 동시에 굳어버렸다.

잊을 리가 없다. 라이오스 안티노스는 두 사람이 키리토와 유지오의 보좌로 있을 당시의 수석 상급수검사였다. 자신의 보좌연사로 있던 프레니카를 가혹하게 다루었고, 그 건으로 항의하는 로니에와 티제를 고등 귀족에게 부여된 ≪귀족재결권≫을 무기로 구속한 뒤 능욕하려고 했었다.

절체절명의 순간 키리토와 유지오가 방으로 들어와 두 사람을 구했지만, 키리토의 일격으로 두 팔이 잘린 라이오스는 지금 생각해도 한기가 느껴질 만큼 비참한 최후를 맞이했다.

대량의 출혈로 천명이 다된 것이 아니었다. 그보다 먼저 인간의 것이라고는 생각할 수 없는 기괴한 비명을 지르며 마치 영혼 자체가 소멸된 것처럼 바닥에 푹 쓰러져……, 죽었다. 그 뒤 이계전쟁에서 로니에와 티제는 인간이나 아인이 목숨을 잃는 모습을 몇 번이나 목격했지만, 그런 식으로 죽는 것은 한 차례도 볼 수 없었다.

두 사람이 자기도 모르게 몸을 떨자, 맞은편에 앉아 있던 키리토와 아스나가 동시에 몸을 내밀어 로니에와 티제의 손을 테이블 중앙으로 가져와 자신들의 손으로 꼬옥 감쌌다. 리얼월드에서 이 세계로 온 두 사람의 손은 다른 누구의 것보다 따뜻하게 느껴졌고, 로니에를 괴롭히던 냉기는 금세 사라졌다.

감사합니다, 하고 소리 없이 고개를 끄덕이자 두 사람은 무척이나 닮은 미소를 띠며 똑같이 고개를 끄덕이고 다시 의자에 앉았다. 한 차례 심호흡을 한 뒤 로니에는 다시 물었다.

"……안티노스 상급수검사의 마지막 모습과 신서사이즈 비의에 어떤 관계가 있는 건가요……?"

그러자 키리토는 바로 고개를 가로저었다.

"아니, 직접적인 관계는 없어. 단지……, 언더월드에 사는 사람들은 정신에 극도의 부하가 걸리면 누구든 라이오스처럼 될 가능성이 있어."

"네……?"

두 눈을 크게 뜨는 로니에와 티제를 향해 키리토가 다시 한 번 재빨리 고개를 흔들었다.

"무서워하지 않아도 돼. 로니에와 티제는 괜찮으니까. 그런 현상이 일어나는 건 극도로 경직된 관념에 사로잡힌 사람들이거든."

"경직된……, 관념?"

"그래. 그때 라이오스는 자신의 생명과 금기목록을 저울에 올리고 말았어. 자존심 덩어리였던 라이오스에게 자신의 생명은 무엇보다 우선시해야 할 것이었지. 그렇지만 동시에 금기목록도 어떤 일이 있어도 어겨서는 안 되는 절대적인 법이었어. 살아남기 위해 금기목록을 위반할 것인가, 아니면 금기목록을 준수하고 죽을 것인가……. 하지만 어느 쪽도 고르지 못하고 라이오스의 마음은 붕괴되고 말았던 거야."

키리토가 입을 다물자 그 이야기를 이미 들은 듯한 아스나도 두려움과 분노가 섞인 표정을 지었다. 탁상에 올려져 있던 아스나의 손을 가볍게 잡으며 키리토가 말을 이었다.

"그리고 이건 파나티오 씨로부터 들은 이야기인데, 동쪽 대문 방어전에서 자이언트족의 선대 우두머리가 이성을 잃은 듯이 날뛰었을 때도 라이오스와 마찬가지로 이상한 고함을 질렀다고 해. 자이언트족은 모든 종족 중에서 자신들이 가장 강하다고 믿음으로써 자신을 안정시키지……. 그 고정관념이 파괴되는 바람에 폭주한 거라 생각해. 문제는……, 아마도 일부 정합기사들 역시 자신이 천계에서 소환되었다는 믿음이 자이언트족의 믿음과 비슷한 정도로 중요한 정신적 기둥일지도 모른다는 거야."

평소 정합기사들이 얼마나 강한지, 얼마나 자긍심이 높은지를 보아왔던 로니에에게 키리토의 말은 적지 않은 당혹스러움을 불러 일으켰다.

물론 ≪신서사이즈 비의≫와 관련된 모든 것이 거짓이었다는 것——최고사제 어드미니스트레이터가 모든 정합기사를 속여 왔다는 사실은 엄청난 충격을 그들에게 줄 것이다.

하지만 어떤 상황에서도 흔들리지 않는, 자기 자신 외에는 그 무엇도 의지하지 않는 기사들이라면 그 사실조차도 받아들일 수 있으리라. 결코 라이오스 안티노스처럼 정신이 붕괴되지는 않을 것이다.

아니, 그런 생각은 그저 소망인 걸까? 수습기사로서 일상적으로 대화를 나누고 검이나 술식을 배우게 되었지만, 여전히 로니에가 진심으로 존경하고 동경하는 정합기사들은 그 무엇에도 상처받지 않는 절대적인 존재——였으면 하는 개인적인 감정이 그런 식으로 생각하게 만드는 걸까……?

어느 사이엔가 깊이 고개를 숙인 로니에의 귀에 의아한 듯한 아스나의 목소리가 들려왔다.

"저기, 키리토 군. 좀 궁금한 게 있는데……. 금기목록이란 건 인계의 사람들에게는 절대적인 거지? 그걸 깨려고 하는 것만으로도 정신이 붕괴될 정도로."

"응……, 맞아. 보통은 정신 붕괴에 이르기 전에 ≪오른쪽 눈의 봉인≫이 발동되서 반역적 사고를 계속할 수 없게 되지만……, 라이오스의 경우 봉인이 발동되지 않았던 것은 그 녀석이 강한 신념에 근거해 금기를 깨려고 했던 게 아니라, 금기목록과 자신의 생명 그 둘을 모두 지켜야 한다는 모순되는 사고의 루프에 빠졌기 때문인 것 같아."

"선배, ≪루프≫는 뭔가요?"

바로 질문을 던진 건 티제였다. 키리토는 조금 당혹스러운 표정을 지으면서도 설명했다.

"조심한다고 하는데도 그만 영……이 아니라, 신성어가 나와 버렸군. 루프라는 것은 고리를 뜻하는데, 그 형태에서 연상되는 ≪끝나지 않는다≫라거나 ≪반복된다≫라는 의미를 포함해……. 이렇게 설명하면 될까?"

키리토의 시선을 받은 아스나가 미소를 지으며 고개를 끄덕였다.

"대체로 맞다고 생각해. 그리고 ≪묶다≫라든가, ≪휘말리다≫라는 의미도 포함되는 것 같고."

"흠흠, 그렇구나. 정말 감사합니다!"

인사를 한 티제가 제복의 주머니――이는 신성어로는 ≪포켓≫인 듯했다――에서 백마지를 사각으로 자른 뒤 실로 묶은 작은 공책과 구리로 만든 펜을 꺼냈다. 이미 작은 글자가 빼곡하게 적힌 종이를 재빠르게 넘기더니 백지를 찾아 거기에 ≪루프≫의 의미를 적어 넣었다.

"자……, 잠깐, 티제. 그게 뭐야?"

"헤헤, 관리부에서 종잇조각을 얻어와 만들었어. 이렇게 적어놓으면 모처럼 배운 신성어를 잊어버리지 않을 수 있잖아."

"어, 언제 그런 걸……."

분명 자기보다 공부하는 걸 싫어했던 티제가 이런저런 궁리를 통해 노력을 기울이는 모습에 로니에는 조금 당황하고 말았다. 그리고는 짝꿍의 옆구리를 찌르면서 속삭였다.
"나중에 나한테도 만드는 법 알려줘."
"후후후, 왠지 뛰노는 사슴의 벌꿀 파이가 먹고 싶어지네~."
"알았어, 하여튼……."
그런 두 사람의 모습을 미소를 띠며 지켜보던 키리토가 의자 등받이에 몸을 기대며 말했다.
"빨리 설백마(雪白麻)의 증산 체제도 정비해야지——. 수확량이 지금의 세 배……, 아니, 다섯 배는 필요해."
"열 배가 되어도 여전히 부족할걸."
하고 아스나가 곧바로 대꾸했다.
"가장 이상적인 모습은 인계의……, 아니, 언더월드 전체의 아이들이 모두 노트와 구리펜을 자유롭게 사용할 수 있게끔 되는 거니까."
"그렇게 되면 좋겠어요……."
어느새 공부의 즐거움에 눈을 뜬 티제가 자신의 작은 노트를 쳐다보며 말했다.
"양피지는 너무 비싸서 저나 로니에처럼 하급 작사 가문의 아이들은 물에 지워지는 청엽련 잉크로 쓰고 지워가며 재사용했거든요. 백계초를 찧어서 만드는 상용지는 값이 싸지만 일주일이면 천명이 다해 너덜너덜해지니까……. 이 백마지를 자유롭게 쓸 수 있게 되면 어떤 아이라도 공부를 좋아하게 될 거라고 생각해요."
"맞아, 그리고 교과서도 많이 만들면 좋을 텐데……."
아스나의 말에 이번에는 로니에도 크게 고개를 끄덕였다.

양피지의 내구성과 상용지의 생산성을 겸비한 종이 재료를 찾기 위해, 한때 키리토는 온 인계를 돌아다녔다. 그리하여 어렵게 발견한 설백마는 북제국 북서부의 바위산에만 서식하는 새하얀 식물로, 그 잎과 줄기를 가늘게 잘라 큰 솥에 넣고 끓여 흐물흐물하게 만든 다음, 평평한 틀에 얇게 붓고 천명이 줄어들기 전에 열 엘레멘트와 바람 엘레멘트로 순식간에 건조시켜서 상태를 내구성이 낮은 ≪요리≫에서 내구성이 높은 ≪헝겊≫으로 바꾼 뒤, 마지막으로 대형 면봉을 여러 차례 문질러 매끄럽게 만들면 백마지가 완성된다.

한 마리의 양에서 60제곱센밖에 만들 수 없는 양피지보다 훨씬 가격이 쌌고, 내구성은 양피지에 육박할 만큼 높았다. 하지만 백계초를 가로세로로 엮어 나무 막대로 때리기만 하면 만들어지는 상용지보다는 많은 일손을 필요로 했고, 소재가 되는 설백마가 중앙도시 주변에는 없었다. 현재는 산지인 바위산에 설백마를 재배하는 밭이 일구어졌고, 센트리아에도 네 개의 제조 공장이 완성되어 중앙도시의 주민들을 대상으로 백마지의 판매가 시작되었지만 아직 상용지와 비교하면 가격이 비쌌다. 이것을 인계뿐 아니라 암흑계 아이들에게도 싸게 공급할 수 있도록 하는 것이 얼마나 힘든 일인지는 전문가가 아닌 로니에도 알 수 있었다.

그러나 키리토와 아스나는 백마지의 대량 생산만이 목표가 아닌 듯했다. 거기에 인계어와 산수, 술식을 배우는 법이 적힌 교과서까지 대량으로 만들고 싶어 하는 것 같았다.

"……만약 교과서를 한 사람이 한 권씩 가질 수 있게 된다면,

아이들은 언제든지 하고 싶을 때 공부를 할 수 있겠지만……."

로니에의 말을 티제가 이었다.

"초보 신성술 교과서도 숙련된 직인이 한 권을 베끼는 데 한 달 정도가 걸린다고 해요. 물론 굉장히 비싸구요……. 저희 아버지는 신성술이 수검학원 입학 시험 과목이라 무리해서 교과서를 사주셨지만, 그래도 글자를 흘려 쓴 모사품밖에 살 수가 없어 무척 안타까워 하셨어요. 지금도 제 보물이기는 하지만요."

사실은 로니에에게도 똑같은 경험이 있었다.

인계에서 최고급 기록물인 금기목록에 사용되는 것과 같은 ≪공리서체≫로 깨끗하게 적힌 교과서는 한 권에 1만 시아 이상이나 하기 때문에, 일반민들은 물론 하급 작사의 급료로도 살 수 없었다. 젊은 직인이 빠르게 흘려 쓴, 이른바 ≪모사품≫인 교과서는 가격이 훨씬 싸지만 그렇다고 해도 비싼 물건인 것은 마찬가지였다.

"소중히 해야지. 그리고 언젠가는……"

미소를 지으며 그렇게 말한 키리토는 거기서 한 차례 입을 다물고는 휴우 하고 한숨을 내쉬었다.

"……교과서의 대량 생산은 백마지보다 몇 배나 어렵겠지만 뭐, 차근차근 추진해야지. 시간은 많이 있으니까……."

"응……, 맞아."

고개를 끄덕이던 아스나는 조금 심술궂은 미소를 지었다.

"그렇긴 해도 키리토 군, 검기뿐 아니라 술식 시험도 있는데 용케 수검학원 입시에 성공했네?"

"아, 미리 말해두지만 난 상위 열두 명 안에 들었을……거야. 뭐, 신성술 쪽은 유지오가 옆에 붙어서 가르쳐주지 않았으면 위험하긴 했지만 말야."

그 말을 듣고 티제가 킥킥 웃었다. 그러나 그 웃음소리에는 즐거움 이외의 감정도 들어 있는 것처럼 느껴져 로니에는 입가에 살짝 미소를 머금는 일 외에는 할 수 없었다.

위로하는 듯한 미소를 짓고 있던 아스나가 원기둥 사이로 보이는 푸른 하늘을 보며 아차 싶은 표정을 지었다.

"이런, 두 사람 모두 배가 많이 고프지? 점심 먹자. 옮기는 걸 도와줄래?"

물론이죠, 하고 동시에 대답하고 일어선 로니에와 티제만큼이나 빨리 키리토도 일어섰다. 보좌연사였던 무렵부터 로니에는 이럴 때 항상 "제가 할게요" 하고 말했지만 지금도 키리토는 가만히 앉아서 기다리려고 하지 않았다. 선배는 정말 변함이 없다니까……라고 생각하며 아스나의 뒤를 따라가는데, 티제가 다시 펜과 공책을 꺼내며 말했다.

"그런데 아스나 님, ≪노트≫라는 건 공책을 말하는 거죠?"

으윽, 마음속으로 신음하며 주먹을 꽉 쥘 수밖에 없는 로니에였다.

≪효성의 망루≫보다 한 층 아래인 커시드럴 94층에는 10층의 대주방 정도는 아니지만 넓고 설비가 잘 갖춰진 조리장이 있었다.

선두에 선 아스나가 양쪽으로 열리는 문을 연 순간, 벌꿀의

달콤한 냄새와 치즈가 타는 고소한 냄새가 밀려와 로니에의 배를 더욱 고프게 만들었다.

조리장은 바닥도 천장도 하얀 대리석으로 만들어져 있었지만, 세 면의 벽 쪽으로는 커다란 선반이 잔뜩 설치되어 있었고 그 안에 수많은 종류의 식재 및 다양한 색깔의 항아리와 병이 가득 차 있어서 무척이나 화려해 보였다. 또 나머지 한 쪽 벽으로는 조리 기구가 든 찬장과 대형 솥이 늘어서 있었고, 넓은 방의 중앙에는 흰색 목재로 만들어진 커다란 작업대가 놓여져 있었다.

네 사람이 조리장에 들어가자 작업대 저편에서 날씬한 사람이 얼굴을 들었다.

얼룩 하나 없는 조리용 백의를 걸치고, 짧은 머리카락 위에 원통형 모자를 쓴 젊은 여성이었다. 정확하게는 '젊게 보이는' 이라고 표현해야겠지만.

의자에 앉아 대형 식칼을 갈고 있던 여성은 로니에 일행을 보자 조용히 일어섰다. 그리고 아스나를 향해 가볍게 머리를 숙이고는 입을 열었다.

"아스나 님, 쌈구이 요리는 오븐 안에 넣어 식지 않게끔 해두었습니다. 샐러드와 빵은 저쪽의 바구니 안에 있고요."

"고마워요, 하나. 늦게 와서 미안해."

감사의 인사를 한 뒤 아스나는 조리장 안쪽 벽에 설치된 대형 열 엘레멘트 오븐으로 다가갔다. 돌과 벽돌로 밀폐가 되도록 만들어진 공간 아래쪽에 불을 때어 전체적으로 열이 가해지는 이 조리 기구는 인계어로 ≪천화(天火)≫라 불리지만, 솔루스의 빛을 의미하는 ≪천일(天日)≫과 구별하기 위해 범용 신성어인 오븐으로 부르는 경우도 많았다. 샐러드도 빵도 당연히 범용 신성어이므로 이번에는 티제가 공책을 꺼낼 일은 없었다.

두꺼운 가죽 장갑을 낀 뒤 오븐 뚜껑을 연 아스나는 안에서 뚜껑이 덮인 커다란 그릇을 꺼냈다. 치즈 냄새는 이 그릇에서 새어 나오는 듯했다.

쌈구이 요리라고 하면 밀가루를 반죽해 만든 피 안에 여러 가지 재료를 넣고 납작한 냄비에서 구워 먹는 소박한 요리였지만, 그릇에 넣어 오븐으로 굽는 요리법은 들어본 적도 없었다. 애당초 오븐은 빵을 굽기 위한 기구인 것이다. 가슴을 두근거리며 지켜보고 있노라니 아스나는 타원형 그릇을 작업대로 옮긴 뒤 신중하게 뚜껑을 열었다.

"와아……. 이, 이게 뭔가요……?"

하고 놀란 목소리를 낸 것은 티제였다. 로니에도 동시에 고개를 갸웃거렸다.

그릇 안에서 나타난 것은 끄트머리가 살짝 타긴 했지만 희고 얇은 것이 마치 종이……, 같았다.

"후후, 이건 ≪종이쌈구이 요리≫야."

아스나가 살짝 의기양양하게 입을 연 순간, 로니에와 티제는 "네엣?" 하고 눈을 크게 떴다.

"조, 종이라니, 진짜 종이 말인가요? 백마지……?"

설마 하고 묻자, 부대표검사는 미소를 띠운 채 고개를 끄덕였다.

"커시드럴의 제지소에서 건조 과정에서 그을린 백마지를 얻어 와 시험해봤어."

"그, 그렇지만 오븐에서 구우면 종이는 눈 깜빡할 사이에 타버리잖아요?"

"상용지를 사용했을 때는 불에 탔어. 양피지는 시험해보지 않았지만 귀중한 양피지를 요리에는 사용할 수 없으니까. 하지만 백마지는 역시 내구성이 뛰어나던걸. 확실하게 역할을 해내줬어."

그렇게 말하며 아스나는 접혀 있는 백마지를 손으로 헤쳤다. 사각사각 건조한 소리는 들렸지만 부서지지는 않았다. 열 엘레멘트 오븐의 고열에 노출되었음에도 불구하고 종이는 천명을 유지하는 모양이었다.

가죽 장갑을 벗으며 아스나가 다시 입을 열었다.

"인계의……, 언더월드의 요리는 단순하지만 엄격한 규칙에 지배되잖아. 굽든 삶든 일정 시간 이상 확실하게 가열하지 않으면 ≪식재≫가 ≪요리≫가 되지 않으니까. 가열이 부족해 스테이터스……, 상태가 덜 구워졌거나 덜 익혀진 것을 먹으면 복통을 일으키고, 반대로 너무 가열하면 탄 상태가 되어 딱딱하고 쓴 맛이 나게 되지."

"네, 그렇죠……."

그것은 어머니로부터 요리를 배우기 시작한 여자아이라면 누구든지 가장 먼저 배우는 사실이었다. 조금 타더라도 덜 익은 것보다는 나으니 무엇이든 확실하게 익힐 것——그런 조언을 그리워하며 아스나의 말을 들었다.

"다만 문제는 요리가 가장 맛있는 때는 덜 익은 상태에서 다 익은 상태로 변하는 그 순간이거든. 그 이상 가열하면 가열할수록 물기가 빠져 딱딱해지고 삶는 요리도 식재의 맛이 빠져나가지. 삶아서 하는 요리는 계속 식재를 추가하며 약한 불로 가열을 계속해 수프의 맛을 포화시키는 방법도 있지만, 수고가 너무 들어가니까."

"네, 그렇죠……."

다시 고개를 끄덕이는 로니에의 입 안에서, 옵시디아 성 아래쪽 마을에서 먹었던 수수께끼투성이의 ≪옵시디아 탕≫에서 느껴졌던 개성적인 맛이 희미하게 되살아나는 것 같아 급히 입을 열었다.

"……그, 그렇지만 그것과 요리에 종이를 사용하는 건 어떤 관계가 있는 건가요?"

"응, 그래서 처음에는 식재가 다 익은 순간을 정확하게 찾아내려고 했는데 하나 씨가 말리더라고……."

아스나가 시선을 돌리자 하얀 모자를 쓴 여성은 아무런 표정의 변화 없이 입을 열었다.

"그건 요리를 천직으로 삼는 인간이 처음과 마지막에 빠지기 쉬운 함정입니다. 완성되는 순간을 백발백중으로 맞히는 것은 아무리 숙련된 요리인이라도 불가능하죠. 아주 먼 옛날 그 순간을 찾아내는 기술이 특기인, 백 년에 한 번 나타난다는 천재 요리인이 제성에 초대되어 놀란가르스 황제를 위해 요리를 한 적이 있었습니다. 전채도 수프도 최고의 완성도였지만 주 요리인 큰붉은뿔소 스테이크를 아주 약간 덜 익히고 말았습니다. 그것을 먹은 황제는 복통을 일으켰고 요리인은 귀족재결권에 의해 두 팔을 잘렸죠."

로니에와 티제가 입만 벌리고 아무 말도 못 하자 아스나가 살짝 고개를 흔들며 말했다.

"……그래서 완성되는 시간을 정확하게 찾는 것은 포기하고 기본대로 확실하게 익히기로 했어. 하지만 그 대신 시간을 들여 구워도 물기가 빠져나가지 않는 방법은 없을까 하고 하나에게 물었더니, 뚜껑이 있는 그릇에 넣어 오븐으로 구우면 어느 정도 가능하다고 알려주었지."

"헤에……, 저도 요리는 많이 배웠지만 그런 조리법은 생각도 못 했어요. 역시 최고사제님의 전속 요리인이네요."

티제가 감탄하며 말하자 하나라는 이름의 여성은 살짝 어깨를 움츠렸다.

"벌써 예전 일입니다. ——오븐에 넣어 가열해도 깨지지 않을 만큼 우선도가 높은 그릇은 이곳 커시드럴밖에 없고, 그렇게 한다고 해도 완벽하지는 않습니다……. 물기가 빠지지 않는 대신 그릇 안에 그 물이 차서 반쯤 삶아지는 형태가 되어 식재의 맛이 약해지니까요."

"그래서 처음엔 전통적인 요리법을 응용해서 식재를 밀가루 반죽으로 싸서 그릇에 넣어 구웠어. 그렇지만 역시 밀가루 피에 맛과 물기가 빠지더라고……. 밀가루 피와 같이 먹는 요리라면 그래도 괜찮겠지만 역시 식재 본연의 맛은 떨어지지. 그래서 식재를 전부 싸도 물기는 흡수하지 않고, 또 열에도 강한 게 없을까 생각해서 시험한 것이 이 백마지인 거야."

"아아……, 그래서 ≪종이쌈구이 요리≫인 거군요……."
그릇 안을 응시하며 로니에가 중얼거렸다. 그때.
"저기~, 슬슬 열어보면 안 될까요……?"
하고 지금까지 조용히 있던 대표검사가 조금 불쌍한 목소리를 내었다. 아무래도 열심히 배고픔을 참고 있었지만 한계에 도달한 모양이었다.
킥킥 웃으며 아스나가 날씬한 손가락으로 살짝 그을린 종이의 끝을 잡았다.
"사실은 실제로 시험하는 건 오늘이 처음이야. 실패하면 점심은 샐러드와 빵밖에 없겠지만, 그건 용서해줘."
"에엥?!"
키리토뿐 아니라 티제도 함께 소리쳤다. 물론 속마음은 로니에도 마찬가지였다. 대지의 은혜인 요리를 관장하는 테라리아 신에게 기도하며 아스나의 손끝을 주시했다.
사방을 몇 겹으로 감싼 종이가 한 장씩 펼쳐졌고, 마지막 종이가 좌우로 열린 순간, 무어라 표현하기 어려울 정도로 고소한 냄새가 삽시간에 퍼져나가 로니에를 살짝 비틀거리게 만들었다.
주요 식재는 흰살생선으로 버섯과 채소, 향초가 듬뿍 올라가 있었고 그 위에 치즈가 녹아 있었다. 확실하게 익은 것은 한눈에 알 수 있었지만, 냄비로 구웠을 때와 달리 전혀 타거나 오그라들지 않았다. 물기도 거의 빠지지 않은 듯했다.
"잘된 것 같군요."
하나의 말에 아스나도 고개를 끄덕였다.

"그러게. 식기 전에 먹도록 할까? 키리토 군, 접시 다섯 장 부탁해."

몇 번이나 사양했지만 결국 아스나의 설득을 받아들인 하나를 포함한 다섯 사람은 흰살생선 종이쌈구이 요리와 빵, 샐러드로 구성된 점심을 95층 테이블까지 옮겼다.

보좌연사 시절의 경험이 남아 있는 것인지 키리토도 익숙한 손놀림으로 협력했고, 불과 몇 분 만에 식탁의 준비가 끝났다. 따뜻한 시랄수로 건배를 한 뒤 다섯 사람은 동시에 나이프와 포크를 들었다.

각자의 접시에 덜어놓은 생선은 여전히 모락모락 더운 김을 내고 있어 무척이나 식욕을 자극했지만, 그래도 로니에는 다시 한 번 주의 깊게 향기를 맡았다. 그러나 채소와 버섯, 그리고 녹은 치즈가 혼연일체가 된 고소한 냄새 속에는 백마지가 탈 때의 씁쓸한 냄새는 조금도 존재하지 않았다.

생선살은 싱싱하고 탄력이 있었지만 나이프를 대자마자 부드럽게 잘렸다. 입으로 가져가자 먼저 부드러운 식감에 놀랄 수밖에 없었다. 육즙도 듬뿍 들어 있는 것이 완벽하게 가열된 음식이라고는 믿기 어려울 정도였다.

"우와……, 평소 먹던 직화로 구운 것과는 완전히 다르네요! 엄청 맛있어요!"

티제의 감상에 로니에도 머리를 끄덕끄덕 움직여 찬동했다. 신중히 맛을 보던 아스나도 만족한 듯이 고개를 끄덕였지만 바로 살짝 고개를 갸웃거렸다.

"응, 원했던 대로 수분은 거의 빠지지 않았는데……. 그렇지만 역시 직화로 구웠을 때의 불향은 없네……. 아주 조금이지만 비린내도 남은 것 같고."

"마지막에 그릇의 뚜껑과 백마지를 열고 열 엘레멘트로 조금 가열하면 어떨까요?"

하나의 제안에 아스나가 감탄하는 표정을 지었다.

"그거 괜찮겠다. 표면을 살짝 그을리기만 해도 불향이 많이 느껴질 테니까. 다음에는 20초 정도 빨리 가열을 멈추고 그렇게 해봐야겠어."

조리자 두 사람이 의견을 교환하는 중에도 키리토는 아무 말 없이——라기보다 정신없이 포크를 움직이고 있었다. 이대로 끝까지 아무 말도 안 하려나 하고 걱정이 된 로니에는 오른쪽에 앉은 키리토를 향해 입을 열었다.

"저기, 선배. 맛에 대한 감상이라든지……."

"……응?"

생선과 채소, 버섯을 동시에 씹던 대표검사는 우물우물 입을 움직이면서도 짧게 소리쳤다.

"맛있어!"

그러자 아스나가 어이없다는 표정으로 고개를 흔들었다.

"딱히 키리토 군에게 미식 평론가 같은 감상을 원한 건 아니지만……, 조금 더 구체적이면 좋겠네."

"응……? 그, 그럼……. 싸고 있는 종이까지 먹고 싶을 정도로 맛있어!"

그를 잘 아는 세 사람은 동시에 한숨을 쉬었고, 신중한 성격의 하나는 여전히 무표정했지만 순간 어깨 쪽이 부들부들 떨리는 것을 로니에는 놓치지 않았다.

즐거운 점심시간은 30분 정도로 끝이 났고, 이 정도는 꼭 자신이 해야겠다고 강경하게 주장하는 하나에게 식기 정리를 맡긴 뒤 95층에 남은 네 사람은 잠시 입을 다문 채 만족감을 공유했다.

리얼월드 사람인 키리토와 아스나가 언더월드에 가져다 준 크고 작은 변혁은 이미 셀 수 없을 정도로 많았다. 분명 가장 큰 것은 귀족 제도의 개혁이겠지만, 로니에에게 있어서는 백마지의 개발과 그 응용이라고 할 수 있는 종이쌈구이처럼 일상생활에서 직접적으로 체감할 수 있는 변화 쪽이 더 크게 느껴졌다.

두 사람은 현재 큰 도시에만 있는 치료원을 보다 규모가 작은 마을에도 설립하려 하고 있었다. 지금은 변경의 마을 등지에서는 부상이나 질병의 치료를 교회의 시스터, 브라더가 혼자 담당하고 있어 동시에 많은 부상자가 생겼을 경우에는 일손이 부족한 경우가 적지 않았다. 또한 치료에 이용되는 고도의 광소술은 암소술과 마찬가지로 난이도가 높아, 술사의 능력이 높지 않으면 생명이 위험할 정도의 부상에는 대응하지 못하는 경우도 있었다.

치료술을 전문으로 배운 술사가 상주하는 치료원을 모든 도시와 마을에 세울 수 있다면, 예상치 못한 사고나 전염병으로 목숨을 잃는 인계인은 큰 폭으로 줄어들 것이다. 또한 키리토와 아스나는 고도의 치료를 신성술에만 의존하는 것이 아니라

약과 붕대, 습포제 등을 이용한 민간요법도 발전시키고 싶은 모양이었다.

로니에는 두 사람이 진행하는 시책에 의해 세상이 보다 좋은 방향으로 전진하는 것은 훌륭한 일이라고 생각했다. 그렇지만 동시에 희미한 불안감 같은 것도 느끼고 있었다.

최고사제 어드미니스트레이터의 지배 아래에 있었던 300년간――특히 4제국에 의한 분할 통치 체제가 확립된 이후, 인계는 거의 변하지 않았다. 그것은 최고사제가 ≪영속적인 정체≫를 원했기 때문이지만, 결과적으로 인계에서는 대귀족의 전횡이나 중앙도시와 변경의 격차와 같은 문제가 해결되지 않는 한편으로, 더 이상 나빠지지도 않았다.

그에 비해 키리토와 아스나는 인계를, 아니, 언더월드 전체를 보다 발전시키려고 부단한 노력을 기울이고 있었다. 사유지에서 대귀족에게 학대받던 일반민을 해방시킨 것만 보아도 세상은 확실히 좋아졌다고 할 수 있을 것이다.

하지만 세상이 변하는 만큼 사람들이 인계통일회의에……, 그 대표인 키리토와 아스나에게 거는 기대 역시 한없이 커져만 간다는 생각이 들었다. 수습기사인 로니에가 봤을 때 두 사람에게는 신에 필적할 만한 힘이 있지만, 그렇다고 결코 전지전능한 존재는 아니었다. 유지오를 구하지 못했다는 사실을 키리토가 지금도 얼마나 슬퍼하고 분해하는지 알고 있기 때문에 로니에는 불안할 수밖에 없었다. 만약 앞으로 키리토와 아스나의 힘과 지식으로도 회피할 수 없는 위기가――이계전쟁 이상의 결정적인 파국이 만약 언더월드를 덮친다면, 사람들은 과연 키리토와 아스나에게 어떤 말을 할 것인가를 생각했을 때, 무어라 형용하기도 힘든 공포가 덮쳐오는 것이었다…….

"……저기, 아스나 님."

옆에서 들리는 티제의 목소리가 로니에의 의식을 불안한 상념에서 현실로 되돌렸다. 후식으로 커필 차를 마시던 아스나가 눈을 깜빡이며 대답했다.

"왜요? 티제 씨."

"그러고 보니 밥을 먹기 전에 뭔가 말씀하시려고 하지 않으셨나요……? 금기목록과 관련해서요."

"그랬나……?"

고개를 갸웃거리는 아스나와 동시에, 로니에도 기억을 되감았다.

그러고 보니 확실히 상위 정합기사들에게 ≪신서사이즈 비의≫에 대한 진실을 말해야 한다는 이야기를 할 때, 아스나가 키리토에게 금기목록과 관련된 무언가를 질문하려고 했었다. 그러자 키리토는 라이오스 안티노스가 빠진 모순적 사고의 루프 이야기를 꺼냈고, 그 순간 티제가 루프라고 하는 신성어의 의미가 무엇이냐고 끼어들면서 그때부터 화제가 티제의 공책과 백마지 생산 쪽으로 흘렀던 것이다. 즉――.

"……잠깐, 티제! 아스나 님의 이야기가 중간에 끊긴 건 너 때문이잖아!"

로니에가 작은 소리로 말하자, 자신도 같은 결론을 내린 듯 티제가 살짝 혀를 내밀었다.

"아하하, 그런 것 같네."

"하여튼……. 아스나 님, 정말 죄송해요."

친구를 대신해 머리를 숙이자 부대표검사는 킥킥 웃으며 머리를 흔들었다.

"괜찮아, 신경 쓰이는 게 있다면 언제든지 물어봐도 돼. 어쨌든……, 내가 묻고 싶었던 건……"

웃음을 멈추고 아스나는 시선을 왼쪽으로 돌렸다.

"……그러니까, 키리토 군. 인계의 사람들에게 금기목록은 절대적인 것으로 그걸 어기려고 하면 ≪오른쪽 눈의 봉인≫이 발동되거나 최악의 경우는 정신이 붕괴된다……고 이해하면 되는 거지?"

다시 한 번 묻는 아스나에게, 키리토는 커시드럴 내의 구사에서 오늘 아침 짜온 우유를 커필 차에 넣으면서 고개를 끄덕였다.

"응, 원칙적으로는 그렇다고 생각해."

"그렇다면……, 남센트리아의 숙박소에서 청소부인 야젠 씨를 살해한 범인은 오른쪽 눈의 봉인을 풀었거나, 다른 어떤 방법으로 금기를 회피했거나, 아니면 처음부터 금기목록에 구속되지 않았다는 거지?"

"……응, 그 셋 중 하나……일 거라고 생각해. 다만 세 번째는……, 만약 그게 정답이라면 범인은 인계인이 아니라 암흑계인이 되겠지만, 그 경우도 암흑계에서는 금기목록과 마찬가지로 절대적인 ≪힘의 규약≫을 어길 필요가 있어. 지금의 암흑계에서 명실상부하게 최강자인 이스칸이 인계에서 나쁜 짓을 하지 말라고 하는 명령을 문서로 내렸으니까……."

그 말을 들은 로니에는, 조금 전 아스나의 말에 힘입어 살짝 오른손을 들었다.

"저기, 선배. 잠깐 괜찮을까요……?"

"응, 뭐지 로니에?"

"방금 이야기 말인데요……. 옵시디아 성에서 이스칸 님과 셰이타 님의 아기를 납치하려고 했던 검은 로브의 남자는 분명 힘의 규약을 무시하고 있었어요. 리제타를 인질로 잡고는 선배를 죽이라고 이스칸 님에게 명령했으니까요……."

그 말을 듣자 이미 상세한 보고를 받았던 아스나도, 로니에로부터 직접 이야기를 들었던 티제도 표정이 경직되었다. 그러나 당사자인 키리토는 아무렇지 않은 표정으로 고개를 끄덕이며 대답했다.

"맞아, 그랬었지. 다시 말하자면 그 유괴범은 자신이 이스칸보다 강하다고 믿고 있거나, 아니면 녀석이 그렇게 믿는 누군가의 명령에 따르고 있거나……인 거겠지."

"그 부분이 뭐라고 할까……, 조금 애매하다고 느껴져요. 애당초 암흑계 사람들은 따라야 할 상대가 자신보다 강하다는 사실을 어떻게 확인하는 거죠? 설마 일일이 결투를 하지는 않을 테고요."

"이스칸의 권투사단은 그렇게 했던 모양이야. 결투라고 하기보다는 시합이겠지만……. 그렇지만 확실히 주민 전원이 모두 승부를 낼 수는 없었겠지. 간단하게 말하면 종족이나 길드, 단체에서 가장 강한 한 사람을 우두머리로 뽑는 원칙이 있고 전쟁 전에는 그 우두머리들이 ≪십후회의(十侯会議)≫라는 통치 조직을 만들어 여러 법률도 결정했던 것 같아. 지금은 ≪5족회의≫라는 이름으로 바뀌었지만 실질적인 구조는 똑같으니까……. 그리고 이스칸은 그 5족회의에 참가하는 우두머리 중에서도 개인의 전투력에서는 최강이라고 인정을 받은 것일 테고."

"……그렇다면 그 유괴범은 자신이 이스칸 님보다 강하다고 생각한다고 해도, 그것만으로는 힘의 규약을 깰 수는 없는 거죠? 이스칸 님과 싸워 이김으로써 그것을 증명하지 않는 한."

로니에가 그렇게 말하자 키리토는 팔짱을 끼며 짧게 신음소리를 내었다.

"음……. 그건 얼마나 강하게 믿느냐에 달린 것일려나……. ≪4제국 대란≫ 때 네 사람의 황제들은 자신들도 종속되어 있던 금기목록 제1조를 깨고 공리교회에 반란을 일으켰지. 인계통일회의가 공리교회를 탈취했다고 하는 믿음과, 최고사제를 위해 교회를 되찾아야 한다는 정당화가 금기목록의 지배를 능가한 것이었어. 그와 비슷한 정도의 강한 믿음이 있다면, 이스칸과 직접 싸우지 않았더라도 힘의 규약을 깰 수 있을지도 모르겠네."

키리토의 그 말에 황제 쿠르가 놀란가르스 6세의 주위 공간까지 물들일 듯한 자존심이 떠올라, 로니에는 살짝 몸이 떨리는 것 같았다. 옆에 있던 티제도 목을 움츠리며 작은 소리로 입을 열었다.

"……확실히 황제는 통일회의를 대수롭지 않게 생각하는 것 같았어요. 하지만 그건 황제 가문이 몇백 년이나 제국을 지배했기 때문일 테니……. 그런 경험이 없는 인간이 믿음만으로 상위자에게 반항하는 일이 가능할까요?"

티제의 물음에 대답한 건, 또다시 자신의 이야기를 중단당한 아스나였다.

"확실히 그렇네. 금기목록이든 힘의 규약이든 믿음과 정당화로 깰 수 있으려면 상당한 백본이 필요할 거야. 아, 백본이라는 건 척추뼈나 배경, 정신적 지주 등을 뜻하는 말이야."

"아, 네."

"그러니까……, 내가 키리토 군에게 묻고 싶었던 것도 바로 그 부분이었어."

아스나가 시선을 옆으로 돌리자 키리토가 눈을 깜빡였다.

"응……?"

"야젠 씨를 죽인 게 인계인이든 암흑계인이든, 그 범인이나 범인에게 살해를 명령한 누군가는 쉽게 말해 4제국 황제와 비견될 정도로 강하고 왜곡된 정신을 가지고 있다는 거잖아. 내가 이상하다고 생각한 건 만약 그런 인간이 있다면 왜 인계에서는 더 큰 사건을……, 암흑계에서 리제타를 유괴한 것과 비슷할 정도의 결정적인 사건을 일으키지 않았느냐는 거야. 물론 야젠 씨의 생명을 가볍게 보는 건 아니야……. 이런 식으로 말하는 건 좀 그렇지만, 범인의 목적이 인계와 암흑계의 불화를 일으키는 것이라면 더 적합한 타깃……표적이 얼마든지 있지 않냐는 거지."

"그러니까 사회적인 지위가 높은……. 예를 들어 귀족이나 대상인, 혹은 그 가족……인가. 그러게……."

그렇게 중얼거리는 키리토의 얼굴을 보면서 로니에는 다시 입을 열었다.

"아, 저기, 그렇지만 야젠 씨 사건이 키리토 선배를 다크 테리토리로 보내기 위한 것이었다면……. 보낼 수만 있었다면 누구든 상관없지 않았을까요?"

"흐음……, 그렇군. 하지만 내가 범인이라면 역시 더 임팩트가 있는 사건을 일으킬 거야. 그쪽이 나를 옵시디아로 이끌어낼 확률이 높아질 테니까……."

으으음 하고 키리토가 신음을 흘리는 동안, 티제가 아스나에게 ≪임팩트≫의 의미를 물었다. 오늘만 해도 공책이 무척이나 충실해질 게 분명했다.

그러고 보니 ≪옵시디아≫나 ≪센트리아≫ 같은 지명도 신성어에서 유래한 것이라면, 무언가 지명에 따른 의미가 있는 걸까……? 로니에가 그런 생각을 하고 있을 때, 약간 설탕을 넣은 커필 차를 다 마신 아스나가 단호한 목소리로 말했다.

"저기, 키리토 군. 나 해보고 싶어."

"응……? 해보다니, 뭐를?"

굉장히 불길한 예감을 느낀 듯한 얼굴로 키리토가 물었다.

아스나의 대답은 로니에와 티제는 물론 무모함과 엉뚱함의 대명사라 할 수 있는 대표검사마저도 깜짝 놀라게 만드는 것이었다.

"아유하 씨가 말했던 과거시술 말이야. 만약 정말로 과거가 보인다면, 그걸 사건이 일어난 숙박소에서 사용하면 범인의 모습을 볼 수 있을 테니까."

3

95층에서의 점심 식사가 끝나고, 일단 22층 자신의 방으로 돌아온 로니에는 공유하는 거실을 지나 자신의 침실로 들어가려는 짝꿍을 불러 세웠다.

"맞아, 티제. 괜찮으면 지금 네가 사용하는 작은 공책 만드는 법을……."

"노트."

"뭐?"

"난 앞으로 공책이 아니라 신성어인 노트로 부를 거야. 그쪽이 발음하기도 쉽고, 이것과 잘 어울리는 듯하니까 말이야."

그렇게 말하며 주머니에서 자신의 공책……이 아니라 노트를 꺼내는 티제의 얼굴을 로니에는 다소 어이없는 표정으로 쳐다보았다.

"……로니에, 그 표정은 뭐야?"

"아니, 상관은 없지만……. 잘 알지도 못하는 신성어를 계속 사용하면 조만간 듀솔버트 님에게 요즘 젊은 것들은……이라는 말을 듣게 될걸."

"그럼 사범님께도 알려드리면 되지."

"저기요……. ——아무튼, 만드는 법 알려달라니까."

이대로는 범용 신성어에 대한 지식이 친구보다 많이 뒤처질 것 같아 로니에는 끈덕지게 졸랐다. 티제는 씨익 웃으며 공책을 가슴에 품었다.

"물론 알려주겠지만, 이런 두께의 백마지를 철하느라 꽤 고생했었지……."

"……알았어. 호니스 과자점의 나무딸기 타르트 하나."

"좋아."

짐짓 점잖은 얼굴로 고개를 끄덕이더니 티제는 반대쪽 주머니에서 작게 접은 한 장의 종이를 꺼냈다. 두께와 색깔로 미루어 볼 때 백마지가 아닌 상용지였는데, 작은 글씨가 가득 적혀 있었다.

"자아, 상냥한 티제가 가여운 로니에를 위해 노트 만드는 법을 적어두었어. 가장 중요한 건 가늘고 튼튼한 실을 사용해야 한다는 거야."

"……아, 고마워……."

내민 종이를 로니에는 살짝 놀라면서 받아들었다. 아마도 티제는 로니에를 위해 이 쪽지——신성어로는 ≪메모≫였으리라——를 만들어 두었던 모양이었다.

"정말 고마워, 티제."

다시 한 번 감사의 말을 하며 로니에는 친구의 오른손을 두 손으로 감쌌다. 이번에는 티제가 두 눈을 깜빡이며 쑥스러운 듯 웃었다.

만드는 방법을 알게 되었으니 지금 당장 커시드럴 12층에 있는 제지소에 백마지를 구하러 가고 싶었으나, 그 기회는 아쉽지만 나중으로 미루었다. 침실에서 외출용 기사복으로 갈아입고 회색 외투를 걸친 로니에는, 같은 복장을 한 티제와 함께 대계단을 내려갔다.

1층의 정면 대문을 지나 밖으로 나오자, 오후의 햇빛이 부드럽게 피부를 어루만졌다. 2월이라 바람은 아직 차지만, 그래도 매일 조금씩 따뜻해지는 것이 느껴졌다.

순백의 타일로 깨끗하게 정리된 정면 광장에서 벗어나 잔디밭 앞 정원을 남서쪽으로 가로질렀다. 평소라면 비룡 구사로 가서 아직 어린 츠키가케, 시모사키와 함께 저녁때까지 함께 있었겠지만 오늘은 조금 기다리게 해야만 했다. 왜냐하면 지금부터 두 사람은 중요한 임무에 동행해야 하기 때문이다.

어느 정도 달리자 넓은 정원은 나무들이 서 있는 과수원으로 바뀌었다. 지금 계절에는 대부분의 나무들이 나뭇잎을 떨어뜨리고 있었지만, 그래도 한겨울이 제철인 검은사과와 얼음무화과 나무에는 많은 열매가 달려 있어서, 어렴풋이 달콤한 향기를 풍겼다.

점심을 잔뜩 먹은 직후였음에도, 엷은 푸른빛이 도는 희귀한 무화과 열매를 하나 먹고 싶다……는 유혹을 견디며 과수원을 빠져나오자 앞쪽에 거대한 벽이 보였다. 공리교회 센트럴 커시드럴의 부지를 외부와 구분하는 대리석으로 된 벽이었다.

남쪽의 벽과 서쪽의 벽이 만나는 모서리 부근에는 이미 키리토와 아스나의 모습이 있었다.

수수한 갈색 외투를 걸친 두 사람은 로니에 일행을 보고 가볍게 손을 들어 흔들었다. 마지막 수십 메르를 서둘러 달려간 뒤 티제와 동시에 발을 멈추고 꾸벅 머리를 숙였다.

"죄송합니다, 오래 기다리셨습니다."

"아냐, 우리들도 지금 막 왔는걸."

아스나의 말에 키리토가 씨익 웃으며 덧붙였다.

"커시드럴에서 날아올 때 로니에와 티제가 아래쪽에서 보이더라고."

아무래도 달려오는 동안, 심의를 이용해 날아온 키리토에게 상공에서 추월당한 모양이었다. 언젠가 나도, 심의는 무리더라도 바람 엘레멘트 비행술은 습득해보이리라 결의하며 로니에는 힐끗 주위를 살펴보았다.

"그건 그렇고……, 왜 여기서 만나자고 하신 거예요?"

네 사람의 목적지는 남센트리아 시가지로, 그곳에 가기 위해서는 남쪽 벽의 한가운데에 있는 정문을 지나야만 한다. 하지만 이곳에는 하얀 대리석으로 만들어진 벽과 벽이 직각으로 접해 있을 뿐, 출입문 같은 것은 존재하지 않았다.

혹시 우리가 모르는 비밀 문이라도 있는 건가……, 하고 생각했지만 키리토가 어깨를 움츠리며 말했다.

"정문 개폐는 아무래도 눈에 뜨이니까……. 지금 시간은 문 건너편 광장에도 관광객이 많이 있을 테니, 몰래 빠져나가는 건 절대 안 된다고."

"그럼 요전번처럼 날아서 가는 건 어떤가요?"

살짝 기대하는 듯한 목소리로 티제가 말했다. 확실히 나흘 전 남센트리아에서 살인 사건이 일어났다는 보고가 들어왔을 때, 키리토는 로니에를 왼쪽 옆구리에 끼운 채 커시드럴의 테라스에서 하늘을 날아 풍소비행술로 현지까지 직행했다. 소요 시간은 불과 수십 초, 게다가 맨몸으로 하늘을 나는 일은 무척이나 가슴 뛰는 체험이었다. 티제가 기대하는 것도 무리는 아니──지만.

"아니, 그건 그것대로 눈에 잘 띄어서……."

쓴웃음을 지으며 고개를 살짝 흔든 뒤, 키리토는 재빨리 덧붙였다.

"대신 오늘은 비밀의 지름길을 시험해보려고 생각해."

"비……, 비밀의 지름길?"

실망할 겨를도 없이 티제의 눈이 휘둥그레졌다. 다시 장난기 어린 미소를 띠며 대표검사는 더 이상 설명하지 않고 두 손을 위로 들었다.

"그럼 모두들 손을 잡고 둥글게 서줘."

"…………?"

고개를 갸웃거리면서도 로니에는 왼손으로 키리토의 손을 잡고 오른손으로 티제의 손을 잡았다. 맞은편에서도 살짝 포기한 듯한 표정의 아스나가 똑같이 손을 잡아, 네 사람은 작은 원을 만들었다.

그러자 곧바로 원의 중심에서 녹색의 빛이 연속해서 번쩍이며 강렬한 바람이 발밑의 풀을 방사선 모양으로 쓰러뜨렸다. 자기도 모르게 두 손에 힘을 준 로니에의 몸이 바로 밑에서 발생한 풍압에 의해 둥실 떠올랐다.

"우왓, 우와아아아!"

티제가 소리치며 두 발을 바동거렸다. 그러나 몸은 지면으로 돌아가지 않고 매초 1메르 정도의 속도로 상승했다.

키리토의 평소 행동에 짝꿍보다 조금이나마 익숙한 로니에도 처음 겪는 일에 숨을 삼켰지만, 상황을 관찰할 수 있을 정도의 여유는 있었다. 몸 아래쪽에서는 바람 엘레멘트가 연속적으로 해방되어 강렬한 바람을 만들어내고 있었지만, 근처의 나뭇가지는 자연의 미풍에 약간 흔들릴 뿐이었다. 아주 자세히 살펴보니 네 사람이 만든 원의 바깥쪽에서 아주 희미한 무지개색 빛이 흔들리고 있었다. 심의의 빛——아무래도 키리토는 기사의 오의(奧義) ≪심의의 팔≫을 응용하여 네 사람 주위에 원통형의 투명한 벽을 만든 모양이었다. 그것이 바람을 막는 까닭에, 해방된 바람 엘레멘트는 강력한 상승 기류가 되어 로니에 일행을 수직으로 들어 올리고 있는 것이었다. 즉, 원리적으로는 커시드럴에 있는 승강동과 같았다.

당황했던 티제도 10초도 되지 않아 주위를 살필 여유를 되찾은 듯 좌우를 쳐다보며 환성을 올렸다.

“아핫, 굉장하다. 우리 날고 있어, 로니에!”

“잠깐, 티제! 손을 놓으면 안 된다니까!”

로니에가 친구의 손을 다시 단단히 붙잡는 동안에도 네 사람은 조금씩 속도를 높이며 상승했다. 이미 지면은 꽤나 아래쪽에 있었지만 옆으로 보이는 백아의 벽은 계속되고 있었다. 쭈뼛거리며 위쪽을 보자 푸른 겨울 하늘에 선명한 직선을 그리고 있는 벽의 끝 부분은 아직도 먼 상태였다.

만약 지금 키리토 선배의 집중력이나 공간신성력이 흩어지면 어떻게 되는 걸까……? 불현듯 떠오른 상상을 억지로 털어낸 뒤 계속 위쪽을 노려보았다. 상승은 20초 정도 계속 이어졌고, 마지막으로 아주 약간 비스듬히 날아가자 드디어 벽 위로 올 수 있었다.
그 순간, 풍압이 단번에 사라지며 네 사람은 벽 위 2메르 정도 되는 곳에서 낙하했다. ≪주두직립(柱頭直立)≫ 수업 중이라면 결코 높다고 할 수 없는 높이였지만, 로니에는 다리에 힘이 들어가지 않아 마찬가지로 비틀거리는 티제와 함께 엉덩방아를 찧을 뻔했다.
다행히 키리토의 오른손을 잡아 겨우 중심을 잡은 뒤 정면을 본 그 순간, 로니에의 입에서 탄성이 터져 나왔다.
"우와……."
높이를 보자면 커시드럴 10층 정도――기껏해야 50메르 정도일 것이다. 그러나 탑에서는 멀리 희미하게 보이는 센트리아의 거리 풍경이 손에 잡힐 듯한 거리에 펼쳐져 있었다. 그뿐만이 아니었다. 네 사람이 서 있는 남쪽 벽과 서쪽 벽이 만나는 지점에서는 같은 높이의 벽이 남서쪽으로 멀리까지 곧게 뻗어 있었다.
"……여기, ≪불후의 벽≫의 위인 거죠?"
티제가 속삭이자 키리토가 아무 말 없이 고개를 끄덕였다.
불후의 벽. 그것은 동서남북의 센트리아 시가지――그리고 광활한 4제국 영토 전체를 분할하는 하얀 대리석으로 만들어진 거대한 벽으로, 인부들이 돌을 잘라 쌓은 것이 아니라 최고사제 어드미니스트레이터가 자신의 신위로 불과 하룻밤 만에 출현시킨 것이었다.
센트럴 커시드럴의 외곽 벽을 기점으로 저 멀리 인계를 둘러싸고 있는 ≪한끝산맥≫까지 무려 750킬로르나 이어지는 이 벽은, ≪불후≫라는 이름 그대로 파괴가 불가능한 것으로 알려져 있었다. 금기목록에 의해 올라가는 것도 훼손하는 것도 금지되어 있으므로, 부수려고 하는 사람은 없겠지만 로니에는 지금 막 또 하나의 금기를 범한 셈이었다.

수습 정합기사가 되면서 금기목록에서 해방되었다고 해도, 오랜 시간 가슴속에 새겨온 외경심까지는 사라지지 않았기에 로니에는 자기도 모르게 조심스럽게 발뒤꿈치를 들고 발밑을 살펴보았다.

1밀리세의 빈틈도 없이 쌓아올려진 대리석은 수백 년 동안 비바람에 노출되었음에도 방금 닦은 것처럼 매끈하고 반짝거렸다. 바로 옆의 벽 모서리 부분은 칼날처럼 예리하게 날이 서 있어, 이곳을 올라오려는 불충한 자를 거부하는 것처럼 보였다.

바로 그때, 경쾌한 날갯짓 소리가 들렸다. 고개를 들자 연청색의 작은 새 두 마리가 벽 위로 내려앉는 것이 보였다. 대리석 위를 깡충깡충 뛰며 검은 눈으로 로니에를 쳐다보았다.

"……후후, 제아무리 금기목록이라도 작은 새에게는 효과가 없는 것 같네."

아스나의 말에 경직된 어깨에서 힘이 빠지는 걸 느끼며 로니에는 티제와 얼굴을 마주 보고 한바탕 웃었다. 그리고는 다시 눈 아래의 경치를 바라보다가 문득 깨달았다.

"아, 그렇구나……. 선배는 이 벽 위를 이동해서 남센트리아 4구의 숙박소까지 갈 생각인 거군요?"

그렇게 묻자, 키리토는 고개를 돌려 씨익 웃었다.

"정답. 여기로 걸어가면 아래쪽에선 안 보이고, 적당한 곳을 고르면 내릴 때도 의외로 사람들 눈에 띄지 않거든."

"말하는 걸 보니 처음이 아닌 거지?"

바로 아스나의 추궁이 들어오자, 곤혹스러운 표정을 지으며 과장된 헛기침을 했다.

"아니, 음, 그러니까, 탈출 경로의 확인은 공략의 기본이랄까……. 아무튼, 서두르자고."

재빨리 걷기 시작하는 키리토를 보며 다시 어이없다는 표정을 짓는 아스나와 함께 로니에, 티제도 뒤를 따랐다.

인계를 4등분하는 불후의 벽은 각 벽마다 비공식적인 애칭이 붙어 있었다.

놀란가르스 북제국과 이스타발리에스 동제국을 가로지르는 북동쪽 벽은 ≪봄의 벽≫. 동제국과 서더크로이스 남제국을 가로지르는 남동쪽 벽은 ≪여름의 벽≫. 남제국과 웨스달라스 서제국을 가로지르는 남서쪽 벽은 ≪가을의 벽≫. 그리고 서제국과 북제국을 가로지르는 북서쪽 벽은 ≪겨울의 벽≫이었다.

각각의 벽이 통일감 있는 이름으로 불리게 된 이유는, 최고참 기사인 파나티오와 듀솔버트도 모르는 듯했다. 인계통일회의가 발족될 때까지는 불후의 벽은 절대적으로 침범할 수 없는 국경이었으며, 동서남북의 센트리아 시민에게는 원칙적으로 교류의 자유가 없었다. 각각의 벽에 딱 하나 있는 문을 통과할 수 있는 사람은 허가증을 받은 교역상이나 유복한 관광객뿐이었다.

현재 문의 통과 요건은 큰 폭으로 완화되었지만, 아직 완전한 자유 통행은 실현되지 않고 있었다. 그 이유는 어디까지나 4제국 대란의 여파가 완전히 잦아들지 않아서였다. 공리교회에게 반기를 든 근위기사단의 일부 잔당이 인계 곳곳에 잠복해 있었고, 지금도 여전히 황제의 명령에 따르고 있을 가능성이 있었다. 야젠 노인의 살해와 리제타의 유괴에도 그들이 관련되었을지도 모른다.

그런 생각을 하며 로니에는 ≪가을의 벽≫ 위를 걸었다.

벽의 폭은 4메르나 되었으므로 가장자리로 가까이 가지 않는 한 발을 헛딛을 염려는 없었고, 지상에서도 네 사람의 모습은 보이지 않았다. 어느덧 로니에의 생각은 차가운 바람에 날아가고, 눈 아래 경치를 아무 생각 없이 볼 수 있었다.

벽의 왼쪽에는 붉은 사암을 주재료로 사용하는 남센트리아가, 그리고 오른쪽에는 검은 점판암으로 만들어진 서센트리아가 펼쳐져 있었다. 벽 하나를 사이에 두고 두 개의 시가지는 색깔뿐 아니라 건물의 의장도 상당히 달랐다. 사각형으로 자른 붉은 바위를 넉넉한 공간에 쌓아올린 남센트리아의 가옥들은 대범한 개방감이 느껴졌고, 얇게 자른 점판암을 정밀하게 가공해서 조합하고 지붕에도 비룡의 비늘 같은 형태의 기와를 빼곡하게 올린 서센트리아의 건물에는 공예품 같은 치밀함이 느껴졌다.

키리토의 말에 따르면 네 곳의 센트리아 시가지는 외양뿐 아니라 음식의 맛도 완전히 다른 모양이었다. 로니에와 티제는 이제 원하기만 하면 네 곳 어디든 자유롭게 갈 수 있었지만, 어쩐지 부담스러워 시가지에 나갈 때는 고향인 북센트리아만 다녔다.

4제국 전체의 평화를 지켜야 할 정합기사가 그래서는 안 된다고 다시 한 번 생각하게 된 로니에가 옆에 있는 티제에게 말을 걸려는 순간, 선두에 선 키리토가 걸음을 멈추었다.

"4구는 이 근처일 텐데……. 그 숙박소는 어디지……?"

그렇게 중얼거리며 남센트리아 시가지를 살피기 시작했다. 로니에도 몸의 방향을 돌려 적갈색 시가지를 향해 시선을 던졌다.

숙박소, 숙박소……. 그렇게 마음속으로 중얼거리며 잠시 거리를 살폈지만, 가만 생각해 보니 로니에는 사건 현장인 숙박소에 간 적이 없었다. 나흘 전 커시드럴에 첫 보고가 들어왔을 때 이미 고블린족의 오로이는 범인으로서 위사청사에 수감되어 있었고, 키리토는 그곳으로 직행했던 것이다.

"……저기, 선배. 혹시 숙박소 위치를 모르는 채로 여기까지 온 건가요?"

로니에가 작은 목소리로 묻자 키리토는 고개를 갸우뚱거리며 대답했다.

"마, 맞아. 하지만 숙박소에는 ≪INN≫이라는 간판이 달려 있을 테니까, 위에서 보면 알 수 있겠거니 하고……."

"선배, 건물이 이렇게나 많은데 그리 쉽게 간판이 보일 리가 없잖아요!"

티제의 정당한 지적을 받자 키리토는 "옳으신 말씀……" 하고 중얼거리며 왼쪽으로 비스듬히 고개를 끄덕였다. 아스나는 벌써 몇 번째인지 알 수 없는 어이없는 표정을 지으며 외투 안에서 접힌 백마지를 꺼냈다.

재빨리 펼친 그것은 당연히 종이쌈구이가 아니라, 커다란 지도였다.

게다가 거리의 서점에서 파는 것보다 훨씬 자세하게 기록되어 있었다. 도로뿐만 아니라 모든 건물이 하나하나 다 표시되어 있는 듯했다.

"오오……. 이런 걸 어디서?"

그렇게 묻는 키리토에게 아스나는 아무렇지도 않은 얼굴로 대답했다.

"소네스 씨가 대도서실 정리 중에 우연히 발견한 지도책을 공부 시간 사이에 조금씩 옮긴 거야. 원래 지도책은 손으로 그린 것이 아니라 선대 사서가 미지의 술식으로 만든 것 같다고 했어."

"…………그렇구나, 선대 사서가……."

중얼거린 키리토는 한순간 얼굴에 애달픈 표정을 띠었지만, 바로 그것을 지우고 아스나가 펼친 지도에 얼굴을 가까이 가져갔다.

"어디 보자, 여기가 4구이고……. 이게 그 골목인가? 그럼 숙박소가 여기라는 건……."

몸을 일으켜 다시 벽의 동쪽을 바라보았다.

"오, 아무래도 저 교차로 북측인 것 같네. 땡큐, 아스나."

신성어 감사의 말에 "천만에요"라고 인계어로 대답한 뒤, 부대표검사는 지도를 접어 외투 속에 넣었다.

이걸로 목적지가 어디인지는 알게 되었지만 문제는 아직 남아 있었다. 높이가 50메르나 되는 벽 위에서 주민들에게 들키지 않고 지면까지 내려가야 하기 때문이다. 올라올 때와 마찬가지로 풍소술을 사용하면, 틀림없이 누군가에게 들키게 될 것이다.

대체 어떻게 할 생각일까 하고 키리토를 쳐다보니, 대표검사는 태연하게 벽의 가장자리로 다가가 슬쩍 아래쪽을 살펴보았다.

"좋아, 지금이라면 아무도 없어. 내가 먼저 내려갈 테니까, 모두들 내가 신호를 보내면 뛰어내리도록 해."

"에, 에엣?!"

하고 묘한 소리를 낸 티제를 향해 엄지손가락을 든 오른손을 내민 뒤, 키리토는 바로 벽에서 뛰어내렸다. 갈색 외투가 금세 멀어지더니, 건조한 바람만 세 사람 앞을 지나갔다.

몇 초를 기다려도 충돌음 같은 것은 들리지 않았기에 로니에는 아스나, 티제와 함께 벽의 가장자리로 다가가 아래쪽을 내려다보았다. 그러자 저 멀리 50메르 아래 도로 위에서 키리토가 태평스럽게 손을 흔들고 있었다.

"정말 못 말린다니까……."

그렇게 중얼거린 아스나는 두 손을 로니에와 티제를 향해 내밀었다.

"……나, 꼭 비행술을 배울 거야."

하고 조금 전 로니에가 했던 것과 똑같은 결의를 중얼거리며 티제가 그 손을 잡았고, 로니에도 단념하고 아스나의 왼손을 잡았다. 놀랄 만큼 가늘고 최상급 비단처럼 부드러우면서 살짝 따뜻한 손이 로니에의 오른손을 꼭 쥔 뒤, 아스나도 키리토만큼이나 대담하게 발밑의 대리석을 찼다.

둥실 몸이 떠오른 것——은 아주 잠깐이었고, 금세 세 사람은 일직선으로 낙하하기 시작했다. 귓가에 바람이 격렬하게 으르렁거리는 소리가 들렸다. 크게 소리를 지르고 싶은 마음은 굴뚝같았지만, 누군가 들을 우려가 있으므로 필사적으로 이를 악물었다.

아무리 수습 정합기사라 해도 50메르나 되는 높이에서 딱딱한 돌바닥으로 떨어지면 무사할 수 없었다. 믿고 있어요, 선배! 하고 소리 없이 로니에가 외친 것과 거의 동시에.

낙하점 근처에 선 키리토가 두 손을 들어 그릇 같은 모습을 취했다.

부드럽고 투명한 무언가가 몸을 감싸는 듯한 감각. 낙하 속도가 금방 완만해지면서 바람 소리도 줄어들었다. 키리토가 ≪심의의 팔≫로 세 사람을 받은 것이다.

상위 정합기사들도 단검 하나를 움직이는 것이 한계라고 들었는데, 낙하하는 세 사람을 동시에 감속시키다니 새삼스럽지만 무서울 정도로 강력한 심의의 힘이었다. 지면이 불과 10센 아래로 다가오자 키리토가 두 팔을 벌렸고, 세 사람은 무사히 착지했다. 나란히 휴우 하고 한숨을 쉰 뒤 로니에는 과거의 지도생에게 물었다.

"……저기, 선배. 이런 게 가능하다면 올라갈 때도 풍소술을 사용하지 않고 심의만으로도 충분한 거 아닌가요……?"

"아니, 떨어지는 걸 받아내는 것과 수직으로 올리는 건 이미지……상상의 난이도가 다르거든. 나 혼자라고 해도 심의로 하늘을 날 때는 옷을 날개로 변형시킬 필요가 있고……."

어깨를 움츠리는 키리토에게 티제가 다가갔다.

"키리토 선배, 다음에는 저 스스로 내려가고 싶으니까 시간 되실 때 풍소비행술을 가르쳐주세요!"

"응?! 그, 그게 보기만큼 간단하지는……. 그, 그렇지만 배우려는 마음은 좋아. 그래, 알았어. 어쨌거나 우선은 현장으로 빨리 가자고."

살짝 과장된 대사와 함께 북쪽으로 걷기 시작하는 키리토의 목덜미를 뒤에서 아스나가 잡아당겼다.

"반대 방향이야, 키리토 군."

불후의 벽에 인접한 어두침침한 골목길을 왼쪽으로 돌아 넓은 도로로 나오자 지나가는 사람들의 수도 조금 늘었다. 2월이므로 긴 외투를 입고 있어도 부자연스럽지 않을 거라 생각했지만, 길을 걷는 남센트리아 시민들은 의외로 가벼운 차림이었다. 북센트리아와는 1킬로르밖에 떨어져 있지 않으므로 기온 차이가 많이 날 리는 없었지만, 기분 탓인지 사암으로 된 거리를 비추는 햇볕이 커시드럴에 있을 때보다도 조금 더 따뜻하게 느껴졌다.

하지만 다행히도 위병에게 제지받는 일 없이 네 사람은 남센트리아 4구를 횡단, 문제의 숙박소에 도착했다.

다크 테리토리에서 온 관광객을 받는 곳인 만큼 3층 건물은 상당히 큰 편이었지만, 입구의 간판에 표기된 숙박비는 결코 비싸지 않았다. 외투의 후드를 벗은 키리토는 붉은 사암으로 지어진 숙박소를 슬쩍 쳐다본 뒤 주저 없이 문을 열었다. 가벼운 벨 소리와 동시에,

"어서 오세요!"

하는 밝은 목소리가 울렸다.

안으로 들어가자 정면에는 옆으로 길쭉한 형태의 계산대가 있었고 목소리의 주인은 그 안쪽에 선, 로니에보다 조금 연상으로 보이는 여성 점원이었다. 붉은색 머리카락을 진한 녹색 스카프로 감싸고 같은 색 에이프런 드레스를 입고 있었다.

키리토가 계산대에 다가가자 여성이 미소를 띠며 물었다.

"숙박이신가요? 네 분이시고요?"

"그게……."

하고 짧게 망설인 뒤 끄덕 하고 머리를 움직였다.

"맞아, 네 명. 하룻밤만 묵어도 괜찮을까?"

"물론 괜찮고말고요. 방은 하나면 될까요?"

"그래, 같은 방으로. 가능하면 2층이 좋겠어."

신분을 밝히고 조사에 협조를 요청할 거라 생각했던 로니에는 몇 번이나 눈을 깜빡이며 키리토와 점원의 대화를 지켜보았다. 금세 방이 결정되어 키리토가 합계 600시아의 숙박비를 지불하자 네 사람은 2층으로 안내를 받았다.

도착한 곳은 남동쪽 끝에 위치한 방으로 커다란 창문에서는 솔루스의 빛이 듬뿍 들어오고 있었다. 그 앞에는 과일이 놓인 둥근 모양의 대형 테이블이 놓여 있었고, 안쪽의 벽 쪽으로는

깨끗하게 정돈된 침대가 네 개 놓여 있었다.

세세한 설명을 마친 점원이 깊이 고개를 숙이고 물러가자마자 티제가 태평스러운 목소리로 말했다.

"전 북제국 외의 숙박소는 처음이에요! 방의 느낌이라든가 가구의 모양이라든가 북제국과는 완전히 다르네요!"

"잠깐 티제! 놀러온 게 아니잖아."

서둘러 친구를 나무란 뒤, 키리토를 향해 말했다.

"……저기, 선배. 앞으로 어떡하실 생각인가요? 이 방이 사건의 현장인 건 아니죠……?"

"물론 아닐 거야. 그렇지만 어느 방이 현장인지 알아낼 방법은 있어. 뭐, 잠깐 쉬자고."

그렇게 대답하고 키리토는 크게 기지개를 켰다. 아스나는 외투를 벗으며 긴 머리카락을 한 차례 흔든 뒤,

"내가 차를 타올게."

하고 방 한쪽에 있는 선반으로 향하자, 로니에는 "저도 돕겠습니다" 하고 따라갔다.

점원의 설명에 따르면 뜨거운 물이 필요할 때는 포트를 1층 식당으로 가져가야 했지만, 아스나는 물병에 들어 있는 냉수를 포트에 옮기더니 부드러운 영창으로 열 엘레멘트를 하나 생성시켰다.

물을 끓이는 건 신성술의 기초 기술이지만, 그래도 요령이 필요했다. 생성한 열 엘레멘트를 단순히 물에 투하해서는 수면에서 급격하게 반응을 일으켜 대량의 수증기를 발생시킬 뿐 물의 온도는 많이 오르지 않는다. 열 엘레멘트가 가진 열을

모두 물에 전달하기 위해서는 조금 더 궁리를 해야 했다.

본직이 신성술사인 사람들은 남제국 특산의 ≪화흡석(火吸石)≫이라는 희귀한 매질을 가지고 다니면서, 그것으로 열 엘레멘트를 흡수한 뒤 물에 넣었다. 아니면 단순히 용기 밑에 열 엘레멘트를 유지시키기만 해도 물을 끓일 수 있지만, 시간이 걸렸다. 부대표검사님은 어떻게 하실 생각인 걸까? 하고 살짝 솜씨를 보고 싶은 마음으로 지켜보고 있노라니, 아스나는 이어서 강철 엘레멘트를 두 개 생성시켰다.

강철 엘레멘트로 쇠공을 만들어 화흡석 대신 사용하는 것도 상당히 좋은 방법이겠지만, 열 엘레멘트를 순식간에 흡수할 수 있는 화흡석과 달리 쇠공은 그렇게 간단히 뜨거워지지 않는다. 그리고 당연히 쇠공은 엘레멘트와 달리 공중에 뜨지 않으므로 가열 중에는 무언가 받침대가 필요했다.

부젓가락이든 스푼이든 옆에 있으면 괜찮지만, 이럴 때 매질 이외의 도구를 사용하는 것은 흔히들 아름답지 못하다고 여기고 있었다. 신성술사는 엘레멘트 생성에서 완료까지의 과정 전체를 술식만으로 완료시키는 걸 미덕으로 여기기 때문이다. 바람 엘레멘트로 극히 작은 회오리바람을 만들어 그것으로 쇠공을 띄우고 동시에 회오리바람에 화염을 융합시키면 보기에도 화려하기에 술사가 좋아할 만한 방법이었지만, 세 가지 속성을 동시에 다루는 기술은 난이도가 높고 회오리바람의 제어도 어려워 조금이라도 집중이 흐트러지면 온 방에 불꽃이 튀어 난리가 나게 된다.

만약 그렇게 된다면 내가 얼음 엘레멘트로 화염을 중화시켜야지. 그렇게 생각하며 로니에가 지켜보고 있을 때, 아스나는 오른손으로 열 엘레멘트를 정지시키며 왼손으로 두 개의 강철 엘레멘트를 조작해 열 엘레멘트 가까이 가져갔다. 이대로라면 두 종류의 엘레멘트가 반응하여 뜨거운 쇳물이 될 거야……, 하고 당황한 바로 그 순간.

"폼 엘레멘트, 할로우스피어 셰이프."

아스나는 로니에가 모르는 술식을 영창했고, 두 개의 강철 엘레멘트는 융합되어 직경 3센 정도의 구체로 변했다. 무게가 없는 엘레멘트에서 강철로 만들어진 공이 된 순간, 중력에 이끌려 포트 안으로 참방 떨어졌다.

"어, 어라……. 아스나 님, 열 엘레멘트는 어디로……?"

로니에는 당황하며 주위를 살폈지만 공중에 유지되고 있던 열 엘레멘트는 보이지 않았다. 그러자 아스나가 로니에의 팔꿈치를 찌르며 도자기 포트 안을 가리켰다.

들여다보니 물 밑에 강철 엘레멘트로 만들어진 쇠공이 붉은 빛을 뿜고 있었다. 그리고 그 주위에서는 계속 작은 기포가 올라오더니, 잠시 뒤 수면에서 김이 나기 시작했다.

"혹시 열 엘레멘트를 저 공 안에……?"

"맞아. 강철 엘레멘트로 만든 속이 빈 공에 열 엘레멘트를 집어넣은 거야."

"……그런 술식이……."

로니에가 놀라는 중에도 포트 안의 물은 부글부글 거품을 내며 끓기 직전까지 가열되었다.

보통 강철 엘레멘트로 속이 빈 공을 만들기 위해서는 먼저

≪스피어 셰이프≫ 술식 구절로 안이 가득 찬 공을 만들고 그것에 열을 가하며 ≪엔라지≫ 로 팽창시킨다. 하지만 이 역시 제어가 어려워 간단히 파열되고, 잘된다 하더라도 뭔가를 넣을 수는 없었다.

그러나 처음부터 속이 빈 공을 만들 수 있다면 생성 순간 열 엘레멘트를 더하여 그것을 집어넣을 수도 있으리라. 화염 회오리바람으로 쇠공을 달구는 것보다 안전하고 효율성도 뛰어난 방법이었다.

"지금 그, 하……, 할로우? 그 구절은 아스나 님이 발견한 건가요……?"

감탄하며 묻자 부대표검사는 살짝 고개를 흔들었다.

"아니. 속이 빈 공을 만드는 술식은 앨리스 씨가 특기였는데, 그녀는 그 구절을 아유하 씨에게만 전한 모양이야. 나는 아유하 씨에게 배운 거고."

"앨리스 님이…………."

로니에는 다시 말문이 막혔다.

이계전쟁 당시 로니에는 금목서의 기사 앨리스 신서시스 서티와 몇 번인가 말을 나눌 기회가 있었다. 가장 인상 깊었던 것은 키리토가 잠든 천막 안에서 눈앞의 아스나, 인계수비군의 세루루트 장군과 함께 추억 이야기로 꽃을 피웠던 하룻밤이지만, 동쪽 대문 방어전에서 다크 테리토리의 대군을 단숨에 섬멸시킨 앨리스의 막강한 대규모 빛 엘레멘트 술식도 기억에 또렷이 남아 있었다.

로니에도 병아리긴 하지만 한 사람의 술사로서 그런 위력을 발휘한 것이 어떤 술식인가 생각한 적이 있었다. 물론 수습기사의 지식으로 이해할 수 있는 건 아니었지만, 그래도 엄청난 수의 빛 엘레멘트를 어떤 방법을 써서 축적, 동시에 해방시킨 것일 거라는 정도는 상상할 수 있었다. 그 비결이 속이 빈 공 술식이라면, 앨리스가 그것을 아유하 한 사람에게만 전할 수밖에 없었던 것도 무리는 아니었다.

"……저기, 제가 들어도 괜찮은 건가요……?"

쭈뼛거리며 묻자 아스나는 미소를 띠며 고개를 끄덕였다.

"응. 아유하 씨는 내가 악용하지 않을 거라 믿기에 알려주었다고 생각해……. 그러니까 로니에 씨도, 그때가 오면 믿을 수 있는 사람에게 이 구결을 알려줘."

"…………아……, 네."

가슴 깊은 곳에서 뜨거운 것이 솟아오르는 걸 느끼며 로니에게 고개를 끄덕인 바로 그 순간.

어느새 뒤에서 지켜보고 있던 키리토가 긴장감 없는 목소리로 말했다.

"번거로운 일을 하네……. 뜨거운 물 정도는 물통에 ≪화염의 화살≫을 두세 발 쏘아 넣으면 될 텐데……."

"저기요, 선배! 그런 짓을 하면 온 방이 수증기로 하얗게 덮일 거라고요!"

바로 티제가 일침을 놓았고, 아스나와 로니에는 동시에 소리를 내어 웃었다.

신성술로 끓인 물을 넣은, 남제국산으로 보이는 붉은색 차를 마시며 잠시 쉬고 있자니 창문 밖에서 오후 두 시를 알리는 종이 울렸다.

선율은 북센트리아와 동일——그러고 보니 다크 테리토리도 마찬가지였지만——했지만 음색이 조금 가볍고 밝게 느껴졌다. 길게 꼬리를 끌며 여운이 사라지기 전에 키리토가 가볍게 일어나서 문 쪽을 쳐다보았다.

"좋아, 여기 숙박소는 두 시부터 두 시 반까지가 종업원 휴식 시간으로 각 방을 청소하는 사람들도 모두 1층 대기실에 모이지. 손님들도 관광이나 물건을 사러 나갔을 테니까 지금이라면 복도에는 사람이 없을 거야."

"……저기, 어떻게 그런 걸 아는 거야?"

아스나의 질문에 "체크인할 때 들었어"라고 신성어를 섞어서 대답하고 키리토는 문으로 다가갔다. 살짝 열어 복도의 상황을 확인한 뒤 고개를 끄덕이며 로니에 일행을 손짓으로 불렀다. 지금부터 무엇을 할지 불명, 이라기보다 불안했지만 숙박소 안인 만큼 터무니없는 행동은 안 할 것을 믿고 따르는 수밖에 없었다.

복도로 나온 키리토는 망설이지 않고 계단과는 반대 방향인 북쪽으로 향했다. 오른쪽에 나 있는 방의 문을 하나하나 확인하다보니 네 번째 방의 문에 '사용 정지 중'이라고 적힌 양피지가 핀으로 꽂혀 있는 것이 보였다. 그 바로 위에는 '211'이라는 숫자가 새겨진 금속판이 둔하게 빛을 발하고 있었다.

"여기군."

하고 키리토가 중얼거리자 아스나도 고개를 끄덕였다. 이 방이 청소부 야젠 씨의 살해 현장인 것이 분명했다.

대표검사는 놋쇠로 만든 손잡이에 손을 뻗었지만 무슨 이유인지 중간에 움직임을 멈추었다. 그 손을 자신 앞으로 이동시켜 손가락 끝을 가만히 응시했다.

"……뭐 하시는 거예요, 선배?"

로니에가 작은 소리로 물어도 키리토는 "아니, 그게……" 하고 중얼거릴 뿐 문을 열려고 하지 않았다. 하지만 다가간 아스나가 "괜찮아, 설마 시몬의 개인차까지 재현하진 않았을 거야"라고 속삭이자 비로소 고개를 끄덕이고 다시 원형 손잡이를 잡았다.

그리고 좌우로 돌렸지만 당연히 문은 잠겨 있었다. 어떡하려나 보고 있으니 키리토는 아무 말 없이 열쇠 구멍을 조용히 응시했고——.

몇 초 뒤, 찰칵 하고 문이 열리는 소리가 울렸다.

"우와……. 선배, 심의로 그런 것까지 할 수 있는 거예요?"

티제의 감탄한 듯한, 어이없는 듯한 목소리에 키리토는 어깨를 움츠리며 대답했다.

"이쪽 세계의 열쇠와 열쇠 구멍은 기계적인 장치가 아니라 시스템적인……. 으음, 자세한 건 다음에."

애매한 대답에 티제는 불만 어린 표정을 지었지만, 상황이 상황인 만큼 더 이상 졸라대지는 않았다. 키리토가 다시 한 번 손잡이를 돌리자, 이번에는 끝까지 돌아가며 문이 조금씩 움직였다. 다시 안쪽의 모습을 살피고 조용히 문을 연 뒤 세 사람에게 들어갈 것을 재촉했다.

아스나를 따라 들어간 객실은 극히 평범한 2인용 방이었다.

창문은 동쪽 벽에 하나만 있었고 그 좌우에 침대, 그 앞에는 조금 전 네 사람이 차를 마셨을 때 사용한 것보다 조금 작은 테이블.

얼핏 봐서 특이한 건 아무것도 없었다. 굳이 말하자면 테이블 위에 과일이 없다는 것과 커튼이 닫혀 있는 정도였다. 그러나 로니에는 이곳이 무서운 살인 사건의 현장이라는 사실을 피부로 느꼈다.

마지막으로 들어온 키리토가 조용히 문을 닫았다. 테이블 가까이에 서 있던 아스나가 돌아보며 아무 말 없이 고개를 끄덕였다.

"……정말로 괜찮겠어, 아스나?"

키리토가 걱정스러운 목소리로 말했다. 그 마음은 로니에도 티제도 마찬가지였다.

신성술사단 단장 아유하 프리아는 어제 발견한 과거시술에 대해 부하가 너무 크다고 평했다. 인계 최고의 술사 중 한 사람이 그렇게 말한 만큼, 신과 같은 힘을 가진 부대표검사 아스나라고 할지라도 쉽게 사용하지는 못할 것이다.

하지만 아스나는 평소와 다름없는 온화한 미소를 띠며 다시 머리를 끄덕였다.

"응, 괜찮아. 갇혀 있는 오로이 씨를 위해서라도……. 그리고 살해당한 야젠 씨를 위해서라도 한시라도 빨리 범인을 잡아야지."

흔들림 없는 목소리로 그렇게 말한 뒤 간소한 기사복 검대에 차고 있던 가죽 주머니에서 작게 접은 백마지를 꺼냈다.

펼칠 때 얼핏 보인 것은 몇 행에 걸쳐 상세하게 기록한 신성 문자였다.

"…………알았어. 부탁할게."

짧지만 확실한 신뢰를 느끼게 하는 목소리로 그렇게 말하더니 키리토는 로니에 일행에게 신호를 보내 벽 쪽으로 물러나 했다.

방 중앙에 혼자 남은 아스나는 수십 초 동안 백마지의 신성 문자를 묵독하더니 다시 고이 접어 가죽 주머니 안에 넣었다. 아무래도 술식은 이미 암기를 마친 상태였고 마지막으로 확인한 모양이었다.

확실히 신성술은 종이에 적힌 술식을 읽는 것과 완전히 암기한 상태에서 영창하는 것을 비교했을 때, 성공률이나 정확도, 위력에서 분명한 차이가 있었다. 키리토는 그 이유를 신성술에도 심의의 힘이 관계가 있기 때문이라고 했었다. 그렇기 때문에 술식의 암기는 술사의 기본이었지만, 아스나가 영창을 시작한 과거시술은 로니에의 예상을 훨씬 뛰어넘을 만큼 긴 것이었다.

먼저 수정 엘레멘트를 생성시킨 뒤 얇은 원반을 만든 부분까지는 이해가 되었지만, 그 뒤의 술식은 처음 듣는 것으로 전혀 의미를 이해할 수 없었다. 그래도 노래하듯 억양이 풍부한 아스나의 영창을 홀린 듯 듣고 있었다. 바로 그때.

갑자기 방이 캄캄해졌다.

"…………!"

옆에서 티제가 숨을 삼키며 로니에의 소맷자락을 붙잡았다.

안개처럼 형태가 일정치 않은 어둠이 바닥을 덮자 두 다리가 차가워지는 것이 느껴졌다.

언제부터인가 어두운 울림을 띠기 시작한 아스나의 목소리가 순간 끊어졌다.

동시에 아스나의 상체가 살짝 흔들렸다. 키리토가 오른쪽 발을 반걸음 앞으로 내밀었지만 다시 멈추었다. 영창이 재개되었고 어둠은 더욱 더 깊어졌다.

갑자기 테이블 위에 놓여 있던 수정 엘레멘트 원반이 소리도 없이 떠올랐다. 그 안에서 음산한 보라색 빛이 쏟아지며 아스나의 얼굴을 아래쪽에서 비추었다.

고통을 견디는 듯한 표정을 보고 로니에도 입술을 깨물었다. 아스나를 돕고 싶었지만 술식은 술사만의 것이다. 게다가 그녀가 지금 도전하는 것은 과거를 본다고 하는 신의 능력이다. 최고사제 어드미니스트레이터가 만들어 원로원의 문 안쪽 깊은 곳에 봉인했던 비술 중의 비술――.

다시 몸을 살짝 휘청거리며 아스나는 원반을 향해 두 손을 뻗었다. 가느다란 손가락이 섬세하게 움직일 때마다 넘치는 보랏빛 광선도 불규칙적으로 깜빡거렸다.

갑자기, 마치 땅 밑에서 울리는 듯한 일그러진 목소리가 들려왔다.

『……너는……직할……농노 야젠…….』

남자의 목소리――라는 것 정도밖에 알 수 없었다. 이어서 다른 남자의 당황한 듯한 목소리.

『아, 네……아니……나는 이미……소작인이……아니…….』

『……민은……이상 사령지민(私領地民)……그것이 싫다면, 지금 이곳에서…….』

갑자기 명료함이 증가한 첫 번째 남자의 목소리가 냉혹하게 울렸다.

『……죽어라!』

푸욱 하는 둔한 소리가 울렸고, 두 번째 남자의 비명이 겹쳐졌다.

그와 동시에 수정 엘레멘트의 원반이 무수히 많은 파편으로 변하며 부서졌다. 이번에야말로 바닥에 쓰러지는 아스나의 몸을 순간이동이라도 한 듯한 속도로 뛰어나간 키리토가 두 팔로 안았다.

어둠이 사라진 211호실에서 나온 네 사람은 서둘러 처음 방으로 돌아갔다.

키리토가 어깨를 빌려주고 있던 아스나의 몸을 들어올려 침대에 눕혔다.

"이, 이제 괜찮아."

하고 당황한 듯 일어나려는 아스나의 어깨를 부드럽게 누르며 키리토는 로니에에게 얼굴을 돌렸다.

"미안하지만 물 한 잔만 가져다주지 않을래?"

"아, 네. 잠시만요."

선반으로 뛰어가 물병에 남아 있던 차가운 물을 잔에 부어 가져갔다. 받아든 키리토는 아스나의 상체를 조금 일으키고 그녀의 입가에 잔을 가져갔다.

조금씩 세 번에 걸쳐 물을 마신 부대표검사는 약간이나마 생기가 돌아온 얼굴로 로니에를 보며 미소를 지었다.

"고마워, 로니에 씨."

"아니에요……."

작은 목소리로 대답하고 고개를 숙였다. 이런 일밖에 할 수 없는 자신이 답답했지만, 언젠가 반드시 두 사람을 돕게 될 때도 있을 거라 생각했다.

아스나의 소모는 천명의 감소로 인한 것이 아니었기에 신성술로는 회복시킬 수 없었다. 그건 키리토도 잘 알고 있었지만, 대표검사는 물 잔을 로니에에게 돌려준 뒤 자신의 손을 위로 뻗으며 영창 없이 빛 엘레멘트를 세 개 생성시켰다. 엘레멘트들은 누워 있는 아스나 주위를 둥둥 떠다니며 눈을 감은 아름다운 얼굴과 윤기 있는 밤색 머리카락을 부드럽게 비추었다.

키리토의 제어에서 벗어난 빛 엘레멘트들은 1분도 되지 않아 작은 빛의 방울을 흩날리며 소멸되었지만, 그 부드러운 열에서 활력을 얻은 것처럼 아스나는 눈을 떴다.

"……응, 이제 괜찮아."

"무리하지 마. 좀 더 쉬는 편이 좋아."

키리토의 말에 고개를 흔들고 아스나는 완전히 상체를 일으켰다.

"아니야, 서둘러야 돼……."

그 말에 키리토의 표정이 굳었고, 로니에도 티제와 시선을 교환했다.

"……뭘 본 건데? 살인범이 어떻게 금기목록을 회피하고 야젠 씨를 죽인 건지 알아낸 거야?"

급하게 묻는 키리토의 말에 아스나는 기억을 확인하려는 듯 잠깐 눈을 깜빡이더니 살짝 갈라진 목소리로 말했다.

"유리판 안에서 가장 먼저 보인 건……, 조금 전 방을 청소하고 있던 남자였어. 아마 야젠 씨겠지. 그리고 화면 앞쪽에 있던 두 번째 남자가 야젠 씨에게 말했어. '너는 황제 직할령의 농노 야젠이로군'……하고."

"황제……, 직할령."

키리토가 작은 목소리로 반복하자 아스나는 조용히 고개를 끄덕였다.

"응……. 야젠 씨는 처음엔 고개를 끄덕였지만 곧바로 부정했어. '아니, 아니요. 나는 이미 직할령의 소작인이 아니오'라고……. 그랬더니 두 번째 사람이 뭐라고 할까……, 조소하는 듯한 목소리로 '사령지민은 목숨이 붙어 있는 한 사령지민이다. 그것이 싫다면 지금 이곳에서 죽어라'라고 말한 뒤 단검으로 야젠 씨의 가슴을 찔렀어……. 야젠 씨는 그 자리에 쓰러졌고 남자는 단검을 쥔 채 방을 나갔어. 내가 본 건 거기까지야……."

아스나가 말을 마친 뒤에도 잠시 동안 아무도 발언하려고 하지 않았다.

어떤 고위 술사라 할지라도 과거에 일어난 사건을 바꿀 수는 없기 때문에, 야젠 노인을 살해한 것이 오로이가 아니라는 사실은 분명해졌다. 그건 물론 좋은 소식이었지만 다시 수수께끼가 늘어난 듯한 느낌은 부정할 수 없었다.

침대 옆에서 한쪽 다리를 꿇은 채 있던 키리토가 몸을 일으키며 방문을 보았다.

"……야젠 씨를 죽인 남자는 피가 묻은 단검을 복도에 던지고 가까운 방을 노크한 뒤 모습을 감추었어. 그 방에서 자고 있던 산 고블린족 오로이는 복도에 떨어져 있는 단검을 보고 그것을 주운 것뿐이지만 그 모습을 남센트리아의 위사에게 발견되어 체포된 거지. 야젠 씨가 살해된 뒤에 일어난 일은 이 정도겠네."

키리토의 설명에 로니에는 그렇구나 하고 생각했지만 옆에 있던 티제가 "하지만……" 하고 입을 열었다.

"키리토 선배, 그렇다면 위사의 도착이 너무 빠른 거 아닌가요? 야젠 씨를 죽인 범인이 오로이 씨의 방을 노크하고 도망친 뒤, 오로이 씨가 단검을 주울 때까지는 몇 분도 걸리지 않은 것 같은데요……."

그러고보면 그랬다. 키리토도 곤혹스러운 얼굴로 고개를 끄덕였다.

"맞아. 위사가 숙박소로 서두른 건, 4번가 위사 대기소로 이 숙박소에서 아인이 흉기를 들고 날뛰고 있다……는 시민의 신고가 있었기 때문이었어. 하지만 오로이는 떨어져 있던 단검을 주웠을 뿐 난동을 부리지는 않았지. 즉, 신고를 한 것은 살인자 본인이거나 한패일 거야……. ──아스나, 살인자의 모습은 전혀 안 보인 거야?"

그 말에 아스나가 유감스러운 표정으로 고개를 끄덕였다.

"응, 유리판에는 영상이 계속 한 방향으로만 보였어……. 그보다 오히려……"

살짝 입을 벌린 채 단어를 고르려는 듯 눈을 깜빡였지만 금세 한숨을 쉬었다.

"……미안, 잘 표현을 못하겠어."

"아니, 사과하지 않아도 돼."

키리토가 당황한 듯 아스나 곁으로 가 부드럽게 등을 쓰다듬었다.

"범인을 직접 볼 수는 없었어도 목소리는 들었고, 그 외에도 많은 것들을 알게 됐으니까. 예를 들면……, 범인은 야젠 씨를 죽이기 위해 복잡한 트릭……속임수를 사용해 금기목록을 회피한 게 아니라 평범하게 심장을 찌른 일이라든지……."

듣고 보니 그 말대로였다.

아스나가 위험을 감수하고 과거시술을 사용한 것은 범인이 ≪어떻게≫, ≪왜≫ 야젠 노인을 죽였는가를 알아내기 위해서였다. 이유 쪽은 아직 알 수 없었지만 방법은 판명되었다. 아무런 술수나 속임수 없이 단검에 의한 살해. 즉………….

"범인은 금기목록에 얽매이지 않는 거야……."

로니에의 혼잣말을 키리토가 무거운 목소리로 동의했다.

"그런 뜻이겠지……. 그 이유까지는 아직 모르겠지만……."

"그 부분 말인데."

아스나의 말에 세 사람은 침대로 시선을 돌렸다.

거의 회복된 모습의 부대표검사는 밀크가 들어간 홍차색 눈동자로 세 사람의 얼굴을 차례대로 보며 말했다.

"……난 범인의 말이, 그 말 자체가 야젠 씨를 죽인……. 죽일 수 있었던 이유가 아닐까 생각해."

"말이라면…… '사령지민은 목숨이 붙어 있는 한 사령지민이다'라는 말……?"

"맞아. ……만약 범인이 금기목록을 무시할 수 있었던 이유가 야젠 씨가 귀족의 사령지 출신이고, 재결권의 대상이었기 때문이라고 한다면……."

"……그렇구나!"

키리토가 작게 외쳤다. 그리고 마치 그곳에 범인이 서 있는 것처럼 창밖을 노려보았다.

"범인은 야젠 노인뿐 아니라 다른 해방된 사령지민 출신도 똑같이 죽일 수 있을지 몰라……. 아스나가 '서둘러야 한다'고 한 것도 그 때문이었구나."

"응……. 다음 피해자가 나오기 전에 대책을 강구해야 되니까……. 하지만……."

아스나가 입술을 깨문 이유는 로니에도 알 수 있었다. 로니에는 한 걸음 앞으로 나와 정신없이 입을 움직였다.

"사령지민 출신은 북제국만 해도 천 명 가까이 있어요. 인계 전체라면 그 네 배……. 그 사람들을 전부 보호하거나 경호를 붙이는 일은 불가능해요."

똑같이 한 걸음 나온 티제도 두 손을 크게 흔들며 말했다.

"게다가 해방된 사람들이 모두 센트리아에 남아 있는 것도 아니니까요. 절반 이상은 중앙도시에서 나가 넓은 토지가 있는 곳으로 가 자신의 농지를 가지는 것을 택했다고 들었어요.

그 사람들을 찾아내는 것만 해도 아마 몇 주일은…….”

“인계에는 통일된 호적 정보가 없으니까 말이야…….”

다시 익숙지 않은 단어를 입에 담으며 생각에 잠긴 키리토 옆에서 아스나 또한 잠시 눈썹을 찡그리고 있었다. 잠시 뒤, 아스나는 조용히 얼굴을 들었다.

“……그렇지만 범인의 목적은 인계와 암흑계 사이에 다시 한 번 전쟁을 일으키는 일이니까, 무작정 사령지민 출신 사람들을 죽이거나 하지는 않을 거야. 그 죄를 암흑계에서 온 관광객에게 뒤집어씌우지 않으면 의미가 없으니까.”

“그럼……, 저희들이 보호해야 할 사람은 암흑계인……?”

티제의 말을 들은 키리토가 크게 고개를 끄덕였다.

“그래……. 난 어차피 오늘이나 내일 이 숙박소에 오려고 생각했었어. 여기서 대기하고 있는 오로이의 동료들을 커시드럴로 부르기 위해서. 그러면 오로이의 향수……회향증도 잠시 동안은 괜찮을 테니까…….”

“그렇지만 선배, 암흑계에서 온 관광객은 그들 외에도 많잖아요…….”

로니에의 말에 키리토는 가볍게 어깨를 움츠렸다.

“그건 그래. 하지만 다행히 그들의 숫자와 묵고 있는 숙소도 정확히 기록되어 있으니까 대처는 사령지민 출신보다 편할 거야. 물론 전원을 커시드럴에 묵게 할 수는 없겠지만 조금 예정을 당겨서 오늘부터 순차적으로 귀국시키는 게 좋을 것 같아. 동쪽 대문까지는 호위병을 붙인 마차 대열을 만들면 범인도 손을 댈 수 없을 거고.”

"그렇게 결정되었으면 빨리 움직이는 게 좋겠어."

침대에서 내려와 일어서려는 아스나를 키리토는 재빨리 부축하려고 했지만 그럴 필요는 없는 듯했다. 그래도 작은 목소리로 "고마워" 하고 미소를 짓는 부대표검사는 바로 결의에 찬 표정으로 돌아왔다.

"그런데……, 산 고블린족 세 사람이 묵고 있는 방은 어딘지 아는 거야?"

"물론이지. 1층 4인용 방이니까 아마 여기 바로 밑일 거야. 방문 앞에는 위병도 붙어 있을 테고……. 호위를 위한 게 절반이고, 나머지 절반은 감시 때문이지만……."

"어쩔 수 없지, 커시드럴로 데려가면 그럴 필요도 사라지게 되니까. 서두르자."

빠른 걸음으로 걷기 시작하는 아스나를 로니에 일행은 서둘러 뒤따랐다.

그러나.

1층으로 내려온 네 사람의 눈에 들어온 것은 아무도 없는 복도와 깨끗하게 청소된 빈 방이었다. 키리토가 점원에게 묻자 의아한 표정으로 오전 중에 남센트리아 행정부 관리가 마차를 타고 와서 세 사람의 산 고블린족을 데려갔다고 알려주었다.

4

평소보다 두 시간 늦게 비룡 구사로 달려간 로니에를 츠키가케가 조금 불만 어린 울음소리로 맞이했다.

"꾸루루루룩!"

"미안미안, 늦었지?'

높이 1미터 정도의 울타리를 여는 순간 연노랑색 솜털에 싸인 새끼용이 작은 날개를 파닥거리며 뛰어들었다. 두 팔을 벌려 안아주자 동그란 뿔이 난 얼굴을 로니에의 얼굴에 부비부비 문질렀다.

옆 구획에서는 티제가 똑같이 시모사키의 열렬한 환영을 받고 있었다. 두 마리 모두 지금은 간신히 어떻게든 안아줄 수 있는 크기였지만, 내년에는 그러지도 못할 것이다.

"아라벨 님, 잠깐 괜찮을까?"

갑자기 뒤에서 들려오는 목소리에 로니에는 깜짝 놀랐다.

돌아보니 그곳에는 껑충 키가 큰 남자가 있었다. 고운 비늘 같은 무늬가 있는 신기한 천으로 만든 상하의 일체형 옷을 입고 있었고, 허리의 가죽 혁대에는 크고 작은 몇 개의 가죽주머니가 달려 있었다. 오른손에는 창처럼 긴 나무 막대기를 들고 있었지만 끝에 달린 것은 금속으로 된 칼날이 아니라 딱딱해 보이는 털이 달린 대형 브러시였다.

빰이 홀쭉한 얼굴은 듀솔버트보다 조금 연상으로도 보였지만 실제 연령을 알지 못했다. 커시드럴의 비룡 구사를 옛날부터 맡아온 인물로, 에어리처럼 천명을 동결되었다……는 소문도 있었다.

"네, 무슨 일인가요. 하이나그 씨?"

로니에가 대답하자 구사장은 야위었지만 자세히 보면 늠름한 오른손을 뻗어 새끼용의 턱밑을 어루만지며 말했다.

"최근 츠키가케에게 물고기를 주면 조금 남기곤 하거든. 비룡도 개체에 따라 음식에 대한 기호는 있지만 전장에서는 먹이를 고를 수 없으니까 아직 어릴 때 교정할 수 있으면 그쪽이 좋거든."

"네……? 그런가요? 이런, 츠키가케! 먹을 걸 가리면 안 되잖아."

로니에가 온화하게 나무라자 비룡은 말을 알아들은 것처럼 귀를 덮으며 "끄—웅!" 하고 소리를 내었다.

"저기, 물고기를 싫어하는 습관을 버리려면 어떻게 해야 좋을까요?"

"가장 효과적인 건 스스로 물고기를 잡게 하는 거지. 막 잡은 싱싱한 물고기를 먹어보면 대부분은 낫게 되지만 커시드럴 안에서는 어려워. 예전에는 베르쿨리 님의 허락을 얻어 새끼용을 시외 호수로 데려가기도 했어."

"싱싱한 물고기라……. 그럼 파나티오 기사장님이나 키리토 선……대표검사님께 물어볼게요."

"그렇게 해주면 고맙겠군. 그럼 실례."

가볍게 고개를 숙이고 하이나그 구사장은 안쪽에 있는 성체용의 구획으로 걸어갔다. 옆에서 이야기를 듣고 있던 티제가 자신의 용을 쳐다보면서 말한다.

"……이 아이들이 스스로 물고기를 잡을 수 있을까?"

"잡는 건 둘째치고 헤엄은 칠 수 있을지 모르겠네……."

두 사람이 동시에 고개를 갸웃거리자 두 머리의 용은 빨리 밖으로 나가고 싶다는 듯 꼬리를 흔들었다.

"알았다니까."

일단 축사에서 나와 건물을 둘러싼 잔디밭에 비룡을 풀어주었다. 그러자 두 마리는 시끄럽게 울면서 풀 위를 달리기 시작했다.

그 모습을 보고 있으면 저절로 입가에 미소가 어리었지만 같이 뛰어다닐 생각까지는 들지 않았다. 이러고 있는 동안에도 커시드럴의 상층에서는 키리토와 아스나가 상위 기사들과 이야기를 하고 있을 것이다.

남센트리아 행정부 관리를 자칭하고 산 고블린족 세 사람을 마차에 태워 데려간 인물의 정체는 가까운 위사 대기소에 물어도 알 수 없었다. 방을 지키고 있던 위사는 만날 수 있었지만 관리가 제시한 고블린족 이송 명령서에는 행정부의 인장이 분명히 찍혀 있었다고 했다.

그렇다면 행정부에 직접 물어볼 수밖에 없었지만 그렇게 간단한 일이 아니었다. 지금도 구 상급 귀족의 영향력이 남아 있는 4개 시 행정부와 인계통일회의는 원래부터 궁합이 좋지 않았고, 특히 남센트리아 행정부는 야젠 살해 사건에서 배제된 건 때문에 더욱 경직된 상태였다. 이송 건을 조사하기 위해서는 공식 명령서가 필요하다고 판단한 키리토는 통일회의와 정합기사단 이름의 서류를 준비하기 위해 일단 커시드럴로 돌아온 것이다.

행정부에 대한 조사 명령에 파나티오와 듀솔버트가 반대하리라고는 생각되지 않았다. 그러나 키리토는 이미 위사가 본 명령서도 관리도 가짜라고 거의 확신하고 있었다. 문제는 앞으로의 행동 지침이었다. 키리토는 고블린족들이 어이없이 납치된 일에 책임을 느끼고 있었고, 수색과 구출을 다른 사람에게 맡기려고 하지 않을 것이다. 하지만 옵시디아 성에서 간접적이긴 해도 대표검사를 노린 암살 시도가 있었던 만큼, 파나티오와 듀솔버트도 이번에는 얌전하게 있으라고 주장할 것이 뻔했다.

"……회의……, 쉽지 않겠지?"

같은 일을 생각했던 모양인지 티제가 옆에서 중얼거렸고, 로니에도 고개를 끄덕였다.

"대처는 내일이 될지도 모르겠어."

"선배가 밤중에 안 나갔으면 좋겠는데……."

정말 무척이나 가능성이 높은 이야기였다.

키리토가 자유롭게 행동할 수 있게 되기를 바랐지만, 옛 보좌연사로서 말려야만 할 때는 말리지 않으면 안 된다. 다시 한 번 백아의 거탑을 바라보며 로니에는 입을 열었다.

"아스나 님에게 부탁을 해 둬야겠어……. 선배를 감시해달라고."

그 말을 들은 티제는 무언가를 말하려고 입을 열었다가, 한숨과 함께 다시 닫았다. 힐끗 옆을 보니 묘한 표정으로 입을 우물거리고 있었다.

"……왜?"

"아니, 아무것도 아니야."

그런 대화를 하는 두 사람을 새끼용들이 불만스러운 목소리로 불렀다. 달음박질에 참여하라는 것이었다.

"알았어. 그렇지만 같이 데굴데굴 구르지는 않을 거야!"

그렇게 소리치고 로니에는 츠키가케와 시모사키를 향해 달리기 시작했다.

5

센트럴 커시드럴의 20층에서 30층까지는 직원과 신성술사 그리고 기사들의 거주 구역으로 되어 있었다.

아스나와 키리토가 생활하는 방은 30층 남동쪽 끝에 있었다. 우연히도 낮에 600시아로 빌린 남센트리아 숙박소의 방과 같은 배치였지만 넓이는 비교할 수 없었다.

복도에서 두꺼운 문을 열면 먼저 다다미 네 장 크기의 엔트런스룸이 있었고, 다시 문 하나를 지나면 다다미 서른 장은 들어갈 법한 크기의 거대한 리빙룸으로 이어졌다.

남쪽 벽에는 바닥부터 천장 가까이까지 격자가 들어간 창문이 달려 있었고 서쪽에는 본격적인 키친과 욕실, 동쪽에는 역시나 넓은 침실이 있었다. 리빙룸만큼 넓지는 않았지만 다다미 열다섯 장 정도의 넓이는 될 것이다.

물론 이곳 인계――언더월드에서는 ≪다다미≫를 단위로 사용하지 않는다. 적어도 커시드럴과 북센트리아에는 다다미 자체가 없었다. 나무 바닥이나 타일을 깐 바닥의 넓이는 평방메르와 평방킬로르르로만 표현되었고 각각 ≪평메르≫, ≪평킬로르≫로 줄여서 사용하기도 했다. 거기에 따르면 거실의 넓이는 50평메르일 것이다.

이렇게 넓으면 청소가 힘들겠다……라고 처음에 방을 안내받았을 때 가장 먼저 생각했지만, 언더월드에서는 먼지나 티끌 같은 건 기본적으로 오브젝트로서의 실체를 가지지 않는 감각 이펙트 같은 것으로 빗자루나 먼지떨이로 슥삭슥삭 탁탁 치우면 사라졌다. 실질적으로는 청소라기보다 디지털 화면의 리터치 같은걸, 이라는 밑도 끝도 없는 감상을 말한 건 아스나가 아니라 키리토였지만 말이다.

게다가 청소가 편한 이유가 또 한 가지 있었다.

놀랍게도 커시드럴……, 아니, 모든 언더월드에서는 화장실이라는 것이 일절 존재하지 않았다. 왜냐하면 이쪽 세계의 주민들은 식사는 하지만 배설은 하지 않기 때문이다.

그것은 리얼월드 출신인 아스나와 키리토도 당연히 마찬가지로, 최근이 되어서야 겨우 익숙해졌지만 그래도 가끔 요리를 과식했을 때는 이 많은 것들이 어디로 가버리는 것일까? 하는 생각이 들곤 했다.

아스나보다 언더월드에서의 경험이 많은 키리토는 그런 부분도 딱히 관심이 없는 듯 "라스 녀석들이 AI 육성에 배설 시뮬레이션은 필요 없다고 판단한 거겠지" 하고 말했지만, 현실세계의 귀환자 학교에서 인간발달학 수업을 선택했던 아스나는 그 생각에 찬성하지 않았다. 프로이트의 발달 이론에 따르면 어린아이들에게는 ≪항문기≫라고 하는 성장 단계가 있으며 훈련을 통해 자신감과 자율성을 익힌다……고 배운 기억이 있었던 것이다.

물론 배설을 하지 않는 일이 언더월드 사람들의 퍼스낼리티에 문제를 발생시킨다고는 생각하지 않았지만 그래도 의문은 남았다. 언더월드 사람들도 안 좋은 말을 할 때 '똥'과 관련된 단어를 사용하지만 그들은 그 말의 의미를 어떻게 인식하고 있는 것일까? 언젠가 누군가에게 물어보고 싶다는 생각을 하면서도 좀처럼 물어보지 못하는 동안 1년 이상이 흘렀다.

정확하게는 1년 3개월 하고도 16일.

벽에 붙인 양피지 캘린더——이것은 키리토와 아스나가 만든 게 아니라 아주 옛날부터 사용되었던 듯하다——를 보며 시간의 속도를 느끼고 있을 때 엔트런스룸의 문이 열리는 소리가 들렸다.

거실에 들어온 키리토의 검은 머리카락은 아직 조금 젖어 있었다. 90층의 대욕탕에서 서둘러 돌아온 모양이었다. 예전에는 먼저 목욕을 마친 쪽이 복도 분기점에서 다른 한 사람을 기다렸지만, 욕탕을 이용하는 직원들의 신경을 쓰게 만든다는 사실을 알게 된 다음부터 기다리지 않고 방으로 돌아오고 있었다.

"많이 기다렸지?"

하고 다가오는 키리토를 아스나는 어깨에 걸쳐져 있던 타월을 펼치며 맞아주었다.

"정말 못 말린다니까, 머리카락 정도는 다 말리고 와도 될 텐데."

머리를 타월로 감싸고 두 손으로 문질렀다. 이쪽 세계에는 드라이어기가 존재하지 않았지만 마른 천으로 일정 시간 문지르기만 해도 물기는 없어지므로 목욕 후 머리를 손질하는 것은 현실세계보다 편했다.

아스나의 친절을 순순히 받아들이면서도 키리토는 어린아이 같은 어조로 반론을 펼쳤다.

"하지만 요즘 계속 아스나 쪽이 빨랐으니까……. 복도에서 따라잡을 수 있으려나 하고……."

"저기, 내가 빠른 게 아니라 키리토 군이 오래 있는 거야. 오늘도 한 시간은 있었을걸."

"응? 정말?"

하고 키리토가 말하는 순간, 밤 열 시를 알리는 종소리가 근엄하게 울렸다.

"우와, 정말이네……. 아홉 시 반 종을 못 들었어……."

"설마 욕조에서 헤엄을 친 건 아니지?"

타올을 머리에서 떼며 묻자 진지한 얼굴로 작게 고개를 흔들었다.

"아, 안 해. 그런 짓……. 혼자일 때 외에는……."

"과연 그럴까? 자, 소파에 앉아."

어깨를 눌러 거실 한가운데에 있는 커다란 소파 끝에 앉혔다. 그리고 앞에 있는 작은 테이블에서 조금 전까지 아스나가 사용했던 빗을 들어 말린 머리를 정성스럽게 빗겼다. 흑단 자루에 은 세공이 된 빗은 과거 동제국에서 살았다고 전해지는 용——비룡 같은 서양 스타일이 아닌 가느다란 몸의 동양풍 드래곤——의 털이 달려 있어 이것으로 빗기만 해도 머리카락에서 윤기가 나는 마술 같은 아이템이었다. 귀족들이 향유했던 사치는 단호히 거부하는 두 사람이었지만, 이 빗은 부대표검사 취임 1주년 선물로 파나티오 기사단장이 선물해준 것으로 이후 감사하게 애용하고 있었다.

아스나의 손에 머리를 맡기고 있던 키리토가 갑자기 조용한 목소리로 말했다.

"……역시 서둘러서 시계를 완성시켜야겠어."

"그건 찬성. 그렇지만 벌써 오랫동안 만들었잖아……. 그렇게 어려운 거야?"

"응. 시계가 제대로 움직이려면 정밀도가 높은 톱니바퀴가 잔뜩 필요한데 이쪽 세계에 있는 톱니바퀴는 성문을 드는 장치라든가 물레방아의 증속 장치 같은 큰 힘을 전달하기 위해 사용하는 것뿐이거든……. 그런 걸 조합하더라도 시계로서는 제대로 작동하지 않고……. 시간을 알리는 종이 완벽한 만큼 시계를 만들어도 정확하지 않으면 의미가 없으니까……."

"그렇구나."

고개를 끄덕인 뒤 어라? 하는 생각이 들었다.

"……잠깐만. 파나티오 씨에게 들었는데 아주 옛날에는 분명 이 커시드럴에도 시계가 있지 않았나? 최고사제가 베르쿨리 씨의 검으로 만들었다고 하는. 그건 누가 만든 거였는데?"

"으음, 추측이지만 처음부터 언더월드에 있었을 거라 생각해. 여기 센트럴 커시드럴은 300년 전에는 작은 마을이었고 라스의 스태프가 제1세대 인공 플럭트라이트를 성장시켰던 곳이니까 그들이 설치한 오브젝트이지 않았을까?"

"≪최초의 4인≫……."

현실세계의 오션 터틀에서 라스 지휘관 키쿠오카 세이지로로부터 들은 이야기를 떠올리며 중얼거리자 키리토가 기껏 빗질을 한 머리카락을 오른손으로 벅벅 긁었다.

"100층에 있는 시스템 콘솔이 사용 가능한다면……, 시계

오브젝트의 데이터를 꺼내 대량 복제할 텐데…….”
자기 편의 위주의 그 말에 자기도 모르게 쓴웃음이 나왔다.
“있잖아, 그런 일이 가능하다면 오브젝트로서의 시계를 만들지 않아도 메뉴 윈도우……≪스테이시아의 창≫에 시각 표시를 추가하면 되는 거잖아. 아니, 그 이전에…….”
——한계가속 페이즈를 종료시킬 수도 있을 텐데.
라는 말을 아스나는 그대로 삼켰다.
현재 언더월드는 현실 대비 500만 배라고 하는 엄청난 속도로 가동되고 있었다. 좀처럼 믿기 어려운 일이었지만 아스나가 이쪽 세계에 다이브한 뒤 보낸 1년 3개월이라는 시간도 현실세계에서는 불과 8초 정도에 불과했다. 저쪽 세계에서 자신이 누워 있는 STL과 뇌 내 플럭트라이트 사이에서 오고 갈 막대한 데이터양을 생각하면 아찔해졌다. 언젠가 뇌가 견디지 못하고 타버리는 것은 아닐까 하는 생각마저 들었다.
그렇지만 만약 시스템 콘솔이 부활하여 두 사람의 로그아웃이 가능해진다면——, 지금의 자신이 망설이지 않고 그것을 택할 수 있을지 아스나로서는 알 수 없었다.
아스나와 키리토는 인계의, 아니, 언더월드의 통치 시스템에 개입하여 막대하고도 급속한 변화를 일으키고 말았다. 그 사실을 후회하지는 않았지만 개혁의 여파는 아직까지도 잦아들지 않았고, 닷새 전에 발생한 살인 사건도 그 여파의 일부라 할 수 있었다. 두 사람에게는 이 세계가 가는 길을 지켜보아야 할 책임이 있었으며, 도의적인 책임이 없다 하더라도 로그아웃을 한 뒤 외부에서 언더월드의 문명이 붕괴되는 모습을 혹시라도 보게 된다면 아무리 후회해도 모자랄 것이다.

그런 말로는 할 수 없는 심정을 알아차린 것인지 키리토는 갑자기 두 손을 들어 자기 머리 뒤에 있는 아스나의 몸을 잡더니 번쩍 들어 자신의 무릎 위에 앉혔다.

“꺄악!”

하고 비명을 지른 뒤 인형 취급을 하는 듯한 그 행동에 항의했다.

“뭐야, 위험하잖아!”

그러나 등 뒤의 키리토는 씨익 웃는 듯한 느낌과 함께 대답했다.

“괜찮아, 떨어지지 않도록 심의로 지탱했으니까.”

“그런 문제가 아니잖아! 하여튼 초능력을 사용하게 되면 인간은 타락한다더니 그 말대로네…….”

“타락이라니, 너무하잖아.”

그렇게 대답하고 키리토는 아스나를 뒤에서 가볍게 안았다.

순간 스르륵 온몸의 힘이 빠졌다. 이미 머나먼 과거――이제는 전세(前世)의 일로 느껴질 정도인 부유성 아인크라드에서의 신혼 생활에서도, 아스나는 매일 이렇게 키리토의 무릎 위에 앉았고 때로는 그대로 잠든 적도 있었다.

그때로부터 기나긴 시간이 지났지만 이렇게 안길 때 완전히 보호받고 있는 듯한, 무서울 것이라고는 아무것도 없다는 감각은 전혀 변하지 않았다. 두 손으로 용털 빗을 쥔 채 키리토의 가슴에 얼굴을 대고 눈을 감았다.

이대로 잠들어버리고 싶어. 그래도 키리토가 침대로 데려다

줄 거야……, 하고 생각했지만 그렇게는 할 수 없었다. 지금 잠이 들면 아무리 시간이 지나도 철이 들지 않는 대표검사는 커시드럴을 빠져나가 행방불명인 고블린족 세 사람을 찾아 나서리라.

오후에 열린 임시 회의에서는 인계통일회의와 정합기사단의 이름으로 남센트리아 행정부에 대해 조사 명령서를 발행하기로 결정되었지만, 그 시점에 오후 다섯 시 종이 울려 움직이는 것은 다음 날 아침이 되고 말았다. 게다가 아마 숙박소에 나타난 관리는 가짜일 것이므로 행정부를 조사해도 '고블린족에 대한 이송 명령은 한 적이 없으며 해당 관리도 존재하지 않음'이라는 사실만 확인할 수 있을 것이다. 신속한 움직임을 보이는 살인범들에게 만 하루의 유예를 주는 것은 좋지 않다고 아스나도 생각했다. 그렇지만 아무리 키리토라도 아무런 근거도 없이 넓은 센트리아를 뒤져 고블린족들을 찾아낼 수는 없을 것이고, 옵시디아 때와 마찬가지로 대표검사를 꾀어내는 함정일 가능성도 있었다.

게다가 무엇보다 아스나는 수습기사 로니에로부터 키리토를 감시해달라는 부탁을 받았고, 그러겠다고 대답했다. 그녀와의 약속은 반드시 지켜야 하는 것이었다.

키리토의 몸을 걱정하는 로니에의 진지한 얼굴을 떠올린 순간 가슴 깊은 곳이 살짝 아파왔다.

그녀가 품은 감정은 훨씬 오래전부터——인계통일회의가 발족되기 전, 이계전쟁이 한창일 때 기사 앨리스와 인계군 솔티리나 장군까지 네 사람이서 이야기로 밤을 샌 그날 밤부터 눈치 채고 있었다. 그렇지만 아스나는 계속 로니에와 그 일에 대해서는 말하지 않고 있었다.

아직 열일곱 살인 그녀가 주체할 수 없는 감정 때문에 고통받는 일은 아스나로서도 안타까웠다. 하지만 그렇다고 어떻게 하면 좋을지도 알지 못했다.

이 안타까운 감정은 현실세계에 있을 때도 가끔 느낄 수 있었다.

가상의 세계에서 만나 실제의 인연으로 엮인 친구들……. 리즈벳, 시리카, 시논, 그리고 리파. 그녀들은 모두 키리토에게 강한 연정을 품으면서도 아스나 앞에서는 그것을 숨기거나 농담으로 얼버무렸다. 뿐만 아니라 모두 아스나를 응원하고 격려해주기도 했다.

아스나는 항상 그 사실을 감사하게 생각하면서도 동시에 고통스럽게 느끼기도 했다. 그런 위태로운 상황에서 확실한 결론을 내지 않는 키리토를 조금이지만 원망한 적도 있었다.

그러나 키리토는 아인크라드 제1층 미궁구에서 처음 만났을 때부터 그런 사람이었던 것이다. 두 손을 한계까지 펼쳐 모든 것을 받아들일 뿐 결코 자신이 버리려고는 하지 않았다. 그런 사람이기 때문에 위험천만한 미궁구 최상부에서 자포자기하듯 레벨 올리기를 계속하다 실신한 아스나를 도와준 것이다. 이어지는 1층 보스 공략전에서는 베타테스터 출신에 대한 증오심과 반감을 한 몸에 짊어진 채 공략조의 절대적인 주력 플레이어로 있으면서도 ≪비터≫라고 경멸받는 길을 선택했다.

그리고, 그런 키리토이기 때문에 아스나는 사랑한 것이다.

그렇기에 아스나는 키리토와 둘이서 이쪽 세계에 갇힌 일에 아주 조금이지만 안도감과 비슷한 것을 느끼고 있었다.

이계전쟁 종반에 정합기사 앨리스만 현실세계에 탈출시키고 자신은 언더월드에 남은 것은 키리토 한 사람만 이쪽 세계에 남겨둘 수는 없다는 마음에서였다. 아니, 그렇다고 깨달은 건 모든 것이 끝난 뒤로, 당시에는 자신도 로그아웃할 수 있다는 선택지는 머릿속에 떠오르지조차 않았다. 그렇게 하면 키리토를 독점할 수 있으리라는 생각은 전혀 없었다. 오히려 1년 이상 시간이 지났지만 아마 두 번 다시 만날 수 없을 동료들과 가족들에게 아무리 사과해도 부족할 것이라는 생각만 더욱 강해질 뿐이었다.

그렇지만——.

이 세계에서라면 리즈벳이나 시리카, 시논과 리파에 대한 꺼림칙함과 자신의 연정 사이에 끼어 딜레마에 빠질 일은 없을 것이라는 감정도 마음 한구석에는 항상 존재하고 있었다.

아스나는 빗을 무릎에 놓고 자신의 몸을 안고 있는 키리토의 손에 두 손을 올렸다.

껴안는 힘이 아주 조금 강해졌다.

다크 테리토리 남쪽 끝에 있는 ≪종말의 제단≫에서 재회했을 때, 키리토는 하얀 석재로 만들어진 길 위에 웅크리고 앉아 끝도 없이 눈물을 흘리고 있었다. 더 이상 만날 수 없는 사람들을 생각하며 흘리는 눈물이라는 것은 물어보지 않아도 알 수 있었다.

그때부터도 긴 시간이 흘렀지만 키리토와 현실세계에서의

추억이라든가 영원히 못 볼 친구들이나 가족들에 대한 이야기는 그다지 하지 않았다. 이쪽 세계에서 해야 할 일, 생각할 일이 너무 많다는 이유도 있었지만 아스나가 자기 자신의 감정을 아직 완전히 정리하지 못했기 때문이기도 했다. 그것은 아마도 키리토 역시 마찬가지일 것이다.

그런 상태였기 때문에 적어도 로니에에게는 진지하게 대하고 싶었다. 현실세계에서 했던 행동이 바보이 아니라 그녀를 위해 무엇을 할 수 있을지, 무엇을 해야만 하는지에 대해 생각하고 싶었다. 항상 그렇게 생각하고 있었지만——.

"……슬슬 잘까?"

아스나가 속삭이자 오른쪽 귀 바로 뒤에서 키리토가 "그럴까?" 하고 대답했다.

무릎에서 내려가려고 했지만 그러기 직전 키리토의 오른손이 양쪽 무릎 밑으로 이동해 아스나의 몸을 부드럽게 들어올렸다.

"앗, 잠깐……!"

예상 밖의 액션에 몸을 살짝 튼 순간, 아스나의 무릎 위에 있던 용의 털로 만든 빗이 굴러 떨어졌다. 그러나 바닥으로부터 50센 정도 떨어진 곳에서 두둥실 멈추더니 그대로 옆으로 움직여 테이블 위에 착지했다. 키리토가 ≪심의의 팔≫로 멈춘 것이다.

현재로서는 키리토와 상위 기사들만 사용할 수 있는 이 초능력을 아스나도 꽤나 오랫동안 연습해왔지만, 지금은 아직 10시아 동화를 살짝 움직이는 정도가 한계였다. 그러나 주위의 물건을 자유롭게 움직일 수 있게 되면 생활이 게을러질 것 같아 조금 두렵기도 했다. 그러지 않아도 가사는 아주 가끔 하는 요리와 방청소 정도밖에 하지 않고 있었다.

"……아이참, 놀랐잖아."

눈을 치켜뜨며 키리토에게 말하자 씨익 하고 심술궂은 웃음이 되돌아왔다.

"오늘은 과거시술 때문에 무리했으니까 이 정도는 괜찮아."

"그 정도는 아무렇지도 않다니까."

그렇게 대답하는 중에도 키리토는 미끄러지는 듯한 걸음걸이로 넓은 거실을 지나 다시 심의로 침실 문을 열었다.

현실세계에 있는 아스나의 방보다 두 배 정도 큰 이 방의 한가운데에는 킹사이즈보다 훨씬 더 큰 침대가 놓여 있었다. 처음 봤을 때 안내해준 파나티오에게 "아무리 그래도 너무 사치스러워요"라고 호소했지만, 이 침대는 커시드럴 30층이 건설되었을 당시에 운반된 것으로 부수지 않으면 방에서 나갈 수가 없다——는 온화한 설명에 더 이상은 아무 말도 할 수 없었다. 그리고 무게감 넘치는 검은색 호두나무 목재 한 장으로 만들어진 침대 보드가 천연 목제 가구라면 마니아를 자처하는 아스나도 한눈에 반할 만큼 완성도가 높았던 것도 부정할 수 없는 사실이었다.

라스의 히가 타케루의 설명에 따르면, 언더월드는 ≪더 시드≫ 프로그램에 의해 생성된 지형과 오브젝트를 초고해상도의 ≪니모닉 비주얼≫ 형식으로 변환시킨다고 했다. 그리고 더 시드는 SAO을 작동시키는 카디널 시스템의 축소판이므로 어떤 의미에서는 언더월드에서 자라는 호두나무는 아인크라드의 그것과 같은 전자적 유전자를 가지고 있다고 할 수 있는 것이다.

아스나를 침대 오른쪽에 살며시 눕힌 뒤 키리토는 아래쪽을 돌아 왼쪽에 걸터앉았다. 벽 두 곳에서 부드럽게 빛나는 빛 엘레멘트 칸델라에 시선을 돌려 차례차례 엘레멘트를 소멸시켰다. 인공적인 빛이 사라지자 아스나 왼편에 있는 커다란 창에서 비쳐드는 달빛이 방을 푸르게 물들였다.

이어서 키리토는 발밑에 접혀 있는 이불을 끌어올려 아스나의 얼굴 아래까지 덮어주었다. 그리고 마치 어린아이에게 하는 것처럼 이불 위를 톡톡 가볍게 두드려준 뒤 자신도 침대에 누웠다.

"……내가 잠이 들더라도 빠져나가면 안 돼."

천천히 잠이 오는 것을 느끼며 아스나는 그렇게 속삭였다. 오른쪽에서 희미하게 쓴웃음을 짓는 기척이 느껴졌다.

"안 나갈 거야. 아무리 그래도 이 넓은 센트리아에서 아무 근거도 없이 고블린족을 찾아내는 건 어려우니까……."

"괜찮아, 틀림없이 무사히 찾을 수 있을 거야. 범인들이 다음 사건을 일으키려고 해도 여러 가지 준비가……, 필요할 테니까……."

스르륵 빠져들 것 같은 졸음을 참으며 오른손을 키리토에게 옮겼다. 바로 크고 따뜻한 왼손이 아스나의 손을 부드럽게 감쌌다.

요즘 두 사람만 있을 때에는 어린아이처럼 어리광을 부리는

경우가 늘었다. 의도한 건 아니었지만 왠지 그렇게 되고 마는 것이다.

이유는 어쩌면 두 사람의 정신적 연령이 역전되었기 때문인지 모른다.

아스나의 생일은 2007년 9월 30일. 키리토의 생일은 2008년 10월 7일. 아스나 쪽이 한 살 위였지만 키리토는 시간이 가속된 언더월드에서 아스나가 다이브할 때까지 2년 8개월이라는 시간을 지냈다. 그중 반년 동안은 혼수상태로 있어 기억이 없었으므로 6개월을 제외하더라도, 지금은 키리토 쪽이 정신연령에서는 1년 2개월 연상이라 할 수 있었다.

평소 생활에선 그런 것을 의식할 수 있는 기회가 거의 없었지만 두 사람만 있을 때는 평범한 행동이나 말에서 아인크라드 시절의 키리토에게는 그다지 느낄 수 없었던 종류의 어른스러움이 느껴져 깜짝 놀라기도 했다. 그런 감각이 더해지면서 아스나를 응석꾸러기로 만든 것일지도 모른다.

생각해보면 SAO에서 처음 만났을 때 키리토는 열네 살이 된 지 얼마 안 된 중학교 2학년이었다. 그리고 아스나도 수험을 앞둔 중학교 3학년이었다. 어쩌다보니 콤비가 된 두 사람은 모든 일에 있어 어린아이처럼 언쟁을 벌이고는 했다.

불과 얼마 전 일인 것처럼도, 아주 먼 옛날 일처럼도 느껴지는 그때를 그리운 마음으로 떠올리며 아스나는 깊고 부드러운 잠의 심연 속으로 빠져들었다.

6

매일 온기를 더해가는 북풍이 파란 호수를 부드럽게 쓰다듬었다. 수면 위에서 흔들리는 솔루스의 빛을 작은 물결이 무수히 많고 자그마한 반짝임으로 바꾸었다.

북센트리아 교외의 완만한 구릉지에 위치한 노르키아 호수는 보름 전에 얼음이 녹았지만, 호숫가에는 벌써 새싹이 올라와 있었고 노란색의 작은 꽃들이 화사하게 피어 있었다.

이 일대는 중앙도시 근교에서도 가장 지력이 풍요로운 곳으로 네 개의 계절마다 아름다운 풍경을 즐길 수 있지만, 오랜 세월——그야말로 백 년 이상 일반민이나 하급 귀족은 접근할 수조차 없었다. 왜냐하면 노르키아호는 계속 귀족의 사령지 중에서도 최대의 면적을 가지는 ≪황제 직할령≫의 일부였기 때문이었다.

4제국 대란을 거쳐 모든 사령지가 해방되면서 지금은 누구나 자유롭게 산책을 할 수 있었지만, 봄이 오기까지는 아직 멀었기 때문인지 넓은 호수 주변에는 로니에와 티제, 그리고 두 마리의 새끼용 외에는 인적이 없었다.

인계력 382년 2월 24일.

오전 수련을 마친 로니에 일행은 듀솔버트 사범과 파나티오 단장, 그리고 대표검사의 허가를 얻어 츠키가케, 시모사키를 데리고 커시드럴에서 나왔다. 키리토는 같이 가지 못하는 걸 안타까워했지만——그리고 그것은 로니에도 동감이었지만 두 사람은 결코 놀러 온 것이 아니었다. 어제 구사장 하이나 그가 했던 말을 즉시 실천할 생각이었던 것이다.

솔루스가 머리 위에 걸리는 것과 동시에 초지를 뛰어다니며 놀고 있던 두 머리의 새끼용이 호반의 바위에 앉아 있는 로니에와 티제 앞까지 찾아와 번갈아 울었다. 실컷 뛰어다니고 나니 배가 고픈 것이리라.

여기까지 이동에 사용한 소형 마차——마부 역할을 익숙하지 않았지만 티제가 맡아주었다——에는 만약을 대비해 두 마리의 점심용 말린 고기와 말린 과일이 실려 있었지만, 그 사실은 내색하지 않고 로니에가 말했다.

"츠키가케, 시모사키, 오늘 점심은 둘이서 잡아야 해."

"꾸륵……?"

용들이 얼마나 사람의 말을 이해하는지는 알 수 없었지만, 의아한 표정으로 고개를 갸웃거리는 두 용을 보고 티제가 킥킥 웃으며 바위에서 일어섰다.

"자아, 이리 오렴!"

어린 풀들을 밟으며 호수로 다가가는 티제를 츠키가케와 시모사키가 살랑살랑 꼬리를 흔들며 쫓았다. 그 뒤를 로니에도 발소리를 죽여 걸었다.

하얀 바위가 노출된 호숫가에 이르자 걸음을 멈추고 살짝 물속을 들여다보던 티제가,

"있다, 있어……!"

하고 중얼거렸다. 옆에 선 로니에의 눈에도 투명한 물속을 재빨리 헤엄치는 무수히 많은 그림자가 보였다. 얼음 밑에서

겨울을 난 작은 물고기들이 무리를 이루고 있는 것이다. 허리를 굽혀 두 사람 사이에서 머리를 내밀고 있는 용들에게 로니에가 입을 열었다.

"이걸 봐, 츠키가케. 물고기야. 틀림없이 맛있을 거야."

최근 물고기를 남긴다는 새끼용은 로니에의 얼굴을 바라보며 "꾸르르……" 하고 의심스러운 소리를 내었다. 뒤로 물러서려는 용의 엉덩이를 오른손으로 막으며 로니에는 한마디를 덧붙였다.

"오늘은 물고기를 못 잡으면 점심은 없는 줄 알아."

"꾸륵……."

그건 너무해, 하는 듯한 처량한 울음소리에 자기도 모르게 웃을 뻔했지만 마음을 단단히 먹고 화난 표정을 지었다.

로니에와 츠키가케가 서로 노려보고 있는 바로 그때――.

"꾸루룩!"

한차례 울음소리를 낸 시모사키가 자신을 고무시키려는 듯 작은 날개를 두세 차례 퍼덕인 뒤 힘차게 물속으로 뛰어들었다. 공중에서 날개를 접고 긴 목을 곧게 편 뒤 머리부터 호수로 뛰어든 것이다.

깊이가 70센 정도인 호수 바닥 근처를 헤엄치던 작은 물고기들이 놀라 사방으로 흩어졌다. 시모사키는 그중 한 마리를 쫓으며 온몸을 버둥거리면서도 상당히 멋진 수영 솜씨를 피로했다.

비룡은 그 이름 그대로 하늘을 나는 일에 특화된 생명체였지만, 서제국 변경에 있는 ≪비룡의 둥지≫는 노르키아 호수보다 몇십 배나 되는 넓은 호수에 둘러싸인 험준한 고산으로 야생 비룡들은 호수를 자유자재로 헤엄치며 물고기를 사냥하는 모양이었다. 커시드럴에서 태어난 츠키가케와 시모사키는 앞마당의 얕은 호수에서 물장난을 친 적밖에 없었지만 본능적으로 헤엄치는 법을 아는 듯했다.

수십 초 뒤 수면을 가르며 높이 튀어 오른 시모사키가 작은 날개를 격렬하게 파닥거리며 원래 있던 호숫가에 착지했다. 티제와 로니에가 피할 틈도 없이 시모사키는 온몸을 흔들었고, 젖은 몸과 날개에서 대량의 물방울이 튀었다.

"우왓!"

깜짝 놀라 얼굴을 돌리려던 로니에는 시모사키의 입에서 반짝거리는 빛을 발견하고 자세히 살펴보았다. 그것은 은색 몸에 작은 반점이 난 송어였다. 물속을 헤엄칠 때는 굉장히 작게 느껴졌는데 가까이에서 직접 보니 길이가 20센은 될 것 같았다.

시모사키의 입에 물린 채 파닥거리는 송어에게 다가가 츠키가케가 코를 대고 킁킁 냄새를 맡았다. 그리고 잠시 뒤 시모사키는 고개를 들어 물고기를 꿀꺽 통째로 삼켰다.

"꾸루루루룩!"

만족스러운 듯 우는 새끼용에게 티제가 어이가 없다는 표정으로 말을 걸었다.

"뭐야, 어렵게 잡았으니 천천히 맛을 음미하면서 먹어도 되잖아."

그러나 시모사키는 방금 것은 연습이었다는 듯 꼬리를 흔들더니 다시 물속으로 뛰어들었다. 츠키가케도 호면(湖面)을 노려보았으나 거기서 멈추고 말았다.

"자, 츠키가케. 너도 힘내!"

로니에가 말을 걸자 공복감과 부담감 사이에서 주저하는 듯 몇 차례 상체를 움직이더니,

"꾸루룩~!"

하고 높이 울며 츠키가케도 물속으로 뛰어들었다.

연한 노랑색 몸통을 눈으로 쫓으니, 조금 전 시모사키와 비교하면 살짝 부자연스러웠지만 열심히 물고기를 쫓고 있었다. 그러나 송어 무리는 오른쪽 왼쪽으로 재빨리 움직여 좀처럼 잡히지 않았다. 시모사키보다 얌전한 성격을 가진 츠키가케에게 갑자기 물고기를 사냥하라고 하는 건 역시 어려웠으려나……라고 생각한 바로 그때, 송어 무리의 전방에 먼저 뛰어들었던 시모사키가 달려들었다. 깜짝 놀란 숭어 무리가 갈팡질팡 하고 있는 순간 츠키가케가 멋지게 돌진.

그대로 수면에서 뛰어올라 기슭으로 돌아온 새끼용의 입에는 25센 정도는 되어 보이는 멋진 송어가 물려 있었다.

"꾸루루룩!"

자랑스러운 듯 울며 사냥감을 보여주는 츠키가케에게 로니에도 크게 탄성을 질렀다.

"그래, 해냈구나! 축하해, 츠키가케!"

기뻐하며 작게 박수까지 쳐주었지만 문제는 이제부터였다. 구사에서는 물고기를 남겼다는 츠키가케가 자신이 잡은 송어를 먹을지 어떨지가 중요한 것이다. 하이나그 구사장은 자신

이 잡은 싱싱한 물고기를 먹게 되면 편식하는 습관이 나을 거라고 말했지만――.

두근거리며 지켜보자 츠키가케는 몇 차례 눈을 깜빡인 뒤 로니에 쪽으로 머리를 내밀더니 물고 있던 송어를 풀 위에 떨어뜨렸다.

"꾸룩!"

하고 우는 새끼용에게 물론 악의는 없겠지만 로니에는 자기도 모르게 한숨을 쉬었다. 아무래도 물고기를 잡는 일은 즐거워도 물고기를 먹는 게 싫은 것은 고쳐지지 않는 듯했다.

안 돼, 안 먹으면 점심도 없다고……, 하고 꾸중하기 직전에 티제가 끼어들었다.

"로니에, 혹시 그거 로니에에게 주는 거 아냐?"

"뭐……?"

깜짝 놀라 눈을 깜빡거리다 새끼용에게 물었다.

"……이 물고기, 나 주는 거야?"

그러자 츠키가케는 이제 알아차린 거냐는 듯 한 차례 울음소리를 내었다.

"꾸루룩!"

"그렇구나……. 고마워, 츠키가케."

오른손을 뻗어 물이 묻은 머리를 쓰다듬었다. 그리고 아직 팔딱팔딱 뛰는 물고기를 왼손으로 들며 미소를 지었다.

"이건 내가 점심으로 먹을게. 그렇지만 다음에 잡은 물고기는 네가 먹는 거야."

"꾸룩!"

물론, 하고 대답하는 듯한 울음소리를 낸 뒤 츠키가케는 다시 물속으로 뛰어들었다.

그때부터 비룡들의 사냥 솜씨는 눈부셨다. 각각 따로따로 사냥감을 쫓는 것이 아니라 한쪽이 송어 무리를 쫓고 다른 한 쪽은 미리 돌아가 기다렸다. 그리고 포위당한 송어 무리가 혼란에 빠지는 순간 동시에 사냥감을 포착했다.

송어 무리가 깊은 곳으로 도망칠 때까지 다섯 마리씩 송어를 잡은 츠키가케와 시모사키는 그중 세 마리는 자신들이 먹고 두 머리를 로니에와 티제에게 주었다. 마른 가지로 만든 모닥불에 굽기만 한 송어는 어제 먹은 부대표검사의 특별 요리에 비교하면 그야말로 소박한 맛이었지만 재료가 신선해서인지, 아니면 츠키가케와 시모사키가 잡아주어서인지 비슷할 정도로 맛있게 느껴졌다.

구사장의 말대로 눈 깜짝할 사이에 편식 습관을 고친 츠키가케와 지금 현재로서는 편식 습관이 없는 듯한 시모사키는 식사를 마친 뒤 다시 초지를 뛰며 놀기 시작했다. 커시드럴의 정원도 충분히 넓었지만 역시 자연 쪽이 비룡들에게는 기분이 좋은 모양이었다.

이제부터는 더 자주 밖으로 나와야겠어, 그렇게 생각하며 로니에도 맑은 공기를 가슴 가득 들이마셨다.

조금 떨어진 언덕 위에서는 나무에 묶인 밤색 털을 가진 말이 여유롭게 풀을 먹고 있었다. 호수 안쪽으로는 열 마리 정도의 흰색 물새가 작은 무리를 이루고 있었고 우화한지 얼마

되지 않은 듯한 나비들이 꽃에서 꽃으로 팔락거리며 날고 있었다. 여전히 두 명의 수습기사 외에는 인간의 모습은 보이지 않았다.

"모처럼 사령지가 해방되었으니 중앙도시 사람들도 많이 놀러 오면 좋을 텐데……."

로니에가 그렇게 중얼거리자 옆에서 수통의 차를 마시고 있던 티제가 쿡쿡 하고 웃었다.

"로니에도 꽤 커시드럴 생활에 익숙해졌나봐. 오늘은 안식일도 아닌데 사람들이 대낮부터 거리 밖으로 나올 수 있을 리가 없잖아."

"아……. 그, 그렇구나."

확실히 아직 아이들은 학교에서 공부를, 어른들은 일이나 가사를 하고 있을 시간이었다. 수습이라고 해도 오전 중의 수련 외에는 상당히 자유롭게 행동할 수 있는 기사의 특권을 당연한 것으로 여기지는 말아야지……, 하고 반성하고 있을 때 티제가 살짝 당돌하게 덧붙였다.

"아, 하지만 들은 이야기로는 여기 황제 직할령은 안식일에도 전혀 사람들의 출입이 없대. 다른 사령지 중에는 문 앞에 행렬이 생기는 곳도 있는 모양이지만."

"흐음…………."

그 말을 듣고 로니에는 다시 한 번 시선을 돌렸다.

놀란가르스 북제국은 중앙도시 센트리아로부터 북쪽을 향해 부채 모양으로 펼쳐져 있었다. 즉, 중앙도시에 다가가면 다가갈수록 토지도 좁아지므로 센트리아 북문에서 10킬로르 정도밖에 떨어지지 않은 이곳에서는 서쪽과 동쪽으로 국토를 가로지르는 불후의 벽이 선명히 보였다.

황제 직할령은 센트리아에서부터 똑바로 북쪽으로 뻗은 가도의 서쪽을 독점하고 있었고, 대귀족의 사령지는 길의 동쪽으로 이어지고 있었다. 그런 만큼 직할령이 무척 먼 것은 아니었으므로 사람들이 적은 이유라고는 할 수 없었다.

티제의 옆얼굴을 힐끔 보자 콧잔등이 아주 희미하게 떨리고 있었다. 무언가 말하고 싶은 것을 참는 얼굴이었다. 살짝 불길한 예감을 느끼면서도 로니에는 친구가 기대하고 있을 질문을 던졌다.

“…………직할령은 왜 이렇게 인기가 없는 거야?”

그러자 티제는 기다렸다는 듯 어흠 하고 헛기침을 한 뒤 노르키 호수의 반대편을 가리켰다.

“저길 봐, 저쪽에 저택이 보이지?”

“……응.”

살짝 고개를 끄덕였다.

호수 건너편 기슭은 작은 숲이 있었고 그 한가운데쯤에 날카롭게 솟아 있는 검은 지붕이 보였다. 저택이라고 하기보다는 작은 성이라고 해도 좋을 크기의 그 건물은 역대 놀란가르스 황제가 직할령을 방문할 때 머무는 별장이었다. 4제국 대란 이전에는 스무 명 가까운 위병과 하인이 상주하고 있었다고 들었지만, 현재는 완전히 봉쇄되었고 부지 전체가 출입금지를 뜻하는 사슬이 둘러쳐져 있었다.

“황제의 저택이잖아. 그게 왜?”

다시 옆을 보자 티제는 무척이나 묘한 표정을 지으며 입을 열었다

"……나온대, 저기에서."

"나오다니……, 뭐가?"

"뻔하잖아……."

낮은 목소리로 속삭이며 로니에의 오른쪽 귀에 얼굴을 대더니――.

"귀신 말이야."

"……………………."

어떻게 반응해야 좋을지 잠시 망설였다. 몇 초간 잠자코 있다가 다시 짧게 물었다.

"누구의?"

그러자 티제는 과장되게 지었던 진지한 표정을 무너뜨리며 소리쳤다.

"뭐야, 재미없잖아! 더 무서워하란 말이야!"

"그러고보니 아침부터 계속 그 이야기를 할 생각으로 준비한 거지?"

"당연하잖아. 로니에가 무서워하는 걸 볼 수 있는 찬스는 많지 않으니까."

키리토에게 배운 신성어를 섞어가며 유감스러워 하는 티제의 팔꿈치를 가볍게 찌르며 로니에는 다시 물었다.

"그거, 티제가 지어낸 이야기는 아닌 거지? 어디서 그런 이야기를 들은 거야?"

"요전번 안식일……. 너하고 키리토 선배가 암흑계에 간 날

6구 시장에서 물건을 사다가 거기 빵집 아저씨에게 들었어. 요즘은 안식일에 사령지였던 곳을 구경하러 가는 사람이 많아 도시락용 건빵이 잘 팔리지만 직할령은 인기가 없다고. 이유는 저택 가까이에 귀신이 나오기 때문……이라고."

"요즘 세상에 귀신이라니……."

로니에는 저도 모르게 고개를 흔들었다.

어렸을 때 들은 옛날이야기에 따르면 공리교회가 생기기 전에는 여기저기 거리나 마을에 유령이 출몰해 나쁜 짓을 많이 저지른 모양이었다. 그러나 그 유령들은 교회의 사제와 정합기사에게 퇴치되었고 지금은 완전히 평화롭게 되었다——. 모든 이야기가 그런 식으로 끝났다. 로니에도 옛날이야기에 나올 법한 무서운 귀신류는 한 번도 본 적이 없었다.

"무엇보다 실제 전투가 있었던 건 센트리아 1구에 있는 제성이었고, 그 전투에서 죽은 사람은 마지막까지 투항하지 않았던 황제와 몇몇 황족, 그리고 대귀족 장군들과 황제의 시종장뿐이잖아. 그런데 왜 직할령 별장에 귀신이 나오는 거야?"

조금 빠른 어조로 그렇게 묻자 티제는 두세 차례 눈을 깜빡이더니 다시 씨익 웃었다.

"어라? 로니에, 왠지 조금 겁먹은 것 같은데?"

"그……, 그렇지 않아. 전혀!"

"흐—음, 그럼……, 우리 둘이서 잠깐 조사해볼까?"

"응?"

갑작스러운 제안에 반사적으로 상체가 뒤로 물러났다.

"조, 조사라니……. 저 저택을?"

"물론이지."

즐거운 얼굴로 고개를 끄덕이며 티제는 말을 이었다.

"사실 계속해서 그런 이상한 소문이 이어지면 통일회의가 추진하는 사령지의 재이용 계획에도 영향이 있을 수 있잖아. 수습이라고 해도 우리 역시 정합기사단의 일원이니까 조사가 필요하다고 생각되면 그렇게 해야 하지 않겠어?"

——너무 수상하다.

그렇게 마음속으로 생각했지만 단짝의 의견은 표면적으로는 옳은 말이었다. 확실히 듀솔버트 사범에게도 너희들도 이미 기사인 만큼 명령을 기다리고 있어서만은 안 된다는 말을 종종 듣고 있다. 오후는 통째로 츠키가케의 편식 교정——을 위한 호숫가 물놀이로 사용해도 괜찮았고, 여전히 해는 많이 남아 있었다.

로니에는 한숨을 쉰 뒤 단짝의 얼굴에서 남쪽 하늘로 시선을 돌렸다.

작은 언덕에 막혀 센트리아 시가지는 보이지 않았지만 10킬로르나 떨어져 있어도 센트럴 커시드럴의 거탑은 푸른 하늘에 하얗게 떠 있었다. 저곳에서는 키리토와 아스나가 남센트리아 행정부의 보고를 이제나저제나 기다리고 있을 것이다. 아마도 도움이 되지 않을 그 보고의 결과에 따라 남센트리아 시 전체를 대상으로 대대적인 수색이 이루어질 예정이었지만, 만약 로니에 일행이 돌아오기 전에 긴급 사태가 발생하면 상위 기사 렌리가 자신의 비룡인 카제누이를 타고 오기로 되어 있었다.

"……알았어."

최대한 아무렇지도 않은 얼굴로 그렇게 대답한 뒤 로니에는 가까운 초원을 힘차게 달리는 츠키가케와 시모사키를 쳐다보았다.

"그렇지만 저 아이들은 어떡해?"

"데려가면 되지 않을까? 귀신류는 신성한 생물인 비룡에 약할 거잖아. 만약 진짜로 나온다면 하는 말이지만."

어디까지가 진심인지 알 수 없는 티제의 말에 잠시 생각한 뒤 로니에는 고개를 끄덕였다. 공리교회의 이름으로 봉쇄된 저택에 들어갈 수 있는 것은 정합기사뿐이었고, 귀신은 물론 곰이나 늑대 같은 위험한 동물이 이런 곳에 출몰할 리는 없으므로 새끼용들을 데리고 가도 위험하지는 않을 것이다.

"뭐, 그렇긴 하네……."

"좋아, 결정!"

소리친 티제가 의자 대신 사용하던 바위에서 힘차게 내려왔다. 이어 자리에서 일어난 로니에는 왼쪽 허리에 찬 달그림자 검의 손잡이를 만지며 말했다.

"이럴 줄 알았으면 티제도 빨리 새로운 검을 골랐으면 더 좋았을 텐데."

그러자 단짝은 자신의 인계수비군 제식용 검을 힐끗 쳐다보며 어깨를 움츠렸다.

"으음, 그렇긴 하지만 이 검도 마음에 들거든……. 이제 완전히 익숙하기도 하고……."

그 마음은 잘 알고 있었다. 로니에도 익숙한 검을 바꾸는 건 불안했고, 헤어지는 게 괴로웠으므로 억지로 강요는 할 수 없었다.

아무 말 없이 고개를 끄덕이고 티제는 잠시 웃어 보인 뒤 비룡들 쪽을 쳐다보았다.

"시모사키——, 츠키가케——, 이리 와! 잠깐 갈 데가 있어!"

그러자 잡은 물고기를 잔뜩 먹고 힘이 넘치던 비룡들은 작은 날개를 파닥이며 동시에 "꾸르르륵——!" 하고 대답했다.

노르키아 호수의 동쪽 기슭에서 폐쇄된 저택이 있는 서쪽 기슭으로 이동하기 위해서는 북쪽이나 남쪽으로 멀리 돌아가야만 했다.

호수 남쪽은 습지로 되어 있는 것 같아 두 사람은 북쪽으로 향했다. 이쪽은 마른 초지가 이어져 있어 걷기 편했다. 그렇다고는 해도 넓은 노르키아 호수를 우회하기 위해서는 3킬로르 가까이 걸어야 하는 만큼 새끼용들의 체력이 조금 걱정이었다. 하지만 역시 인계 최대의 천명치를 자랑하는 생명체의 새끼라고 할까, 두 마리 모두 힘차게 두 사람 뒤를 따라오고 있었다.

십수 분 뒤 호수 북단에 도착하자 그곳에는 노르키아 호수에 흘러드는 작은 강과 튼튼하게 만들어진 석조 다리가 있었다. 이 강은 놀란가르스 북제국의 북방 위치한 한끝산맥을 원류로 하는 루르 강의 지류로, 본류는 가도를 따라 중앙도시까지 흘러들어 시가지를 관통하는 수로에 맑은 물을 공급하고 있었다.

수검학원에 있을 때 키리토와 유지오가 가르쳐준 것이었지만 루르 강의 원류는 두 사람이 살고 있던 루리드 마을 바로 옆을 흐르는 모양이었다. 그렇다면 작은 배를 만들어 강을 따라 내려오면 고생하지 않고 센트리아까지 도착할 수 있지 않느냐——라고 티제가 지적하자 키리토와 유지오는 진지한 표정으로 잠시 침묵하더니, 입을 모아 "그런 생각은 하지 못했다"라고 말했다.

현실적으로는 중간에 여울과 급류, 폭포 등이 있을 것이므로 그렇게 편하지는 않겠지만 그래도 키리토와 유지오는 언젠가 루리드에 귀향하면 중앙도시로 돌아올 때는 그 방법을 시험해보겠다고 말했다. 그때는 우리도 같이 가면 좋겠다, 하고 티제와 로니에는 꿈을 키웠으나 그 모험이 실현되는 것은 이미 불가능했다.

야트막한 초지에서 멋진 돌바닥 길로 내려와 다리를 건넜다.

여기서부터 저택까지는 외길이었다. 잠시 걷자 오른쪽에 넓은 밭이 보였다. 질서 정연하게 심어진 낮은 나무들은 와인의 원료가 되는 포도나무일 것이다.

하급 귀족인 로니에의 아버지는 황제나 대귀족의 사령지에 있는 포도밭을 모두 밀밭으로 바꾸면 굳이 북방의 곡창지대에서 운반해오지 않아도 북센트리아에서 1년 동안 소비하는 밀을 모두 충당할 수 있다고 말했다. 그게 과장이 아니라는 것을 바로 알 수 있을 만큼 말도 안 되게 넓은 밭이었다.

게다가 황제가 마시는 와인은 이 어마어마한 수의 나무에 열리는 포도 중에서도 가장 좋은 것만 골라 소량만 주조하기 때문에 일반민은 맛을 볼 수 없다고 들었다. 과거 최고사제 어드미니스트레이터의 전속 요리인이었던 하나의 말로는 최고사제는 술과 음식에 그다지 까다로운 편이 아니라서 중앙 도시의 양조장에서 납품하는 와인——물론 고급품인 것은 당연했지만——으로 만족했기 때문에 놀란가르스 황제는 최고사제보다도 더 좋은 와인을 마시는 일을 비밀리에 자랑스러워했던 모양이었다.

"……이 포도밭은 어떻게 되는 걸까……?"

옆에서 걷고 있던 티제가 중얼거리는 소리를 듣고 로니에도 가볍게 고개를 갸웃거렸다.

"직할령 재이용 계획에서도 포도밭을 그대로 둘지 밀밭으로 바꿀지는 결정 안 된 것 같았어. 지금까지 이 포도밭을 가꾸었던 사령지민 출신 중에는 이곳으로 돌아와 다시 포도를 재배하고 싶다고 희망하는 사람도 있는 모양이고……."

"하지만 이렇게 면적이 넓은 이상 상당한 숫자의 일손이 없으면 유지가 안 되잖아……. 비슷한 문제가 다른 제국 직할령에서도 일어나고 있다고 들었어."

"서더크로이스 황제의 직할령에 있던 야젠 씨는 어느 쪽을 희망했으려나……."

이번에는 로니에가 의문을 입에 담자 티제는 잠시 시간을 두고 대답했다.

"……아스나 님이 과거시술로 본 광경에서 야젠 씨는 '나는 이제 직할령의 소작인이 아니다'라고 한 모양이니까 돌아올 생각은 없지 않았을까?"

"그래……, 그 말이 맞아. 어렵게 새로운 천직을 발견한 참이었는데……."

부드러운 햇빛 아래를 걸으며 두 사람은 잠시 침묵했다.

아무도 없는 포도밭을 가로지르는 바람이 조금 앞에서 걸어가는 새끼용들의 날개털을 흔들었다. 가지가 구부러진 포도나무는 지금은 잎이 모두 떨어져 쓸쓸해 보였지만 이제 곧 모든 가지에서 황녹색 새 잎이 선명하게 싹을 틔울 것이다. 포도밭을 유지하지 하기 위해서는 그때까지 수천 그루나 되는 포도나무의 손질을 시작해야만 했다.

"……저기, 티제. 만약 밭에서 일할 사람이 부족하다면……"

반쯤 무의식적으로 거기까지 중얼거린 로니에였지만 중간에 입을 다물었다. 의아한 표정을 짓는 티제에게 "아니, 아무것도 아냐" 하고 얼버무렸다.

실은 다크 테리토리의 벽지에서 어려운 생활을 하는 고블린족을 집단으로 이주시켜 밭일을 하게 하면 되지 않을까——, 하고 생각했던 것이다.

그러나 그래서는 과거 이곳에서 농노로 힘든 생활을 강요당했던 사령지민의 대역을 고블린족에게 시키는 셈이었다. 물론 노동을 강제하지도 않을 것이고 노동의 강도에 걸맞는 수입도 얻게 되겠지만, '데려와서 일을 시킨다'라는 시점에서 역시 고블린족들을 노예 취급하는 셈이 된다는 생각이 들었다.

——아니, 그렇게 생각한다면…….

인계에서 생활하는 사람들도 대부분 겨우 열 살 때 강제적으로 천직이 결정되면 일을 시작해야만 했다. 로니에나 티제처럼 상급 학교에 들어갈 수 있는 아이는 극히 예외적인 경우였고, 두 사람 역시 만약 수습 정합기사가 되지 못했다면 인계수비군에 입대하거나 부모가 정해준 상대와 결혼해 가정으로 들어가는 것 외에는 선택지가 없었으리라.

미래를 본인 스스로 결정할 수 없다면 과거 사령지민들이 살았던 시대와 본질적으로는 아무것도 변하지 않은 것이나 마찬가지였다.

지금까지 한 번도 생각한 적 없었던 의문이 머릿속에서 맴돌아 로니에는 자기도 모르게 발걸음을 멈출 뻔했다. 그러나 바로 그때 옆에 있던 티제가 큰 소리를 질렀다.

"앗, 저기! 문이 보여!"

눈을 깜빡이며 머리를 들자 티제가 가리키는 길 저편에 검은색의 멋진 철제 문이 우뚝 서 있었다. 문 건너편에는 오래된 고목들이 당당하게 서 있었고, 그 아래로 솔루스의 빛이 가로막혀 생긴 어둠 속을 길이 계속 이어지고 있었다.

나머지 100메르를 빠른 걸음으로 걷자 두 사람은 문 앞에 설 수 있었다.

가느다란 강철 막대를 덧붙여 만든 문의 중앙에는 백합과 매를 상징으로 하는 놀란가르스 북제국의 거대한 문장이 있었다. 그 아래에는 공리교회의 문장이 새겨진 하얀 나무 팻말이 달려 있었고, 【인계통일회의의 허가 없이 통행을 금지함】이라는 문장이 검은색으로 적혀 있었다.

또 양쪽으로 여는 문은 튼튼해 보이는 사슬로 엄중하게 봉쇄되어 있었고 그 사슬은 좌우로 이어져 결코 좁지 않은 숲 전체를 둘러싸고 있는 것 같았다. 물론 문 외의 장소에서는 사슬을 뛰어넘는 일도 사슬 아래로 들어가는 일도 가능했지만, 이 나무 팻말을 보고도 들어가려고 하는 사람은 인계에는 없을 것이다.

두 사람의 옆에서는 츠키가케와 시모사키가 어마어마하게 둘러쳐진 사슬을 보고 동시에 코를 울렸다.

비룡의 주인인 두 사람은 잠시 얼굴을 마주보다가 먼저 티제가 입을 열었다.

"……우리도 일단은 인계통일회의의 일원인 거지?"

"……매일 회의에도 나가고 있으니 그렇지 않을까?"

하고 로니에는 대답했지만, 정확하게는 회의에 출석한다고 하기보다는 견학한다고 하는 표현이 옳을 것이다. 그렇지만 가끔——아주 가끔 발언을 요구당할 때도 있는 만큼 완전한 외부인은 아니라고 할 수 있었다.

끄덕 하고 머리를 끄덕인 티제가 갑자기 얼굴을 근엄한 표정을 지더니 오른손을 가슴에, 왼손을 검의 손잡이에 대었다.

"수습 정합기사 로니에 아라벨! 인계통일회의의 이름으로 이 문의 통행을 허락한다."

일순 어처구니가 없었지만 어쩔 수 없이 기사의 예를 갖추며 "아……, 네" 하고 대답했다. 그러자 손을 내린 티제가 "뭐해, 너도 해야지" 하고 말하는 바람에 어쩔 수 없이 따라했다.

이어서 새끼용들에게도 허가를 내린 뒤 두 사람은 길을 오른쪽으로 벗어나 10메르 정도 걸어간 뒤 가느다란 말뚝으로 고정된 사슬을 넘었다.

순간, 공기가 차가워진 듯한 느낌이 들어 어깨를 움츠렸다. 그늘에 들어간 것뿐이라고 자기 자신에게 되뇌었지만 그것만으로는 설명이 불가능한 무거움이 공기에 포함된 것처럼도 느껴졌다.

이끼가 낀 나무들 밑을 걸어 돌바닥 길로 돌아오자 로니에는 파트너에게 이 돌발적인 임무의 목적을 확인했다.

"저기, 티제. 우린 여기에 귀신에 대한 소문을 조사하기 위해 온……, 거지?"

"맞아."

"그렇다면 저택 안으로 들어가는 거야?"

"맞아."

두 번 연속으로 끄덕인 뒤 티제는 씨익 웃음을 지었다.

"어라? 혹시 로니에는 귀신이 무서운 거야?"

당연히 이제 와서 인정할 수는 없었다. 어렸을 때 들은 무서운 옛날이야기의 기억이 되살아날 것 같았지만 아무렇지 않은 얼굴로 부정했다.

"그럴 리가 없잖아……. 그 이전에 지금 세상에 귀신 같은 게 있을 리도 없고."

그러자 티제는 무슨 영문인지 아주 잠깐 미소를 지었다가 금세 표정을 지우고 로니에의 등을 탁 하고 쳤다.

"그럼 저택 안에도 들어갈 수 있겠군! 좋아, 가자고!"

"그……, 그래……."

말려들었구나 하고 생각하면서도 로니에는 등이 밀리는 대로 걸기 시작했다.

이 숲 전체가 봉쇄된 지 반년 이상은 지났을 터인데도 나무 아래의 지면은 의외로 깨끗하게 유지되고 있었다. 어쩌면 키가 큰 고목들이 솔루스와 테라리아의 은혜를 빼앗은 까닭에 잡초가 자라지 못한 것일지도 모른다. 그렇게 생각하자 노르키아 호수 건너편 언덕에 있을 때는 그렇게 상쾌했던 공기도 조금이지만 답답한 것처럼 느껴졌다.

문 바로 앞까지는 두 사람 앞을 힘차게 가고 있던 츠키가케와 시모사키가 어느 사이엔가 뒤로 와 있기에 로니에는 걸음을 옮기며 돌아보았다. 그러자 새끼용들은 조금 수상쩍은 얼굴로 도로의 냄새를 맡기도 하고 들어올린 꼬리를 좌우로 흔들기도 했다.

“왜 그래, 츠키가케?”

뒤로 걸으며 말을 걸자 비룡은 “꾸루루……” 하고 낮은 목소리로 대답했다. 그다지 마음에 내키지 않는 모습이기는 했지만 그래도 멈추지는 않았다.

기사와 강한 유대감으로 이어진 비룡은 때로는 목숨을 던져서라도 주인을 지키려고 한다. 실제로 로니에는 이계전쟁의 막바지에 리얼월드에서 온 붉은 기사들이 던진 무수히 많은 장창에게서 기사 렌리를 지키기 위해, 그의 애룡 카제누이가 자신의 몸을 던져 막는 모습을 목격했다.

이미 전쟁은 끝났으므로 성체가 된 츠키가케나 시모사키가 그런 일을 당하는 장면은 결코 오지 않을 것이다. 그래도 로니에는 순간 가슴이 조여드는 듯한 감각에 휩싸였다.

오늘 외출은 용들을 위한 것인 만큼 용들이 불안해한다면 저택 조사는 포기하고 물러서는 편이 좋지 않을까……, 하고 생각했지만 티제는 걸음을 멈추려고 하지 않았다. 어쩔 수 없이 몸을 되돌려 친구 옆에 섰다.

돌이켜보면 티제의 태도도 약간이지만 평소의 그녀답지 않았다는 생각이 들었다. 저택을 조사하자고 말을 꺼냈을 때도 농담치고는 묘하게 완강한 어조였고 무엇보다 이야기를 꺼내는 것이 너무 갑작스러웠다. 마치 노르키아 호수로 외출하기로 결정되었을 때부터 이번 조사를 계획한 것처럼…….

"저기……"

하고 단짝에게 말을 건 바로 그때, 멀리 남쪽의 중앙도시에서 두 시를 알리는 종소리가 울렸다. 티제가 슬쩍 고개를 돌리더니 입을 열었다.

"서두르지 않으면 어두워지겠는걸. 뛰어야겠어!"

"아……, 응."

어쩔 수 없이 고개를 끄덕이고 로니에는 달려나가는 티제를 뒤따랐다. 새끼용들도 작은 날개를 파닥거리며 통통 튀듯 따라왔다. 아무리 비룡의 새끼라고 해도 슬슬 피로 때문에 천명이 줄어들 것이므로, 때를 봐서 마차에서 가져온 마른 과일을 먹여야 했다.

저택을 둘러싼 숲은 밖에서는 그다지 넓어 보이지 않았지만, 길이 구불구불해서인지 좀처럼 빠져나갈 수 없었다. 두 시를 알리는 종소리를 들은 지 10분 정도 지난 뒤, 간신히 앞쪽이 밝아지는 것이 보여 로니에는 휴우 하고 안도의 한숨을 내쉬었다.

숲의 중앙에는 지름이 100메르는 될 법한 원형 공간이 뻥 하니 뚫려 있었고, 그 중심에 문제의 저택이 고요하게 서 있었다.

진한 회색의 석조 건물로 급경사를 이루는 지붕은 검은색. 3층으로 된 듯했지만 창문이 작아 저택이라고 하기보다 요새 같았다. 앞정원에는 형식적인 크기의 화단이 만들어져 있었지만 마른 풀만이 자라나고 있을 뿐으로 쓸쓸함밖에 느껴지지 않았다.

"……이게 정말 황제의 별장인 거야……?"

로니에가 그렇게 중얼거리자 티제도 살짝 고개를 갸우뚱거렸다.

"그러게……. 이 정도면 대귀족의 사령지에 있는 저택 쪽이 클 것 같아……. 아, 하지만 저기……"

오른손을 들어 정면 현관의 대문을 가리켰다.

"문에 백합과 매의 문장이 있어. 저건 황제가(皇帝家)밖에 쓸 수 없는 거잖아."

"응……."

숲 입구에 있었던 철문에도 저택의 문에도 놀란가르스 가문의 문장이 있는 이상, 이곳이 황제의 별장임은 분명해 보였다.

"……가자."

티제가 작은 소리로 말하고 걷기 시작했다. 그 옆을 시모사키가 머리를 낮춘 채 따랐다.

로니에는 자신의 발밑에 있는 츠키가케를 보며 "괜찮아? 피곤하진 않아?" 하고 물었다. 그러자 새끼용은 "물론"이라고 말하는 것처럼 날개를 펴고 짧게 울었다.
마른 잔디밭을 관통하는 작은 길과 화단을 통과해 대문 앞에 섰다.

주위를 돌아보아도 노르키아 호수의 푸른 수면은 나무에 막혀 전혀 보이지 않았다. 이래서야 호숫가에 집을 짓는 의미가 없잖아, 하는 생각이 들었지만 그때 뒤에서 철컥 하는 금속음이 들렸다. 돌아보니 티제가 좌우 문의 손잡이를 잡고 열려고 하고 있었다.

"……안 열려?"

로니에의 말에 단짝은 붉은 머리카락을 가볍게 흔들었다.

"응. 자물쇠가 걸려 있는 것 같아."

"뭐, 평범하게 생각하면 그게 맞겠지. 즉……, 저택 안에 아무도 없다는 뜻이잖아?"

이것으로 티제도 납득할 것이라 생각하며 로니에는 그렇게 말했지만 단짝은 손잡이에서 손을 떼려고 하지 않았다.

"그렇지만 귀신이라면 문이 잠겨 있어도 통과할 수 있을 거잖아?"

"뭐라고……?"

뜻밖의 반론에 미간이 찌푸려졌다. 확실히 옛날이야기 속의 귀신은 대체로 실체가 없었고 벽이나 문을 통과하는 녀석도 있었던 것 같았지만――.

"……그렇다곤 해도 우린 그런 일은 못하니까……."

그렇게 중얼거리고 티제는 손잡이를 잡은 채 두 눈을 감고 묘한 신음소리를 내었다.

"음……, 으으으음……."

"뭐……, 뭐 하는 거야?"

"으으으으음……!"

"티제! 뭐 하는 거냐니까?!"

묘한 기색의 단짝의 팔을 잡으려다 그때서야 알아차렸다.

티제는 어제 남센트리아의 숙박소에서 키리토가 보여줬던 ≪심의 자물쇠 열기≫를 흉내 내는 것이 분명했다.

"저기……, 아직 ≪심의의 팔≫도 사용하지 못하는 우리가 자물쇠 같은 걸 열 수 있을 리 없잖아!"

어이없다는 표정으로 지적하던 로니에는 티제의 얼굴이 생각보다 진지――하다고 하기보다 필사적인 것을 깨닫고 작게 숨을 삼켰다.

몇 번인가 망설인 뒤 작은 목소리로 다시 물었다.

"……티제. 왜……, 그렇게까지……? 귀신에 대한 소문을 조사하는 게 그렇게 중요한 일인 거야……?"

그러자 티제는 천천히 숨을 내쉬며 손잡이에서 손을 떼었다.

그대로 잠시 고개를 숙이고 있었지만 이윽고 희미한 목소리로 되물었다.

"……로니에는 귀신이 진짜로 있다고 생각해?"

"뭐…………?"

어린아이 같은 질문에 대체 무슨 소리를 하는 거야 하며 웃으려고 했지만 그러기 직전 로니에는 입을 다물었다. 티제의 얼굴은 여전히 진지했고 장난기라고는 찾아볼 수 없었다. 그 이유는 전혀 알 수 없었지만, 친구가 진지하게 묻는 것이라면 진지하게 생각하고 대답해야 했다.

귀신——즉, 원한이나 슬픔을 품은 채 죽은 인간의 영혼이 신계에 도달하지 못하고 방황하는 모습을 자신의 눈으로 본 경험은 로니에에게 없었다. 물론 로니에에게 귀신이 나오는 옛날이야기를 해준 어머니나 할머니도 마찬가지일 것이다.

그렇다고 옛날이야기의 무대인 수백 년 전에는 진짜 귀신이 있었을까 하고 생각하면 그 역시 아니라는 생각이 들었다. 왜냐하면 죽은 인간의 영혼이 인도된다는 신계 그 자체가 아마도 실재하지 않을 것이기 때문이다. 이곳 언더월드의 바깥쪽에 있는 것은 키리토와 아스나가 살았던 리얼월드였지만, 그곳에도 신은 존재하지 않고 인간들이 수천 년이나 대립해오고 있다고 했다.

신계가 존재하지 않는다면 이 세상은 죽은 자의 영혼이 넘쳐나 귀신투성이가 되는 것이 정상이었다. 그렇지만 그렇게 되지 않은 것은 인간의 영혼은 원한을 품든 품지 않든 죽는 순간 소멸될 뿐 귀신이 되지는 않기 때문일 것이다.

로니에는 자신의 생각을 말로 하기 위해 숨을 들이마셨다.

그러나 말을 하기 직전 하나의 정경이 뇌리에 선명하게 떠올랐고, 로니에는 자신의 두 눈을 크게 떴다.

무서운 귀신을 본 적은 없었다.

하지만 죽고 만 사람의 영혼이 반짝이는 모습을 본 적은 있었다.

그것은 이계전쟁의 마지막 순간 리얼월드의 붉은 기사들을 지휘하던 검은 외투의 남자와 오랜 잠에서 깨어난 키리토가

격렬하게 싸울 때의 일이었다.

검은 외투의 남자가 쥔 거대한 손도끼가 키리토의 검을 조금씩 밀어내고 당장이라도 어깨에 파고들려는 순간, 티제는 두 손을 모아 빌었다. 부탁이에요, 유지오 선배. 키리토 선배를 도와주세요……라고.

그리고 마치 그 목소리에 응답하는 것처럼 금색의 투명한 팔이 나타나 키리토가 쥔 밤하늘검을 지탱해주었다. 그 손의 도움으로 키리토는 거대한 손도끼를 밀어내고 검은 외투의 남자와의 싸움에서 승리했다. 그것은 분명 이미 이 세상에는 없는 사람의 손——키리토의 친구이자 티제의 지도생이었던 상급수검사 유지오의 손이었다.

"……티제……, 너…………."

몇 초 전에 했던 귀신에 대한 고찰은 완전히 잊어버리고 로니에는 떨리는 목소리로 친구의 이름을 불렀다. 티제가 왜 폐저택에 귀신이 나온다는 소문에 집착하는 것인지 비로소 깨달은 것이다.

내민 오른손이 고개를 숙인 티제의 등에 닿으려는 바로 그 순간.

희미한——그렇지만 분명한 어떤 소리가 귀에 들렸고 로니에는 깜짝 놀라 몸을 경직시켰다. 동시에 티제도 재빨리 고개를 들었다.

들린 것은 자연의 소리는 아니었다. 금속과 금속이 스치는 듯한 불쾌하기 짝이 없는 삐걱거리는 소리였다. 게다가 그것은 분명 잠긴 문 안쪽에서 들려왔다.

돌아보는 티제에게 집게손가락을 입에 대어 신호를 한 뒤 로니에는 대문에 조용히 왼쪽 귀를 대었다.

몇 초 기다렸지만 아무 소리도 들리지 않았다. 그렇지만 조금 전 들린 소리는 결코 환청 같은 것이 아니었다.

문에서 얼굴을 떼자 얼굴에서 핏기가 사라진 티제가 아주 작은 목소리로 속삭였다.

"……안쪽을 조사해야 돼."

"…………."

고개를 끄덕여야 할지 로니에는 망설였다.

만약 귀신의 소문이 진짜라고 해도 그 귀신이 티제가 연모하는 상대……, 유지오라고는 생각할 수 없었다. 센트럴 커시드럴 최상층에서 목숨을 잃은 유지오가 황제 직할령에 있는 별장에 출현할 리가 없기 때문이다.

그리고 소리를 낸 것이 귀신이 아닌 살아 있는 인간인 경우 그 사람은 무고한 일반민이 아닐 가능성이 높았다. 인계통일회의의……, 즉 공리교회의 이름으로 폐쇄된 저택에 들어올 수 있는 것은 교회의 권위와 금기목록에 저항할 수 있는 자뿐이기 때문이다.

지금 당장 커시드럴로 돌아가 키리토나 파나티오에게 보고해야 된다고 로니에는 생각했지만, 그 제안을 하는 것보다 먼저 티제가 움직였다. 건물 뒤로 돌아가 들어갈 생각인지 저택 벽을 따라 남쪽으로 달리기 시작했다. 그 뒤를 시모사키가 팔짝팔짝 뛰며 뒤따랐다.

"꾸루룩!"

옆에서 소리를 내는 츠키가케의 재촉에 로니에도 어쩔 수 없이 지면을 발로 찼다.

설령 뒷문으로 돌아간다고 해도 그곳 역시 당연히 잠겨 있을 것이다. 티제가 무슨 짓을 할 생각인지는 모르겠지만 무모한 일을 하려고 하면 막아야 했다. 그렇게 생각했지만 10메르 앞에서 달리는 단짝을 좀처럼 따라잡을 수 없었다.

저택 모서리를 두 번 돌아 뒷정원으로 들어가자 갑자기 어두컴컴해졌다. 일단 뒷정원에도 화단이 있었지만 햇빛이 거의 들어오지 않는 탓에 파란 이끼류와 회색의 풀고사리류에 점령당해 있었다. 통로에는 부서진 바퀴며 썩은 나무 상자 따위가 여기저기 방치되어 있어 도무지 황제의 별장으로는 보이지 않았다.

티제가 가려고 했던 뒷문은 건물의 북쪽에 조그마하게 설치되어 있었다. 즉, 남쪽이 아니라 북쪽으로 도는 게 더 가까웠지만 그런 일은 전혀 신경 쓰지 않는 듯 한층 더 달리는 속도를 높이더니 티제는 작은 문에 달려들었다.

파랗게 녹슨 동그란 손잡이를 잡고 돌리려고 했지만 로니에의 예상대로 철컥철컥 하는 금속성 소리만 울렸다. 그래도 티제는 계속해서 손잡이에 힘을 주었다. 수습이라고 해도 무구 장비권한이 40 가까이 되는 기사의 힘으로 억지로 열다가는 문을 부술지도 모른다. 이 저택은 황제가로부터 접수받아 현재는 인계통일회의의 재산이므로, 아무리 긴급 사태라 하더라도 회의의 허가 없이 파괴하는 일은 기사에게 허락되지 않았다.

간신히 단짝을 따라잡은 로니에는 재빨리 티제의 오른손을 잡았다.

"안 돼, 티제! 이러면 문이 부서질 거야."

"그렇지만……. 안에서 소리가……."

하고 가느다란 목소리로 대답하는 티제의 얼굴은 그늘 속에서도 이상할 정도로 창백하게 보였다. 차가운 오른손을 자신의 두 손으로 감싸며 로니에는 필사적으로 달랬다.

"그 소리는 나도 들었어. 잘못 들은 게 아니야. 하지만 그렇기에 더 침착해야 돼."

조금씩 힘이 빠지는 티제의 오른손을 손잡이에서 떼어낸 뒤 1메르 정도 물러서게 한 다음 로니에는 다시 한 번 뒷정원을 둘러보았다.

"……건물 안에 있는 게 귀신일지도 모르지만 그렇지 않을 가능성도 있어. 만약 살아 있는 인간이 저택에 출입했다면 어딘가 흔적이 남아 있을 거야."

그 말을 들은 티제가 몇 번인가 눈을 깜빡이더니 작게 고개를 끄덕였다. 넋이 나간 듯한 얼굴에 조금씩 생기가 돌아오고 있었다.

"응……, 맞아. 이 근처를 조사해보자."

간신히 제정신으로 돌아온 것 같은 단짝에게 힘차게 고개를 끄덕이고 다시 주위를 살폈다.

어두컴컴한 뒷정원은 앞정원보다 더 좁았지만, 그래도 폭 100메르, 길이 30메르는 될 것 같았다. 오른쪽과 왼쪽에 이끼가 낀 화단이 있었고 중앙에는 진한 녹색으로 물든 연못.

통로에는 부서진 잡동사니가 뒹굴고 있었고 잡초도 무성했다. 조사를 하려고 해도 어디서부터 손을 대야 할지 알 수 없을 지경이었다.

아니, 닥치는 대로 무엇인가를 찾아내려고 해서는 안 된다. 우선 머리를 써서 조사해야 할 장소를 좁혀야 한다.

"……이쪽 뒷문으로 출입하는 인간이 있다면……"

그렇게 중얼거리며 로니에는 문 앞쪽의 지면을 자세히 바라보았다.

흙이 노출된 곳이라면 발자국을 찾을 수 있었을지도 모르지만, 유감스럽게도 통로 부분은 전부 앞정원과 마찬가지로 회색 돌바닥이었다. 그러나 앞정원과 달리 여기저기 이끼가 조금씩 덮여 있었다. 발자국이 남을 만한 두께는 아니었지만 어쩌면——.

"티제, 잠깐 용들 좀 살펴줘."

"으응……."

몇 걸음 물러선 티제가 허리를 숙이고 츠키가케와 시모사키의 등에 손을 올릴 때까지 기다렸다가 로니에는 오른손을 앞으로 뻗었다.

"시스템 콜. 제네레이트 엄브러 엘레멘트."

술식에 의해 생성된 것은 청자색 인광으로 둘러싸인 검은색의 극히 작은 구체였다. 마치 공간 위에 열린 구멍처럼 보이는 그 구체는 여덟 종류 있는 엘레멘트 중에서도 가장 다루기 어려운 ≪어둠 엘레멘트≫였다.

빛 엘레멘트와는 반대로 마이너스 성질을 가지고 있으므로,

이대로 해방시키면 주위에 있는 것들을 흡수하며 사라질 것이다. 물이나 공기라면 상관없지만 물건이나 사람에게 닿으면 큰일이 벌어진다. 하지만 그 성질을 이용해 다른 엘레멘트와는 전혀 다른 사용법도 가능했다.

"폼 엘레멘트, 미스트 셰이프."

로니에가 술식을 계속하자 어둠 엘레멘트는 소리도 없이 분해되면서 보라색 안개로 바뀌었다. 공격에 사용하려면 바람 엘레멘트로 만든 회오리바람에 섞어 적에게 뿌리면 되지만 지금은 그럴 필요가 없었다.

로니에는 두 손을 사용해 안개를 얇고 넓게 펼치면서 속삭였다.

"디스차지."

보라색 안개가 전방으로 사르륵 펼쳐졌다.

이 안개는 신성력을 끌어당겨 반응한 뒤에 사라지는 성질을 가지고 있었다. 회오리바람에 안개를 섞으면 바람의 칼날이 적의 피부를 도려내면 상처에 어둠 엘레멘트 안개가 달라붙어 신성력의 근원인 피를 계속 흡수하는 것이다.

그리고 신성력은 인간이나 동물뿐만 아니라 식물도――돌바닥에 붙어 있는 이끼도 가지고 있었다. 물론 양은 미미하지만 몇 번이나 발에 밟혀 상처를 입으면 그 상처로 미량의 신성력을 공간에 방출할 것이다.

띠처럼 뿌려진 보라색 안개는 마치 식물처럼 가늘게 갈라지면서 지면을 덮어 요염하게 반짝였다. 그 형태는 분명 인간의 발자국이었다. 게다가 빛을 내는 형태로 미루어볼 때 이끼가 밝힌 것은 극히 최근이었다.

발자국은 저택의 뒷문에서 북쪽을 지나 뒷정원을 둘러싼 숲 속으로 이어지고 있었다.

"티제, 저쪽이야!"

작은 소리로 소리치면서 로니에는 자신과 가까운 쪽의 것부터 희미해지는 발자국 모양의 빛을 따라 달리기 시작했다.

뒷정원의 북단에서 왼쪽으로 돌자 정면 숲에 활짝 입을 벌린 것처럼 나 있는 작은 오솔길이 눈에 들어왔다. 덤불이며 잡초가 정리되어 있고 걸리적거리는 가지가 잘려 나간 것을 보면 분명 사람의 손에 의한 것이었다. 어두컴컴한 숲 깊은 곳으로 이어지는 누군가의 발자국만이 보라색으로 희미하게 빛나고 있었다.

오솔길의 입구에 멈춰 서서 따라온 티제에게 속삭였다.

"조심해야 돼! 발자국의 주인과 마주칠지도 몰라."

"알았어."

고개를 끄덕이는 단짝의 발밑으로 시선을 돌리자 두 마리의 새끼용들도 진지한 얼굴로 귀 쪽 털을 곤두세우고 있었다. 이대로 가면 발자국의 주인과 전투가 벌어질 수도 있으므로 용들은 두고 가고 싶었지만, 저택의 뒷정원도 안전하다고는 단정할 수 없었다.

데려 가는 수밖에 없다고 판단하고 로니에는 허리를 숙였다.

"너희들, 조용히 해야 돼."

꾸루루 하고 작은 소리로 대답하는 츠키가케의 머리를 가볍게 쓰다듬은 뒤 스읏 허리를 폈다.

다시 오솔길을 보자 발자국의 빛은 이미 사라졌지만 숲의 크기로 보아 길을 잃을 염려는 없었다. 다시 한 번 두 사람은 마주보고 고개를 끄덕인 뒤 동시에 걸음을 옮겼다.

어두컴컴한 오솔길을 겨우 몇 메르 전진했을 뿐인데 공기가 확연히 차가워졌다. 오늘은 봄이 오는 것이 느껴질 만큼 따뜻했건만 내뿜은 입김이 한겨울처럼 하얗게 물들었다.

느낌이 좋지 않아, 하고 로니에는 생각했다. 4제국 대란 때, 티제와 함께 돌입했던 놀란가르스 성의 옥좌가 있는 방도 이렇게 차가운 공기로 가득했다. 단순히 추운 것이 아니라 오랜 세월에 걸쳐 벽과 바닥에 파고든 냉기가 따뜻함을 빼앗은 느낌이었다.

아직 두 시 반 종도 울리지 않았는데 가면 갈수록 어둠도 짙어졌다. 오솔길 양쪽은 날카로운 가시가 달린 나무 울타리로 막혀 있었고 머리 위에는 고목의 가지가 몇 겹이나 겹쳐져 있었다.

더 이상 어두워지면 빛 엘레멘트로 길을 밝혀야겠다……고 생각한 바로 그때.

"아……. 로니에, 저길 봐!"

티제가 날카롭게 소리를 쳤고 로니에도 앞을 바라보았다.

어둠 저편에 가로로 몇 개나 서 있는 금속 막대기가 보였다. 숲을 둘러싼 철책인가? 하고도 생각했지만 바로 부정했다. 그것은 울타리가 아니라 문이었다. 길의 막다른 곳에 사당 같은 작은 건물이 있었고 그 건물의 앞쪽에 쇠창살이 달린 문이 있었던 것이다.

일단 멈추어 서서 사당 주위에 인기척이 없는 것을 확인 한 뒤 신중히 접근했다.

"……이 건물, 꽤나 오래 됐네……."

티제의 속삭임처럼 석재로 만들어진 사당의 벽은 비바람에 노출되어 거무스름했고, 지면과 접한 쪽은 두텁게 이끼가 끼어 있는 것이 10년이나 20년 이상 방치된 듯했다. 양쪽으로 여는 거대한 철격자 문도 살짝 녹이 슬어 있었지만, 무척이나 우선도가 높은 소재인지 노후된 느낌은 들지 않았다.

좌우의 문은 빈틈없이 맞물려 있었고 지면으로부터 1미터 정도 되는 곳에 튼튼해 보이는 편지함이 설치되어 있었다. 두 손으로 쇠창살을 잡고 살짝 힘을 주어보았으나 예상한 대로 꼼짝도 하지 않았다. 문 건너편은 지면 아래로 내려가는 계단이 있었고, 그 너머는 완전한 암흑이었다.

"여기도 잠겨 있네."

로니에의 말에 티제가 분한 듯한 표정으로 대답했다.

"반드시 이 안에 뭔가가 있을 텐데……."

그 목소리에는 조금 전의 무언가에 홀린 듯한 느낌은 없었기에 로니에는 조금이나마 안심할 수 있었다. 물론 유령의 존재에 집착하는 감정이 사라진 건 아니겠지만, 저택 뒷문과 이 사당을 왕래하는 누군가는 분명히 귀신이 아니라 살아 있는 인간이었다. 아마 저택 안에서 소리를 낸 자도 마찬가지일 것이다.

그 인간은 인계통일회의의 출입금지 명령을 어겼을 가능성이 높으므로 수습기사로서 정체를 알아내고 악당이라면 붙잡고 싶었지만——, 그렇다고 문을 부수는 것이 허락되지는 않았다. 눈앞에서 범죄가 이루어진 게 아니기 때문이었다.

로니에는 유감이지만 일단 커시드럴로 돌아가 상황을 보고하고 상위 기사 중 누군가와 다시 오는 수밖에 없겠다고 생각했다. 그러나 그 말을 하는 것보다 빨리 티제가 작은 소리로 외쳤다.

"앗……, 저기!"

쇠창살 사이로 뻗은 오른손이 내려가는 계단의 오른쪽 벽을 가리켰다. 그 손의 방향에 따라 로니에도 문에 얼굴을 대고 어둠 속을 응시했다.

일곱 계단 정도 아래 쪽에 둔하게 빛나는 무언가가 보였다. 벽에 박힌 못에 끈과 함께 매달려 둔한 은빛을 내는 가느다란 물체는…….

"…………열쇠!"

동시에 소리치고 얼굴을 마주보았다.

아마도 실수로 안에 갇혔을 때 사용하기 위해 준비한 예비용 열쇠이리라. 즉, 이 무시무시한 격자문은 외부의 침입을 막기 위한 것이었다.

두 사람은 동시에 창살 사이로 있는 힘껏 손을 뻗었지만, 틈새의 폭은 불과 10센밖에 되지 않아 열쇠까지는 손이 닿지 않았다.

"……시, ≪심의의 팔≫을 사용할 수 있었다면……."

티제의 말에는 전적으로 동감이었으나 그게 가능했다면 키리토로부터 ≪심의 자물쇠 열기≫를 배우는 편이 더욱 편했을 것이다. 긴 막대라도 있을까 해서 주위를 둘러보았지만, 운 좋게 그런 것이 떨어져 있을 리 없었다.

하지만 반대로 말하면 길이 3메르 정도의 막대만 구할 수 있다면 밖에서 저 열쇠를 손에 넣는 일도 가능하다는 것이었으므로 꽤나 경비가 허술하다는 뜻도 되었다. 예비 열쇠를 둔다고 해도 저렇게 가까운 곳이 아니라 계단의 훨씬 안쪽에 두어야 옳았다.

대체 이 사당은 뭐지? 하고 로니에가 다시 의아하게 생각한 바로 그 순간이었다.

발밑에서 "꾸르르르……" 하는 용의 울음소리가 들렸다. 내려다보니 하늘색 깃털의 시모사키가 창살 틈 사이로 자신의 몸을 밀어 넣으려고 하고 있었다. 그것을 본 티제가 당황한 목소리로 입을 열었다.

"안 돼, 시모사키. 아무리 너라 해도 이 틈으로는……"

그러나 그 말이 끝나기도 전에 츠키가케가 시모사키의 엉덩이를 머리로 밀었다. 그러자 새끼용의 몸이 통 하고 창살 사이를 통과했고, 그 속도를 이기지 못하고 한 바퀴를 더 회전한 뒤 계단 앞에서 일어섰다.

"꾸르륵!"

의기양양하게 우는 시모사키는 날개 쪽에 살짝 녹이 묻어 있었지만 다친 곳은 없는 모양이었다. 풍성한 솜털 때문에 꽤나 커 보이지만 새끼용의 몸 자체는 아직도 작았던 것이다.

"정말이지, 시키지도 않은 짓을……."

티제는 가볍게 꾸짖었지만 입가에는 자랑스러워하는 듯한

미소가 떠올라 있었다. 여전히 쇠창살 사이에 넣고 있던 오른 손으로 열쇠를 가리키며 애룡에게 지시를 내렸다.

"시모사키, 저걸 가져다줄 수 있겠어?"

물론, 하고 말하는 것처럼 한 차례 울고 시모사키는 종종걸음으로 계단을 내려가 열쇠 바로 밑에서 멈추었다. 열쇠까지의 높이는 약 1.8메르. 작은 날개를 힘껏 퍼덕이며 한 번, 두 번 도약했고, 세 번째 도약 만에 열쇠를 입으로 무는 것에 성공했다. 그리고는 의기양양하게 돌아와 창살 틈 사이로 가느다란 얼굴을 내밀었다.

시모사키가 입에 물고 있는 열쇠를 받아든 티제는 그것을 로니에에게 넘기고 자신은 두 손으로 비룡의 얼굴을 쓰다듬었다. 그 모습을 보면서 오래된 열쇠를 문의 열쇠 구멍에 넣었다. 다소 빡빡한 느낌이 들었지만 예상대로 열쇠는 돌아갔고, 철커덩 하는 건조한 소리가 울렸다.

티제가 한 걸음 물러서는 것을 기다렸다가 문을 앞으로 당기자 끼이이익……, 하는 소리와 함께 문이 움직였다. 안에서 기다리던 시모사키가 빨리 오라는 듯 날개를 움직였다.

문이 열린 이상 지하에 무엇이 있는지 조사해야만 했지만 다시 한 번 어두운 계단 밑을 바라보던 로니에는 손바닥에 땀이 흥건히 배어나오는 것을 느꼈다.

높은 우선도를 자랑하는 격자문의 열쇠를 보란 듯이 놓아둔 게 왠지 마음에 걸렸다. 침입자를 지하로 유혹하기 위한 함정일 거라고는 생각되지 않았지만——만약 그렇다면 처음부터 문을 열어놓았으면 될 일이었다——이 밑에 무엇이 있을지 전혀 예상할 수 없었다.

주인의 불안을 알아차렸는지 다리에 몸을 비비는 츠키가케를 안으며 로니에는 단짝에게 제안했다.

“저기, 티제. 아래쪽은 내가 조사할 테니까 너는 여기서……”

“싫어. 무조건 나도 갈 거야.”

단호하게 고개를 흔드는 티제에게 그럼 내가 밖에서 기다리겠다고는 왠지 말할 수 없었다.

“……알았어. 그렇지만 신중에 신중을 거듭해야 돼.”

“너도 마찬가지야.”

그렇게 말하고 씨익 웃는 티제를 보며 조금이나마 용기를 얻은 로니에는 따라 미소를 지은 뒤 덤불 쪽으로 다가갔다. 가시가 없는 가지를 하나 골라 그것을 꺾었다. 그리고 빛 엘레멘트를 하나 생성시켜 가지 끝의 잎에 ≪애드히어≫ 술식으로 고정시켰다.

왼팔로 츠키가케를 안고 오른손으로 즉석에서 제작한 횃불을 든 뒤 사당 안으로 걸음을 옮겼다. 티제와 시모사키가 들어오는 걸 기다렸다가 문을 닫고 다시 잠갔다. 열쇠를 이대로 들고 가고 싶은 마음은 굴뚝같았지만, 침입한 것을 들킬지도 모르므로 지면에서 조금 떨어진 원래 자리에 되돌려놓았다.

내려가는 계단은 생각 외로 길었다. 정확히 서른 칸을 내려오자 층계참이 나타났고 방향을 틀어 다시 서른 칸을 내려가자 비로소 평평한 통로로 바뀌었다. 한 칸의 높이가 약 20센이었으므로 지상에서 12메르나 내려온 셈이었다. 커시드럴이라면 3층 정도의 깊이였다.

공기는 바깥보다 조금 따뜻했지만 축축한데다 곰팡이 냄새도 났다. 사실은 아주 잠깐 여기가 놀란가르스 황제 가문의 비밀 보물창고 아닐까 하는 생각도 했지만, 이런 곳에 보관한다면 보물도 몇 년 안에 천명을 다해 부서질 것이다.

지하 통로는 거의 50메르 정도 이어진 뒤 다시 오른쪽으로 방향을 틀었다. 그제서야 겨우 앞쪽에 희미한 불빛이 보였다. 그러나 마음을 놓을 수는 없었다. 광원이 무엇이든 그것을 밝힌 사람이 분명 있을 터였다.

불빛까지는 아직 30메르 이상 거리가 남았지만, 로니에는 멈추어 서서 기척을 살폈다. 지금은 아무 소리도 들리지 않았다. 신중하게 다시 전진하려는 바로 그때, 외투의 후드를 누군가 뒤에서 잡는 것이 느껴졌다.

자기도 모르게 몸을 경직시켰다가 뒤로 돌았다.

"……왜 그래?"

극도로 작은 목소리로 묻자 티제는 묘한 표정으로 통로의 천장을 바라보고 있었다. 로니에도 시선을 위로 향했지만 벽과 같은 재질이 이어져 있을 뿐이었다.

다시 고개를 내리자 티제는 여전히 미간을 찡그리고 있었다.

"뒷정원에서 북서쪽으로 이동해 숲으로 들어간 다음……, 사당 지하로 내려와 한 차례 방향을 바꾸었으니까……. 로니에, 혹시 이 근처는 이미 저택 지하 아닐까?"

"어…………?"

그 말에 로니에도 저택과 숲의 평면도를 떠올렸다. 천천히 눈을 깜빡이며 고개를 끄덕였다.

"맞아, 그럴지도 모르겠네. ……그런데 그게 왜?"

"그게……, 이상하지 않아? 저택 지하실이라면 건물 안에 계단을 만들면 될 텐데……. 왜 몇십 메르나 떨어진 숲 속에 입구가 있는 거지?"

그러고보니 티제의 의문은 타당했다. 입구 근처에 놓여 있던 열쇠를 발견했을 때의 위화감이 가슴속에서 다시 되살아났지만 여기서 생각해본들 해답은 나오지 않을 것이다.

"안쪽을 조사해보면 알 수 있을지도……."

로니에가 그렇게 대답하자 단짝도 "그래……" 하고 대답했다. 어쨌든 여기까지 온 이상 지하를 구석구석까지 조사하지 않고는 물러설 수 없었다.

다시 귀를 기울이며 두 사람과 두 마리는 발소리를 죽여 통로를 남쪽으로 걷기 시작했다.

앞쪽은 노란색 빛이 희미하게 흔들리고 있었다. 코에 신경을 집중시키자 곰팡이 냄새와 함께 기름 칸델라 특유의 타는 냄새가 섞여 있는 것을 알 수 있었다. 그리고 아주 희미했지만 또 하나의 다른 냄새도 났다.

왼팔에 안긴 츠키가케도 뾰족한 코를 움찔거리고 있었다. 어디선가 맡은 적이 있는 냄새라는 생각을 하면서도 정체를 떠올리지 못한 채 로니에는 조심스럽게 전진을 계속했다.

불빛의 정체는 역시 오른쪽 벽에 매달린 두 개의 기름 칸델라였다. 그 바로 앞쪽에서 통로는 끝이 나 있었지만, 왼쪽 벽에 무언가가 있는 듯했다. 칸델라 불빛을 받아 둔하게 빛나는 것은 새로운 쇠창살문——아니, 저것은.

"……가, 감옥……?"

티제의 속삭임에 로니에도 작게 고개를 끄덕였다.

문이라고 하기에는 너무 컸다. 바닥에서 천장까지 이어진 쇠창살은 남센트리아 위사청에도 있었던 지하 감옥의 그것과 똑같았다. 폭이 4메르는 될 법한 대형 감옥이 나란히 두 개. 창살 안쪽은 각도 때문에 아직 보이지 않았다.

왼쪽 벽에 등을 붙이고 조금씩 전진했다. 감옥으로 다가갈수록 수수께끼의 냄새는 진해졌다. 햇빛에 말린 건초 냄새 같기도 하고 오래 사용한 가죽 갑옷 같기도 한 이 냄새는……, 인계가 아니라 분명 암흑계의 어딘가에서…….

정답을 알아내기 전에 가까운 쪽 감옥 바로 앞까지 도착한 로니에는 걸음을 멈추었다. 껴안은 츠키가케와 함께 살짝 벽에서 머리를 내밀어 안을 들여다보았다.

반대쪽 벽에 매달린 칸델라 불빛이 약해 감옥 안까지는 비치지 않았다. 빛 엘레멘트 횃불을 살그머니 집어넣으니 안에 누군가 있는 것이 보였다. 로니에로부터 먼 쪽 구석에 세 사람의 모습이 보였다. 한곳에 뭉쳐 잠이 든 모양이었다.

간소한 옷을 입은 몸은 무척 작았다. 모두 신장이 1메르 반도 되지 않을 것 같았다. 어린아이……, 아니, 어린아이치고는 팔이 길었다. 머리에는 한 올의 털도 없고 코와 귀는 뾰족했다.

어린아이도 인계인도 아니었다.

그들은 고블린족이었다.

깜짝 놀라 횃불을 든 오른손으로 입을 막는 로니에를 보고 바로 티제가 얼굴을 가까이 가져갔다.

"왜 그래……? 안에 누가 있어?"

작은 목소리로 묻는 티제에게 로니에는 고개를 끄덕였다. 크게 숨을 내뱉고 다시 코로 깊게 들이마셨다. 이 마른 지푸라기 같은 냄새는 산 고블린족의 마을을 방문했을 때 맡았던, 그들에게 공통적으로 나는 체취가 분명했다.

"산 고블린족이……, 세 사람 있어. 남센트리아의 숙박소에서 납치된 관광객인 것 같아."

"뭐……?"

눈을 동그랗게 뜬 티제가 로니에의 몸에 달라붙을 정도로 다가와 감옥을 들여다보았다. 3초 정도 뒤 원래의 위치로 돌아와 고개를 끄덕였다.

"정말이네……. 하지만 왜……? 남센트리아에서 납치된 고블린족이 왜 북제국 황제 직할령에 있는 거지?"

그렇게 물어도 바로 대답할 수 있을 리가 없었다.

남센트리아에서 북센트리아로 이동하기 위해서는 동센트리아나 서센트리아를 경유해야만 했고, 어느 쪽이든 ≪불후의 벽≫을 두 번 넘어야만 했다. 시내에 하나씩 설치된 문을 통과하기 위해서는 통행증이나 일일 한정 통행허가증이 필요했으며, 통행증은 물론이고 허가증도 쉽게 구할 수 있는 것이 아니었다.

아니, 고블린족을 납치한 가짜 관리는 남센트리아 행정부의 명령서를 위조했던 만큼 허가증의 위조도 가능할지 모르지만 그렇다고 해도 왜 문에서 제지당할 위험을 감수하고 북제국까지 데려온 것인가 하는 의문이 남았다. 남제국에도 광활한 대지가 있는 만큼 고블린족을 숨길 곳은 얼마든지 있었을 테니까.

"……생각은 나중에 해자."

반쯤 자신에게 되뇌며 로니에는 티제의 얼굴을 쳐다보았다.

"여기서 세 사람을 구해내서 커시드럴까지 데려가야 돼."

"응……. 하지만 감옥도 당연히 잠겨 있을 거잖아."

그건 티제의 말이 맞을 것이다. 재빨리 주위의 벽을 둘러보았으나 역시 예비 열쇠 같은 것은 보이지 않았다. 하지만 상황은 조금 전과는 많이 달랐다.

가짜 명령서로 납치된 암흑계의 관광객이 눈앞에 감금되어 있었다. 인계통일회의에 대한 명백한 반역 행위인 만큼 수습이라고 해도 기사인 로니에와 티제는 자신의 판단에 따라 대처할 수 있었다.

"내가 감옥을 부술게."

그렇게 말한 뒤 로니에는 오른손으로 달그림자검의 자루를 잡았다.

감옥의 쇠창살도 아마 지상의 문과 같은 재질일 것이다. 하지만 이 검이라면 우선도에서 뒤처지는 일은 없을 터이다. 벨 수 있을지 없을지는 사용자의 능력에 달려 있었다.

"……알았어. 부탁해, 로니에."

일순 미소를 지은 티제가 다시 감옥을 쳐다보았다.

"그렇지만 그 전에 고블린족 사람들을 깨워야지. 갑자기 비오의(秘奧義)를 사용하면 깜짝 놀랄 테니까."

"그러네……."

티제의 의견은 타당했지만 공포에 떨다가 지쳐 잠들었을 고블린족을 조용히 깨우는 일은 의외로 난제였다. 만약 그들이 비명을 지르기라도 하면 바로 위 저택 안에 있을 유괴범이 알아차릴 것이다.

물론 쇠창살을 검으로 베는 것도 소리를 안 낼 수는 없겠지만 로니에가 습득하고 있는 비오의를 사용하면——그리고 그것이 완전히 성공하면 작은 금속음 정도로 억제할 수 있었다. 그러기 위해서도 고블린족을 먼저 깨워야 했다.

바닥에 쪼그려 앉더니 로니에는 왼팔에 끼고 있던 츠키가케를 내려놓았다. 두 손을 입에 대고 자고 있는 고블린족을 조용히 깨우려고 한 바로 그 순간이었다.

엄청나게 무거운 물체와 물체가 마찰되는 시끄러운 소음이 통로 가득 울렸다.

로니에와 티제가 펄쩍 뛰듯 상체를 드는 것과 동시에 감옥 안에서도 세 사람의 산 고블린족이 벌떡 일어나더니 쇠창살 앞에 있는 로니에 일행을 보고 소리쳤다.

"키이잇!"

"하지 마, 더 이상 우릴 아프게 하지 마!"

갇혀 있는 동안 꽤나 험한 꼴을 당했던 모양인지 세 사람은 한 덩어리가 되어 부들부들 몸을 떨었다. 구해주러 왔다고 설명하고 싶었지만 지금은 그럴 때가 아니었다.

막혀 있다고 생각했던 통로 끝의 벽이 굉음과 함께 천천히 들리고 있었다. 비밀문——, 저택의 정면 현관에서 희미하게 들린 것은 이 소리가 분명했다.

그리고 문이 열린다는 것은 누군가가 저택에서 지하 감옥으로 오고 있다는 뜻이었다.

통로에 몸을 숨길 만한 장소는 전혀 없었다. 뒤쪽의 모퉁이는 30메르 이상이나 떨어져 있으므로 이제 와서 뛰어본들 이미 때는 늦은 상태였다.

"……싸울 수밖에 없겠네."

얼어붙은 로니에의 귓가에 티제가 날카롭게 속삭였다.

확실히 그 말대로였다. 몸을 숨길 수 없다면 남은 선택지는 싸우거나 투항하는 것뿐이었다. 어느 쪽을 선택할지는 이미 정해져 있었다.

로니에와 티제는 동시에 왼쪽 허리의 검을 뽑아 두 손으로 쥐었다.

그리고 로니에의 발 바로 앞의 바닥에서 날개를 크게 펼치고 있는――아무래도 주인을 지키기 위해 싸울 생각인 듯했다――츠키가케와 옆에 선 티제의 발밑에 있는 시모사키에게 서둘러 지시를 내렸다.

"츠키가케, 시모사키도 감옥 안으로 들어가 얌전히 있어!"

새끼용들은 "꾸르르……" 하고 불만 어린 울음소리를 냈지만 명령에는 따랐다. 먼저 츠키가케가 쇠창살 사이로 몸을 집어넣었다. 두 다리를 바동거리며 몸을 비틀어 쇠창살 사이를 통과하더니 감옥 중앙까지 데구르르 굴렀다. 안쪽 벽 쪽에 있던 산 고블린족이 작게 비명을 질렀지만 해를 끼치지 않는 생물이라는 사실은 곧 알 수 있을 것이다.

이어서 시모사키가 쇠창살 사이를 빠져나가려 했다. 비밀문은 이미 절반 이상 올라가 있었고 안쪽의 어둠에서 하얗게 피어나는 냉기가 흘러들어오고 있었다. 어둠이 너무 진해 문 저편에 있는 인물의 모습은 아직 보이지 않았지만 기척은 분명하게 느껴졌다.

"시모사키, 빨리!"

티제의 목소리에 시모사키는 괴로운 듯한 울음소리로 대답했다. 아무래도 쇠창살 사이가 지상에 있었던 문보다 조금 좁은 모양이었다. 편식을 해서인지 살짝 작은 츠키가케는 아슬아슬하게 통과했지만 시모사키는 날개 뿌리 쪽이 걸리는 것 같았다.

손으로 밀어 넣을까 하고 생각했지만 너무 억지로 밀어 넣으면 연약한 날개뼈가 부러질지도 몰랐다. 망설이고 있는 사이에도 문은 점점 더 열리고 있었다.

"시모사키, 이제 됐어! 우리 뒤로 와!"

빈틈없이 검을 겨누며 티제가 다시 외쳤다. 시모사키도 "꾸룩!" 하고 대답하더니 쇠창살에서 몸을 빼내 두 사람의 뒤로 달려왔다.

그 순간, 드디어 비밀문이 천장 가까이까지 올라갔고 한층 더 큰 소리와 함께 멈추었다.

몇 초 뒤 메마른 발자국 소리가 들렸다. 뚜벅, 뚜벅 하고 바닥을 밟으며 암흑 저편에서 누군가 다가오고 있었다.

모습이 보이기 전에 비오의로 베고 싶은 충동을 로니에는 필사적으로 참았다. 그런 일은 기사가 아니라 겁쟁이들이나 하는 짓이었고, 죽이면 상대의 정체도 산 고블린족을 납치한 이유도 알 수 없게 된다.

엄청나게 길게 느껴지는 몇 초간이 지나고, 드디어 기름 칸델라의 희미한 불빛 앞에 누군가가 모습을 드러냈다.

그 모습은 너무나도 검은 것이, 마치 사람 형태로 어둠을 잘라낸 것 같았다. 칠흑의 로브를 입은 것이라는 사실은 금방 알 수 있었지만, 그가 진짜 살아있는 인간인지 아닌지 로니에는 일순 헷갈렸다.

──아니, 인간이야.

뿐만 아니라, 이 느낌은 기억이 있었다.

암흑계군의 이스칸 총사령관과 셰이타 대사의 딸 리제타를 유괴한 검은 로브의 남자. 옵시디아 성의 봉인된 최상층에서 대치한 적이 있던, 사람인지 마물인지 구별이 가지 않는 그 남자와 똑같은 분위기를 눈앞의 그림자는 풍기고 있었다.

하지만 있을 수 없는 일이었다.

검은 로브의 유괴범이 옵시디아 성 창문에서 뛰어내린 뒤 모습을 감춘 것은 불과 사흘 전의 일이었다. 옵시디아에서 센트리아까지의 거리는 3,000킬로르 이상. 도보라면 반년, 마차라면 3개월, 열 곳의 도시와 마을을 연결하는 기마 전령도 2주는 걸린다. 사흘 만에 이동하기 위해서는 비룡을 사용하는 수밖에 없었지만, 인계 상공을 정합기사의 것이 아닌 용이 날면 엄청난 소동이 벌어질 터이다.

동일한 인물인 걸까, 그게 아니면 단지 모습이 비슷한 것뿐인 걸까?

그것을 판단하기 위한 근거를 로니에는 필사적으로 찾기 시작했다.

그 유괴범은 ≪무음의 기사≫라 불리는 셰이타 대사의 손칼에 오른팔을 잘렸고, 그 직후 로니에의 아인크라드류 비오의 ≪소닉 리프≫로 왼팔까지 잃고 말았다. 고위 신성술사라면 치료술을 이용해 팔다리를 재생하는 것도 가능했지만, 그래도 최소한 일주일은 움직임이 부자연스러웠다.

하지만 검은 로브의 남자──인지 아닌지는 아직 정확하지 않았지만──는 통로에 한 걸음 들어선 뒤 걸음을 멈추고 꼼짝도 하지 않았다. 깊게 눌러쓴 후드 안쪽의 어둠 속에서 로니에와 티제를 향해 끈적끈적한 시선을 보낼 뿐이었다.

이쪽이 어떻게 나올지 보고 있어……. 아니, 무언가를 기다리는 건가……?

그렇게 느낀 로니에는 달그림자검을 쥔 두 손에 조금 더 힘을 주었다.

남자가 무엇을 기다리든 이쪽이 맞춰줄 이유는 없었다. 만약 진짜 옵시디아 성의 유괴범과 동일한 인물이라면 남자는 독을 사용할 것이다. 무언가가 일어나는 것을 그냥 기다리기보다 이쪽이 먼저 나서야 한다.

죽일 수는 없었다. 로니에가 적의 오른쪽 다리를 티제가 왼쪽 다리를 잘라 전투력을 빼앗는 것이 최선의 길이었다.

로니에가 살짝 검의 끝을 왼쪽으로 움직이자 바로 의도를 알아차린 티제가 검을 반대 방향으로 기울였다.

아인크라드류 비오의 ≪슬랜트≫를 동시에 구사하기 위해

호흡을 맞추었다. 들이마셨다가 내뱉고 다시 들이마셨다——.
유일무이한 친구와 완전히 동조되었다고 느낀 순간, 로니에는 움직이려고 했다.
그러나 그녀의 생각을 읽기라도 한 듯이 미묘한 타이밍에 검은 로브의 남자가 움직였다.
공격해온 것이라면 로니에와 티제는 망설이지 않고 비오의를 날렸을 것이다. 그러나 남자는 극히 평범한 동작으로 두 손을 들어 올리더니 검은색 후드를 벗었을 뿐이었다. 그러나 그것만으로 로니에의 호흡은 거칠어지고 검의 끝이 희미하게 흔들리고 말았다.
거의 동시에 낮은 목소리가 울렸다
"이건 생각지도 않은 손님이군. 아니……, 벡터 신의 인도라고 해야 되려나?"
낮고 차분한 이 목소리는 들은 적이 있었다. 옵시디아 성에서 보았던 유괴범의 갈라지는 목소리와는 전혀 달랐다.
후드를 벗는 두 손의 움직임도 자연스러웠고 그리고 무엇보다 로니에는 남자의 얼굴을 기억하고 있었다.
맹금류를 연상시키는 날카롭고 용맹스러운 얼굴. 끝이 뾰족하게 올라간 회색 콧수염과 턱수염. 차가운 호수처럼 푸르게 빛나는 두 눈동자.
"……거, 거짓말……."
티제가 떨리는 목소리로 중얼거렸다.
그렇게 말하고 싶은 것은 로니에도 마찬가지였다.
놀란가르스 북제국 제6대 황제 쿠르가 놀란가르스——.

불타오르는 칠흑의 벽걸이와, 멀리서 울리던 검과 검이 부딪치는 소리가 선명하게 되살아났다.

하지만 그런 일은 불가능했다. 쿠르가 황제는 정확히 1년 전 이맘때, 제성의 옥좌가 있는 방에서 분명히 죽었다.

로니에와 티제는 황제와 직접 검을 섞었으나 빈틈은 많지만 일격필살의 위력을 자랑하는 하이 노르키아류를 제대로 공략하지 못하고 일진일퇴의 공방을 5분 이상이나 이어갔었다. 뒤늦게 달려온 듀솔버트의 신기 치염궁에서 발사된 화살이 황제의 오른쪽 다리를 관통했고, 움직임이 정지된 순간을 놓치지 않고 로니에와 티제가 동시에 비오의를 펼쳐 황제의 오른팔과 왼쪽 가슴을 깊이 찔렀었다.

그런 부상을 입고도 살아남을 수 있는 인간은 없었다. 황제의 사망은 듀솔버트도 확인했고, 시체는 커시드럴에 옮겨진 뒤 다른 두 황제와 함께 화장되었다. 황제의 유해가 신성력의 입자가 되어 공기 속으로 사라지는 모습을 로니에는 분명히 보았었다.

그렇기 때문에 쿠르가 황제가 살아 있을 리 없었다.

하지만 눈앞의 검은 로브의 남자는 쿠르가 황제라고밖에 생각할 수 없었다.

머릿속이 하얗게 되면서 로니에는 움직이지도 말을 하지도 못했다. 시계가 좁아지고 몸의 감각이 멀어졌다. 남자의 냉정해 보이는 푸른 눈동자만이 유난히 크게 보였다.

그렇게 반쯤 마비 상태에 빠져 있었던 까닭에.

뒤에서 들린 희미한 소리에 대한 반응이 늦어지고 말았다.

——발자국 소리……. 기습……, 적!

단편적인 사고가 떠오르며 로니에는 왼손을 황제의 얼굴을 가진 남자에게 향한 채 재빨리 돌아보았다. 하지만 그때는 이미 어느새 가까이 다가와 있던 또 다른 검은 로브의 남자가 멀리 물러나고 있었다.

그리고 남자의 왼손은 파란 솜털에 쌓인 새끼용의 목을 단단히 쥐고 있었다.

"꾸루루룩!"

비룡이 괴로워하며 비명을 질렀고,

"시모사키!!"

티제가 비통한 목소리로 외쳤다.

두 사람에게 있어 츠키가케와 시모사키는 어미용인 ≪아키소미≫가 알을 품고 있을 때부터, 알에 말을 걸기도 하고 부화에 입회하기도 하는 등 8개월이라는 시간을 같이 지내온 둘도 없이 소중한 존재였다. 다치기라도 한다는 건 절대 있을 수 없는 일이었다.

티제는 제정신을 잃은 듯 검은 로브의 남자에게 달려들려고 했으나, 한 걸음 앞으로 나선 순간에 로니에와 마찬가지로 얼어붙고 말았다.

남자가 어느 사이엔가 오른손에 쥐고 있던 대형 나이프를 시모사키의 목덜미에 갖다 댄 것이다.

나이프의 도신이 얼룩덜룩한 녹색으로 물들어 있는 것이 독을 발랐다는 사실을 한눈에 알 수 있었다. 시모사키 자신도 위험을 느꼈는지 버둥거리기를 그만두었다.

남자는 아무 말 없이 뒤로 물러나더니 로니에 일행으로부터 5메르 이상 떨어졌다. 어떻게든 해야겠다고 생각했지만, 지금 상황에서는 손가락 하나 움직일 수 없었다.

"너희 기사들은 저 도마뱀을 끔찍이도 아끼더군."

비밀문 앞에 선 쿠르가 황제――의 얼굴과 목소리를 가진 남자가 냉소 어린 목소리로 입을 열었다.

"어차피 짐승이고, 얼마든지 대신할 것이 있을 텐데 이해가 가지 않는군."

"……당신 따위가 이해하길 바라지도 않아."

이를 악문 듯한 목소리로 티제가 대답했다.

"시모사키를 놓아주라고 명령해. 만약 털끝 하나라도 다치게 하면 두 사람 모두 살아서 여길 나가지 못 할 거야."

"큭큭큭, 기사가 되어서도 여전히 위세가 좋군."

음산한 웃음소리와 함께 황제인 듯한 남자는 오른손 손가락 끝으로 왼쪽 가슴을 문질렀다. 1년 전 티제의 검에 깊이 관통당한 바로 그 지점을.

"하지만 유감스럽게도 명령을 내리는 것은 짐 쪽이다. 두 사람 모두 검을 버리고 발로 차 이쪽으로 보내라. 조금이라도 이상한 짓을 하면 아기 도마뱀의 목이 떨어질 게다."

――그땐 네 목도 떨어질 거다.

하고 되받아치고 싶었지만 설사 상대가 진짜 쿠르가 황제라고 해도 시모사키의 목숨과 바꿀 수는 없었다. 애원하는 눈빛을 보내는 티제를 향해 로니에는 작게 고개를 끄덕였다.

두 사람은 검을 동시에 바닥으로 떨어뜨렸다. 그리고 마음속으로 검에게 사과하며 부츠 끝으로 살짝 황제 쪽으로 검을 밀었다.

황제는 로브 밑으로 내민 오른발로 두 자루의 검을 받은 뒤 비밀문 안쪽으로 대충 차 넣었다. 은색으로 반짝이는 검이 짙은 어둠 속으로 사라졌다.

"좋아. 그럼 다음 명령이다."

오른손으로 로브를 입은 품 안에서 꺼낸 것은 검게 빛나는 하나의 열쇠였다. 그것을 휘익 하고 로니에에게 던졌다. 로니에가 반사적으로 낚아채는데, 그 열쇠는 계속 품 안에 있었음에도 얼음 같이 차가웠다.

"그것으로 고블린 놈들의 옆 감옥을 열고 안으로 들어가도록. 그리고 문을 닫고 열쇠로 잠그는 거다."

로니에는 검을 빼앗아 방심한 황제가 다가오면 맨손으로 제압한 뒤 인질로 잡아 뒤에 있는 남자에게 시모사키를 놓아주게끔 하는 작전을 검토하고 있었다. 그러나 황제는 냉정하게 거리를 유지한 채 움직이려고 하지 않았다. 뒤로 시선을 돌리자 독이 묻은 칼날이 목에 겨눠진 시모사키는 이따금씩 발버둥을 치면서도 필사적으로 인내하고 있었다.

일단 감옥에 들어가면 탈출은 한없이 어려워지겠지만, 따르는 수밖에 없었다.

로니에는 티제에게 눈으로 신호를 한 뒤 왼쪽 뒤에 있는 빈 감옥으로 다가갔다. 받은 열쇠로 문을 열고 짝꿍과 나란히 안으로 들어갔다. 그리고 문을 닫고 쇠창살 사이로 손을 뻗어 열쇠 구멍에 열쇠를 넣은 뒤 오른쪽으로 돌렸다.

잠그는 척만 하고 아슬아슬하게 문이 잠기지 않은 상태로 둘 수만 있다면……, 하고 생각했지만 그런 일은 불가능할 터이다. 키리토가 말했던 "이쪽 세계의 열쇠와 열쇠 구멍은 기계적인 장치가 아니라 시스템적인 것이다"라고 했던 말이 머릿속에서 떠올랐다.

신성술의 술식에도 있는 ≪시스템≫이라는 신성어는 ≪세계의 이치≫를 의미하는 말이다. 부모로부터 자식으로 대대로 이어지는 천직인 열쇠공은 선조에게 물려받은 특수한 끌을 이용해 철판에 구멍을 내어 열쇠 구멍을 만들고 같은 철판에서 잘라낸 철편을 가공하여 열쇠를 만들었지만, 그 열쇠와 열쇠 구멍의 조합만이 기능하는 것은 이쪽 세계의 이치가 그렇게 정해져 있기 때문이라고 키리토는 말하고 싶었으리라. 같은 이유로 열쇠라는 것에는 ≪잠겨져 있다≫, ≪잠져져 있지 않다≫라고 하는 두 개의 상태밖에 없기 때문에 잠긴 문에 강한 충격을 줘 열리게 하는 일은 불가능했다.

로니에가 열쇠를 오른쪽으로 돌리자 조금씩 저항감이 느껴졌고, 이윽고 찰칵 하는 비정한 소리가 울렸다. 열쇠를 뽑고 황제에게 되던졌다.

창백한 오른손으로 받아든 쿠르가 황제는 열쇠를 로브 안주머니에 되돌리고 다시 냉소를 지었다.

"크크……. 말귀를 잘 알아들어 무척 다행이로군. 나도 이 역사적인 장소를 도마뱀 따위의 피로 더럽히기는 싫었으니 말이다."

"큿……!"

분노하는 티제의 어깨에 왼손을 올리며 로니에는 침착한 목소리로 물었다.

"역사……? 단순한 지하 감옥으로밖에 보이지 않는데?"

그러자 황제는 뾰족한 턱수염을 손가락으로 잡으며 고개를 끄덕였다.

"그렇다, 단순한 지하 감옥이지. 하지만 너희들이 밟고 있는 그 돌에는 300년이라는 시간 동안 많은 피가 스며든 것이야. 귀족재결권에 의해 벌을 받은 수많은 사령지민의 피가 말이지……."

"…………!"

이번에는 로니에가 숨을 삼키고 발밑의 거무스름한 돌바닥으로 시선을 떨어뜨렸다.

귀족재결권은 황제가와 상급 귀족에게만 부여된 특권으로, 일탈 행위를 한 자를 자신의 판단에 따라 벌할 수 있었다. 벌의 대상이 되는 것은 하급 귀족과 사령지민뿐이지만 육등작사였던 로니에의 아버지도 상급 작사의 말도 안 되는 트집 같은 징벌에 의해 굴욕적인 경험을 한 일이 몇 번 있었던 모양이었다.

하지만 아무리 귀족재결권이 있다고 해도 다른 사람의 천명을 정당한 이유 없이 빼앗는 일을 금지한 금기목록을 위반할 수는 없었다. 그리고 재결권 발동의 이유에 귀족의 사적인 징벌은 포함되지 않았다. 인계에서 가장 권리를 많이 부여받은 정합기사조차 죄인을 벌하기 위해 빼앗아도 되는 천명은 최대치의 7할까지로 제한되어 있는 것이다.

"……바닥이 물들 만큼 피가 흐르는 징벌은 금기목록 위반일 텐데?"

로니에가 갈라진 목소리로 지적하자 황제는 다시 낮은 목소리로 웃었다.

"큭, 큭큭큭……. 그런 빈틈투성이 목록을 빠져나가는 방법이야 얼마든지 존재하지. 그 방법을 탐구하는 일이야말로 4제국 황제가와 상급 귀족의 역사라고 할 수 있을 정도니까."

그 말을 들은 순간 끔찍한 기억이 밤하늘의 섬광처럼 뇌리를 스쳤다.

과거 수석 상급수검사 라이오스 안티노스는 학생의 신분이면서도 로니에와 티제를 주도면밀한 함정에 빠뜨려 귀족재결권을 방패로 굴욕을 주려고 했다. 그렇다면 라이오스를 그처럼 키운 삼등작사 출신의 아버지와, 또 그 아버지는 사령지에서 얼마나 비겁하고 악랄한 행위에 빠져 있었을까? 상상하기만 해도 두려울 정도였다.

하물며 모든 귀족의 정점에 서는 놀란가르스 황제가 정도라면――.

"……이상하게 생각하지 않았느냐, 계집? 저택에도 문이 있는데 왜 지하 통로가 뒤쪽 숲으로 이어져 있는지?"

갑자기 그 말을 듣고 로니에는 쇠창살 너머로 황제의 얼굴을 보았다.

가느다란 콧수염 아래에 희미한 미소를 지은 채 황제는 대답을 기다리지 않고 말했다.

"당연히 시체를 옮기기 위해서다. 더러운 사령지민의 피로 저택을 더럽히지 않을 수 있으니까 말이야."

"뭐……, 뭐라고?!"

소리친 건 티제였다. 몸으로 부딪칠 것 같은 기세로 쇠창살로 다가가 쇠창살을 두 손으로 잡았다.

로니에의 온몸에서도 뜨거운 분노가 일었다. 눈앞에 있는 이 남자는――남자의 일족은 아주 먼 옛날부터 이 감옥에 사령지민을 가두고 금기목록을 어겨가며 고통을 주고 목숨까지 빼앗아온 것이다.

두 사람이 발견한 지상의 격자문은 외부의 침입을 막기 위한 것이 아니었다. 안에 있는 지하 감옥에서 죄도 없는 일반민의 사체를 옮기기 위한 것이었다. 잘 보이는 곳에 열쇠를 걸어놓은 것도 그 때문이었으리라. 생각해보면 황제가의 직할령에 악의를 품고 숨어드는 자가 있을 리 없었다.

수습이라고 해도 정합기사단의 일원인 티제가 힘껏 흔들어도 쇠창살은 희미하게 삐걱거릴 뿐이었다. 지금까지 이곳에 갇힌 사령지민들이 얼마나 절망적인 마음으로 쇠창살을 잡고 흔들었을지를 상상하면 한층 더 분노가 치밀어 로니에는 몸을 부르르 떨었다.

그런데 그때, 시모사키를 잡고 있던 검은 로브의 남자가 통로 우측에서 소리도 없이 나타나 황제의 오른쪽 뒤에 섰다. 새끼용의 목을 여전히 겨누고 있는 독이 묻은 나이프를 보고 티제의 얼굴이 하얗게 질렸다.

날뛰다 지쳤는지 시모사키는 축 늘어져 있었지만 주인을 보더니 "뀨이이……" 하고 가늘게 울었다. 그 소리를 들은 순간 티제도 가늘게 오열하기 시작했고, 로니에의 눈에도 눈물이 번졌다.

하지만 이곳에서 큰 소리를 낼 수는 없었다.

돌벽 너머 옆 감옥에는 츠키가케가 몸을 숨기고 있었다. 지금은 조금 전 명령을 필사적으로 지키며 조용히 있었지만 만약 로니에가 흥분하면 츠키가케도 인내할 수 없게 될 것이다. 감옥에서 나와 시모사키를 도우려고 검은 로브의 남자에게 달려들지도 몰랐다. 차가운 판단이었지만, 츠키가케까지 붙잡히면 탈출 가능성은 더욱 낮아진다.

——부탁이니까 그대로 얌전히 있어줘, 츠키가케.

두꺼운 돌벽 너머로 그렇게 빌며 로니에는 필사적으로 분노를 참으려고 했다.

그러나 마치 그 생각을 읽은 것처럼 쿠르가 황제가 날카로운 시선을 보내왔다.

"……검은 머리의 계집은 도마뱀 새끼가 없는 겐가?"

갑작스러운 말에 아무 말 없이 고개를 끄덕이기만 하는 로니에를 대신해 쇠창살을 쥔 채 티제가 대답했다.

"……오늘은 그 아이의 편식 습관을 고치기 위해서 호수에 물고기를 잡으러 온 거야. 로니에의 비룡은 커시드럴에 남아 있고."

"호오……, 너희들은 모르겠지만 노르키아 호수에는 다섯 종류의 물고기가 있지. 그중 네 종류는 사령지민 놈들에게 잡는 것을 허락했지만 금지된 종류인 황금송어를 낚은 녀석들은 바로 이 감옥으로 끌고 왔었지."

그리운 듯한 어조로 그런 말을 하는 황제에게 티제가 반론했다.

"……낚시를 어떻게 골라서 하라는 거야?"

"물론 무리지. 하지만 굶주린 백성 놈들은 최고로 맛있는 황금송어가 바늘에 걸리지 않기를 기도하며 낚시를 하는 수밖에 없었던 거다. 300마리에 한 마리 정도의 확률로밖에 걸리지 않으니까 말이야. 운 좋게……, 아니, 운 나쁘게 황금송어를 낚은 녀석이 울부짖는 모습을 호반의 술자리에서 보는 것은 정말 유쾌한 일이었다."

큭큭큭, 하고 목구멍 깊은 곳에서 웃음소리를 내는 황제를 노려보며 로니에는 다시금 끓어오르는 분노를 참을 수밖에 없었다.

확실히 금기목록이나 제국법 위반은 우발적인 사례가 대부분이었다. 의도적으로 법을 위반하기 위해서는 ≪오른쪽 눈의 봉인≫을 풀어야만 했기에, 당연한 이야기지만 자신의 의사가 아니라 피할 수 없는 불운 때문에 벌을 받아야 하는 것은 불합리하다고밖에 할 수 없었다. 하물며 황제는 사령지민이 그 불운을 겪도록 유도했던 것이다. 로니에와 티제를 도발하여 귀족재결권을 적용시키려고 한 라이오스 안티노스와 본질적으로 같은 수법이었다.

한 차례 냉소를 흘린 뒤 황제의 얼굴에서 표정이 사라졌다.

"흐음, 확실히 도마뱀은 한 마리밖에 없는 모양이군. 그럼 이 한 마리는 정중하게 맡아두겠다. 먹이는 제대로 줄 테니까 안심하도록……. 만약 너희들이 감옥에서 도망치려고 하면 통째로 구워 고블린 놈들에게 먹일 거고."

그렇게 말한 뒤 쿠르가 황제는 비밀문 쪽으로 몸을 돌렸다.

그러나 거기서 잠깐 움직임을 멈추고 황제의 부하가 목을 잡고 있는 시모사키를 힐끗 쳐다보았다.

"……젯포스, 그 도마뱀이 감옥 창살을 통과할 수 있을 것 같나?"

로니에의 심장이 크게 뛰었다. 젯포스라고 불린 검은 로브의 남자는 시모사키를 얼굴 가까이 들어 올려 쳐다본 뒤 의외일 만큼 높은 목소리로 말했다.

"억지로 밀어넣으면 혹시 될지도 모르겠습니다."

"그렇군."

고개를 끄덕인 황제는 벽에서 기름 칸델라를 떼더니 로니에와 티제가 있는 감옥을 향해 비추었다. 날카로운 시선으로 구석구석 살피더니 안심한 듯 고개를 끄덕였다.

그대로 위로 가줘, 하고 로니에는 빌었다. 그러나 황제는 왼쪽이 아닌 오른쪽으로 몸을 돌리더니 다른 감옥의 앞으로 걷기 시작했다.

츠키가케는 구석의 어둠에 몸을 숨기고 있겠지만 칸델라로 비추면 연노랑 솜털을 바로 들킬 것이다. 어떻게든 막아야 된다고 생각했지만 섣불리 말을 걸면 역효과가 날 테니 몇십 초 정도 시간을 번다 하더라도 아무 의미가 없었다.

――츠키가케, 만약 들키면 지상의 문까지 힘껏 도망가!

최소한 그 사념을 전하고자 로니에는 두 주먹을 쥐었다.

옆에 있는 감옥 앞에 선 황제가 오른손에 든 칸델라를 들어

올렸다. 눈썹을 찌푸린 채 고개를 내밀어 감옥 안을 집요하게 살폈다.

3초……, 5초……, 10초…….

"…………흥."

짧게 콧방귀를 뀌고 황제는 쇠창살 앞을 벗어났다. 벽에 박힌 못에 칸델라를 걸고 로니에 일행에게는 더 이상 시선도 주지 않고 비밀문 너머로 돌아갔다. 그 뒤를 젯포스라 불린 남자가 시모사키를 붙든 채 따라갔다.

두 사람의 모습이 사라지고 얼마 지나지 않아 덜컹 하는 작은 소리가 어둠 속에서 들렸고, 천장까지 올라가 있던 비밀문이 굉음과 함께 내려오기 시작했다.

문 아래쪽이 땅을 울리는 소리와 함께 바닥에 닿자 로니에는 참고 있던 숨을 조용히 내뱉었다. 계속 쇠창살을 쥐고 있던 양손을 놓은 티제가 종종걸음으로 다가와 로니에의 어깨에 얼굴을 기댔다.

"……괜찮겠지, 시모사키……."

그 가느다란 목소리에 로니에는 거듭 고개를 끄덕였다.

"물론이지. 저 녀석들에게도 시모사키는 소중한 인질이니까. 절대 위해를 가하지는 않을 거야."

"…………응."

작게 대답하는 티제의 등을 몇 차례 쓰다듬은 뒤, 로니에는 조용히 몸을 떼어내었다. 신중하게 쇠창살로 다가가 오른쪽 감옥을 향해 최소한의 음량으로 말을 걸었다.

"고마워요, 고블린족 님들."

잠시 정적이 이어졌지만 잠시 뒤 똑같이 속삭이는 목소리가 들려왔다.

"……작은 용, 안 들켰어."

그랬다——쿠르가 황제가 좁은 감옥 안에 있는 츠키가케를 발견할 수 없었던 이유는 하나밖에 없었다. 츠키가케가 들어갔을 때는 비명을 질렀던 산 고블린족들이 자신들의 몸 뒤에 숨겨주었던 것이다.

"정말 고마워요……."

다시 감사의 인사를 전하자 이번에는 "꾸륵!" 하는 작은 소리가 들렸다.

다시 쇠창살을 빠져나온 츠키가케가 종종걸음으로 로니에 앞까지 왔다. 당황해 쪼그리고 앉자 새끼용은 다시 쇠창살에 몸을 넣으려고 했지만 로니에는 그것을 두 손으로 막았다.

"츠키가케, 부탁이야. 통로를 통해 지상으로 가서 센트리아 북문까지 어떻게든 가줘……. 위사들이 너를 발견하면 커시드럴까지 데리고 가줄 거야."

생후 8개월밖에 되지 않은 새끼용에게는 어려운 명령이었다. 노르키아 호수에서 북센트리아까지는 10킬로르나 떨어져 있었고 이 별장에서 가도로 나가는 일도 쉽지 않았다. 게다가 오늘은 이미 상당히 걸었기에 중앙도시에 도착할 때까지 천명이 얼마나 감소할지 로니에도 알 수 없었다. 최악의 경우에는 도중에 지쳐 쓰러질 수도 있었다.

하지만 지금은 츠키가케만이 유일하게 남은 희망이었다. 이 쇠창살을 검 없이 부수는 일은 아마 불가능할 테고 설사 성공

한다고 하더라도 분명히 황제가 알아차리고 시모사키를 죽일 것이기 때문이다.

강한 불안감을 느끼면서도 쇠창살 사이로 내민 두 손으로 츠키가케를 껴안자 새끼용은 맡겨달라는 듯 다시 울었다.

로니에의 손에서 떨어져나온 비룡은 뒤로 물러서더니 날개를 크게 두 차례 퍼덕인 뒤 통로 북쪽으로 달리기 시작했다. 츠키가케의 모습은 금방 보이지 않게 되었고, 탁탁 하는 발소리도 들리지 않게 되었다.

"……미안해……. 부탁이야, 츠키가케."

단단한 돌 위에 무릎을 꿇고 로니에는 두 손을 모아 간절히 기도했다.

7

오후 3세의 종이 엄숙하게 울려퍼졌다.

진하게 탄 커필 차가 든 컵을 테이블에 놓으며 아스나가 말했다.

"키리토 군, 조금이라도 먹지 않으면 안 돼. 과자라도 괜찮으니까."

"응……, 알았어……."

팔짱을 끼고 있던 키리토가 얼굴을 들며 과자가 담긴 나무 접시에 손을 뻗으려다 무언가가 떠오른 듯한 표정으로 아스나를 쳐다보았다.

"왜……, 왜 그래?"

"아니……, 예전에도 자주 이런 말을 들었다는 생각이 나서."

쓴웃음을 지으며 키리토가 한 말이 이쪽 세계에서의 일을 가리키는 것이 아니라 현실세계에서의 일을 의미한다는 걸 아스나는 바로 알아차렸다. 옆에 있는 의자에 앉으며 아스나는 미소를 띠었다.

"키리토 군은 뭔가에 열중하면 아무렇지도 않게 밥을 거르고, 또 그걸 알아차리지 못하잖아."

"아……, 유이에게도 자주 혼나곤 했지."

아무렇지 않은 어조로 그렇게 대답한 뒤 키리토는 힐끗 시선을 아스나에게 던졌다. 아스나의 표정에서 무언가를 느꼈는지, 손을 내밀어 부드럽게 머리카락을 쓰다듬었다. 그 감촉에 자신의 의식을 맡기자 가슴을 찌르는 아픔이 조금씩 사라졌다.

구 SAO에서 태어난 톱다운형 AI이자 두 사람의 ≪딸≫이기도 한 유이는, 아마 더는 만날 수 없을 것이다. 유이의 처리 속도로도 500만 배로 가속된 언더월드에 동조하는 것은 어려울 일이고, 애초에 접속할 경로도 없기 때문이다.

이계전쟁 막바지에 인계수비군의 위기를 구하기 위해 로그인한 리즈벳과 시리카는 자신들과 시논, 리파를 언더월드로 데려온 것이 유이였다고 했었다. 모두를 불러 모아 언더월드의 현재 상황과 앨리스의 중요성에 대해 열심히, 알기 쉽게 설명하여 협력을 구했다고.

유이의 그런 행동이 없었다면 아스나가 합류한 인계수비군 미끼 부대는 전멸했을 테고, 앨리스도 황제에게 빼앗겼을 것이다. 그렇게나 열심히 도와준, 사랑하는 딸을 더 이상은 만날 수 없다——뿐만 아니라 고맙다는 말 한마디를 전할 방법도 없다는 걸 생각하면 견딜 수 없이 괴로웠다. 하지만 그녀라면 틀림없이 이해해주리라. 키리토와 아스나가 이렇게 할 수밖에 없었다는 사실, 그리고 시간과 공간의 벽에 막혀 있어도 두 사람은 영원히 유이를 사랑할 것이라는 사실을.

유이는 언더월드와 앨리스이 대해 'SAO에서 시작된 모든 VRMMO 세계와, 거기에서 살고 있는 수많은 사람들이 존재한다는 증거'라고 표현한 모양이었다. 그렇다면 아스나는 이 세계를 지키는 일에 전력을 다해야만 한다. 간신히 융화의 길을 연 인계와 암흑계에 또다시 전쟁이 일어나는 일은 반드시 막아야만 하는 것이었다.

"……최선을 다해야겠지."

아스나의 생각을 읽은 것처럼 키리토가 중얼거렸다. 머리카락을 쓰다듬던 손으로 등을 툭 하고 친 뒤, 나무접시에서 나무 열매와 과일이 든 *누가를 집더니 입을 크게 벌리고 던져 넣었다. 언더월드가 가상의 세계이기는 하지만 아인크라드와 달리 공복 상태가 이어지면 천명이 줄어들고, 영양 부족이 질병을 일으키기도 하기 때문에 식사가 중요한 것은 현실세계와 마찬가지였다.

오늘 오전 중에 있었던 남센트리아 행정부에 대한 현장 조사에서는 예상했던 대로 산 고블린족 세 사람에 대한 이송 명령서는 발행한 일이 없었다는 것과 숙박소를 찾아간 관리도 실재하지 않는다는 사실을 알아냈을 뿐이었다. 명령서에는 행정부의 인장이 찍혀 있었다고 이송에 입회한 위사가 증언했지만, 인장 그 자체는 심플한 디자인이었기에 위조하기는 상대적으로 용이했다. 모든 인장과 서명의 위조를 금지하는 금기목록을 빠져나갈 수 있다면 말이지만.

아스나가 ≪과거시술≫로 보았던——정확하게 말하자면 보인 것은 단검을 쥔 팔이었지만——남자는 야젠 노인을 자신의 손으로 살해한 만큼 당연히 금기목록에는 지배되지 않았다. 산 고블린족을 납치한 가짜 관리와 동일 인물이라면 인장 같은 건 얼마든지 위조할 수 있을 터이다.

행정부의 조사는 정오가 지날 무렵에야 끝났고, 그 결과를

*누가: 누가(nougat). 흰 빛깔의 무른 사탕. 설탕, 물엿, 녹말 엿 따위를 끓여 흔히 땅콩, 밤, 살구 따위를 섞어서 굳혀 만든다.

토대로 현재 남센트리아 전역에서는 납치된 고블린족 세 사람을 찾는 수색이 이루어지고 있었다. 시가지는 넓었지만 원형의 중앙도시 센트리아 전체에 비하면 겨우 4분의 1이었다. 게다가 남센트리아 위사청에는 예리한 후각을 가진 사막늑대를 스무 마리나 사육하고 있기 때문에, 건물에 고블린족이 잡혀 있는지 어떤지는 건물 입구에서 냄새를 맡아보는 것만으로도 알 수 있는 모양이었다. 저녁까지는 모든 건물에 대한 수색이 끝날 예정이었기에 키리토와 아스나는 발견되었다는 보고를 커시드럴에서 지금 초조하게 기다리는 중이었다.

사실은 두 사람 모두 수색에 참가하고 싶었지만 이번 납치도 야젠 살해 사건과 마찬가지로 인계 대표검사를 꾀어내기 위한 함정일 가능성을 걱정한 파나티오 기사단장이, 제발 커시드럴에 있어달라고 부탁을 했다. 최소한 50층 대회의실에 있고 싶었지만 이번에는 아스나가 아유하 술사단장에게 과거시술의 정신적 소모가 완전히 회복될 때까지 방에서 안정을 취해달라고 강하게 요청을 받았다.

언더월드 최고의 술사 중 한 사람인 아유하 프리아조차 사용할 수 없었던 과거시술을, 극히 짧은 시간이기는 했지만 아스나가 사용할 수 있었던 이유를 스테이시아 신의 힘과 관계가 있을 거라고 아유하는 추측했다.

자신은 리얼월드인일 뿐 창세의 여신 스테이시아의 화신이 아니라는 사실을 아스나는 1년 동안 계속 설명해왔으나, 커시드럴의 직원이나 술사들뿐 아니라 정합기사들조차 완전히는 납득시키지 못한 모양이었다. 더 이상 오해가 커지는 걸 막기 위해 가능하면 ≪무제한 지형조작 권한≫ 을 사용하지 말아야지……라고 생각을 하면서도, 불과 일주일 전에도 키리토의 기룡 1호기가 충돌하는 것을 막기 위해 커시드럴의 상층부를 옆으로 옮기기도 했다.

어쨌건 아유하는 아스나의 정신은 막대한 정보 입력에 어느 정도의 내성이 있기 때문에 과거시술에도 견딘 것이라 생각하고 있었고, 그렇다고 해서 술식의 부하 그 자체가 줄어드는 건 아니라고 주장했다. 그것은 아스나도 자신의 몸으로 직접 체험했기에 남용할 생각은 없었지만, 산 고블린족 세 사람의 안부는 전 인계의, 아니, 언더월드 전체의 위기에 직결되는 큰 문제였다.

야젠 노인 때처럼 인계인이 살해되고 납치된 세 사람이 범인으로 몰리는 경우도 당연히 있을 수 있었고, 단순히 세 사람이 사체로 발견되는 경우라도 간신히 형태를 갖추어가는 두 세계의 평화는 심각한 타격을 받을 게 분명했다.

남센트리아시 전역에 대한 수색에서 산 고블린족 일행이 발견되지 않으면 남은 수단은 하나밖에 없었다. 다시 그 숙박소에서 아스나가 과거시술을 사용해 마차가 간 곳을 조사하는 것이었다. 그러나 그 방법에도 문제는 있었다. 술식을 유지한 채 추적하는 일은 불가능하므로 수정 엘레멘트 원반 안의 마차가 보이지 않게 된 지점까지 이동해 반복해서 과거를 볼 필요가 있었지만, 어제 겨우 한 번의 과거시술을 사용한 것만으로도 쓰러질 뻔했다. 설사 휴식을 취하더라도 몇 번이나 술식을 발동할 수 있을지는 아스나도 모르는 것이었다.

키리토가 심각한 얼굴인 것도 과거시술이 필요해지기 전에 고블린족을 보호하고 싶기 때문이리라. 그러나 그것도 점점 희망이 줄어들고 있었다. 수색이 개시된 지 이미 두 시간 반이 경과되었지만, 행방불명된 세 사람은 고사하고 납치에 사용된 마차조차 발견되지 않은 것이다.

과자를 하나 집어먹고 다시 입을 다문 키리토의 긴장을 조금이라도 풀어주려는 듯 아스나는 화제를 바꾸었다.

"그렇고 보니 수습기사들은 외출 중이라며?"

"응……? 아……, 맞아."

눈을 깜빡이며 키리토는 창밖을 보았다.

"아마, 로니에의 츠키가케가 요즘 물고기를 잘 안 먹는다며 그것을 고치기 위해 교외의 호수로 간다고 하더라고."

"흐음……, 비룡에게도 편식하는 습관이 있나 보네."

아스나가 자기도 모르게 웃자 키리토의 입가에도 미소가 번졌다.

"그런 모양이야. 하이나그 구사장의 어드바이스에 따라 스스로 잡은 물고기를 먹일 모양이더라고."

"스스로 직접 잡은 건 이상하게 맛있으니까. 나도 예전에 미야기의 할아버지 집에서 산나물이라든가 버섯 같은 걸 캤었는데……."

어린 시절의 기억이 선명하게 되살아나면서 아스나는 잠시나마 걱정거리를 잊고 한숨 돌릴 수 있었다.

생각해보면 지금까지 만든 요리의 재료는 중앙도시의 시장에서 구해온 것으로 자신이 직접 채취한 소재를 사용한 적은 없었다. 언더월드의 식재료도 수확 직후부터 천명이 감소하기 시작해 그 값이 맛에 직결되는 모양이므로 다음번에는 식재료를 찾는 일부터 해봐야지……라고 생각하다가 별 의미 없이 물었다.

"두 사람이 간 호수는 어디 있는데?"

"으음, 그러니까 북제국의 황제 직할령 쪽이라고 한 것 같아. 아직 얼음이 녹은 지 얼마 안 됐……, 다고…………."

키리토의 말이 도중에 느려지면서 끊긴 까닭에 아스나는 머리를 갸웃하며 옆을 보았다.

그러자 대표검사는 표정 없는 얼굴로 허공을 멍하니 응시하고 있었다. 잠시 뒤 천천히 눈썹을 찌푸리며 속삭이듯 말했다.

"……센트리아 시내가 아니라 시가지 밖으로……. 예를 들면 구 사령지로 끌려갔을 가능성은……, 없을까……?"

그 말의 주어가 행방불명된 고블린족이라는 것은 명백했다. 아스나는 바로 고개를 흔들었다.

"그건 무리야. 야젠 씨 사건이 일어난 뒤 남센트리아의 대문을 넘는 사람이나 마차는 짐의 내용물까지 철저하게 체크하고 있으니까. 아무리 고블린족이 덩치가 작다고 해도 세 사람이나 있는 것을 놓쳤다고는 생각하기 어려워……. 게다가 모두 묶여 있거나 의식 불명의 상태일 거잖아."

"응, 남문을 통과하는 건 나도 무리라고 생각해. 하지만……, 다른 문이라면?"

그렇게 반문하는 키리토의 얼굴을 아스나는 말끄러미 쳐다보았다.

"……그 말은, 마차가 불후의 벽을 넘어 동센트리아나 서센트리아로 이동했을 거라는 뜻……?"

"아니면 한 번 더 넘어 북센트리아로 갔을 수도 있고."

"으음……."

전혀 생각지 않았던 가능성에 아스나는 잠시 아무 말도 할 수 없었다.

중앙도시 센트리아와 인계 전체를 네 개로 나누는, 전체 길이 3,000킬로미터에 달하는 불후의 벽은 많은 가상세계를 보아온 아스나도 경이로움을 느낄 만큼 거대한 축조물이었다. 최고사제 어드미니스트레이터가 신성술로 하룻밤 만에 출현시켰다는 듯하지만, 스테이시아 어카운트를 부여받아 무제한 지형조작 능력을 가지고 있는 아스나라 할지라도 절대 같은 흉내는 낼 수 없었다. 플럭트라이트에 흘러드는 막대한 데이터의 양을 견디지 못하고 고작 10킬로미터 정도의 벽을 만들면 기절할 것이다.

그런 인식이 있었기 때문인지 아스나에게 있어서도 불후의 벽은 침범할 수 없는 존재였고, 어제 키리토처럼 벽 위를 올라가 걷는 일 따위는 생각해본 적도 없었다. 그런 만큼 산 고블린족을 태운 마차가 벽을 넘었을 가능성도 처음부터 배제했던 것이다.

"……불후의 벽에 있는 네 개의 문을 통과하기 위해서는 커시드럴이 발행한 통행증이나 4제국 행정부가 발행한 1일 허가증이 필요해……. 그렇지만……."

아스나의 말을 키리토가 이어받았다.

"……유괴범은 남센트리아 행정부의 이송 명령서를 위조했어. 구리로 만든 통행증은 어려울지 몰라도 양피지로 만드는 허가증이라면……. ──만약 그렇다고 한다면, 수법이 옵시디아 때와 비슷하다고 할 수 있겠군……."

셰이타 대사와 이스칸 총사령관의 딸 리제타를 유괴한 ≪검은 로브의 남자≫는 모두가 출입 불가능하다고 생각했던 옵시디아 성 최상층에 잠복해 있었다. 남자가 최상층에 출입할 수 있었던 이유는 아직 분명하지 않았다. 그러나 그 행동 패턴은 분명 이번 산 고블린족 유괴 사건과 유사했다.

일순 입가를 찌푸리더니 키리토는 벌떡 일어났다.

"고블린족의 수색을 북, 동, 서센트리아와 그 외곽의 구 사령지까지 확대해야겠어."

"그러게……."

아스나도 일어서 시선을 남쪽 창문으로 향했다.

남센트리아의 붉은 사암으로 이루어진 시가지가 오후의 햇빛을 받아 반짝이고 있었다. 서쪽 하늘은 벌써 금색으로 물들고 있었다.

"……하지만 이제 곧 저녁이야. 지금부터 야외를 수색하는 건 어렵지 않을까? 사령지라고 해도 넓고……."

"그래……, 그렇겠지. 사령지에 대한 수색은 내일 아침부터 한다고 해도 시내는 바로 착수하는 편이 좋을 것 같아. 나는 50층으로 갈 테니까 아스나는 여기에서……"

그 다음에 나올 말을 키리토의 입을 누른 손끝이 막았고, 이어서 아스나가 입을 열었다.

"물론 나도 갈 거야. 괜찮아, 이제 과거시술의 피로는 완전히 사라졌으니까."

"…………알았어."

고개를 끄덕이고 키리토는 낮은 테이블의 나무접시에서 누가를 하나 집어 들더니 복수라도 하듯 아스나의 입에 넣었다.

"그렇다면 아스나도 잘 먹어야지."

알고 있어, 하고 말하려고 했지만 아스나의 입에서 나온 건 "아로 이써"라는 웅얼거림이었다.

대계단을 50층까지 달려간 두 사람이 대회의실에 발을 들이자, 원탁을 둘러싸고 있던 사람들이 동시에 시선을 보내왔다.

가장 먼저 입을 연 것은 하얀색 로브를 입은 아유하 프리아였다.

"아스나 님, 좀 더 쉬셔야 합니다."

"이제 괜찮아, 아유하 씨. 조금 쉬었더니 굉장히 좋아졌어."

바로 그렇게 대답하고 일어서려는 술사단장을 제지했다. 그러자 이번에는 웬일로 경장 차림인 파나티오가 키리토를 향해 입을 열었다.

"대표님, 유감이지만 아직까지 좋은 소식은 없어. 남센트리아 10구부터 시작한 수색도 3구의 저택가까지 왔지만, 현재로서는 헛방망이질만 계속되는 것 같고."

행동이 무위로 돌아가는 것을 의미하는 '헛방망이질'이라는 말은 야구에서 유래된 것인데, 야구가 존재하지 않는 언더월드에서 어떤 유래를 가지고 있는 걸까? 하고 아스나는 의아하게 생각했지만 지금은 그런 걸 신경 쓸 때가 아니었다.

"그 일 말인데요, 파나티오 씨."

본인의 자리에 앉는 시간조차 아깝다는 듯 아스나가 바로 입을 열었다.

"산 고블린족들을 태운 마차가 불후의 벽 문을 통과해 남센트리아에서 나갔을 가능도 있다고 생각해요."

순간 넓은 회의장이 조용해졌다.

현재 원탁을 둘러싸고 있는 것은 아유하, 파나티오에 기사 렌리, 기사 네르기우스, 기사 엔토키아 정도였다. 기사 듀솔버트는 남센트리아 5구에 설치된 가설 본부에 나가 있었고, 정보국장인 샤오 슈카스는 자신의 부하들과 함께 독자적으로 수색을 계속하고 있었다.

처음으로 입을 연 것은 상위 기사치고는 드물게 독설가인 엔토키아였다.

"흐음, 그건 어렵지 않을까요? ≪사계의 문≫을 통과하기 위해서는 공리교회의 통행증이 필요한데, 그건 최고사제님이 술식으로 만든 것이니까요."

"음……, 그런가? 그럼 지금 있는 게 없어지면 더 만드는 건 어려운 거야?"

키리토의 그 물음에 기사는 푸른빛이 도는 짧은 머리를 끄덕였다.

"그렇다고 생각합니다. 예전에, 굉장히 기술이 뛰어난 직인이라도 흉내낼 수 없도록 세공이 되었다고 들은 적이 있으니까요……."

"그 말대로야. 구리로 만든 통행증에 빛을 비추면 공리교회의 문장이 금색으로 떠오르도록 되어 있고, 어떻게 만드는 것인지는 나나 베르쿨리 각하에게도 알려주지 않았어."

파나티오가 그렇게 말할 정도면 분명 위조는 불가능하리라. 키리토는 고개를 끄덕이며 탁상 위에 두 손의 깍지를 끼었다.

"재고가 부족할 때의 일은 나중에 생각하기로 하고, 통행증을 위조할 수 없다는 것은 많이 긍정적이지만……. 문제는 통행증이 없어도 문을 통과하는 방법이 있다는 거야."

"일일 허가증……, 말이군요."

아유하의 지적에 키리토와 아스나가 동시에 고개를 끄덕였다. 기사들은 모두 앗 하는 표정을 지었고, 지금까지 잠자코 있던 네르기우스가 입을 열었다.

"……그럼 범인은 행정부의 이송 명령서뿐 아니라 문의 통행 허가증도 위조한 거군요. 대체 얼마나 금기목록을 위반할 생각인 건지……."

"그렇게 안타까워할 것 없어, 네기 꼬마. 범인은 이미 자신의 손으로 사람을 죽였으니까, 금기목록 따위를 개의치 않는 건 분명해."

바로 네르기우스가 숨을 들이마신 것은 파나티오가 사용한 호칭에 항의하기 위해서였겠지만, 포기한 것인지 휴우 하고 한숨을 쉬는 것으로 그쳤다. 대신 렌리가 성실하게 손을 든 뒤 입을 열었다

"그렇지만 키리토 님, 유괴범이 사계의 문을 통과했다고 한다면……. 남센트리아 이외의 대문에서는 마차의 짐까지 조사

를 하지는 않으니 이미 중앙도시를 빠져나갔을 가능성도 있지 않을까요……?"
"맞아."
소년 기사에게 고개를 끄덕이며 키리토는 말을 이었다.
"고블린족에 대한 수색은 동서와 북센트리아 시내뿐 아니라 그 밖의 구 사령지까지 범위를 확대할 필요가 있다고 생각해. 하지만 이제 곧 어두워지니까……."
"사령지 수색은 날이 밝는 것과 동시에 시작할 수 있도록 준비하고, 시내는 바로 시작하자고. 지휘는 내가 할게."
그렇게 말하고 일어서는 파나티오에게 키리토가 꾸벅 머리를 숙였다.
"미안해, 파나티오 씨. 부탁할게."
"어렵지도 않은 일인걸. 그 대신 꼬마는 여기서 얌전히 있어야 돼."
안절부절못하는 대표검사에게 단단히 못을 박고 파나티오는 조금 떨어진 곳에 둔 흰색 목재로 만든 요람으로 다가갔다. 새근새근 자고 있는 벨체의 머리를 부드럽게 어루만지고 옆에 대기하고 있는 사용인에게 한두 마디 건넨 뒤 빠른 걸음으로 회의장을 빠져나갔다.
평소라면 회의 중에는 티제나 로니에가 벨체를 돌보는데, 그러고 보니 두 사람은 커시드럴에 없지……, 하고 아스나가 생각했다. 바로 그때.
마치 파나티오가 사라지기를 기다렸다는 듯이 키리토가 입을 열었다.

"저기……, 수색에 참여할 생각은 없지만 잠깐 밖에 나갔다 와도 될까?"

허가를 구하는 어조이긴 했지만 대표검사에게 안 된다고 말할 수 있는 입장인 파나티오와 듀솔버트는 이 자리에 없었다. 두 명의 기사와 한 명의 술사는 슬쩍 시선을 교환한 뒤 대표로 네르기우스가 키리토에게 물었다.

"어디를 가실 생각이십니까?"

"실은 수습기사인 로니에와 티제가 북제국 황제 직할령에 있는 호수로 외출을 나갔거든. 비룡에게 물고기를 잡게 할 거라면서……."

"그렇군요, 편식을 교정하기 위해서 입니까."

네르기우스가 고개를 끄덕이자 바로 엔토키아가 끼어들었다.

"그러고 보니 네기오의 시오나데도 꼬맹이일 때 오이나 참외 같은 종류는 전혀 먹지 않아 고치는 데 고생을 했지. 남제국의 밀림 깊은 곳으로 가 세상에서 가장 달콤하다는 마법의 참외를 찾으러 같이 가기도 했고……."

"딱히 동행을 부탁하지는 않았어."

쌀쌀맞은 대답을 돌려준 뒤, 네르기우스는 다시 키리토에게 시선을 돌렸다.

"북제국 직할령에 있는 호수라면 노르키아 호수겠군요. 분명 주변에는 넓은 초원이 있을 테고……, 그런 곳에 범인이 숨어 있지는 않을 거라 생각합니다만."

"뭐 그렇긴 하지만, 두 사람의 성격상 만약 수상한 마차가 지나는 걸 보면 둘이서 조사를 하려고 할 것 같아서……."

키리토의 말에 아스나는 자기도 모르게 고개를 끄덕였다. 로니에도 티제도 솔직하고 착한 아이들이었지만 학교에서 키리토의 지도를 받아서인지 조금 엉뚱한 구석이 있는 편이었다. 하물며 지금의 두 사람은 수습에서 정기사가 되기 위해 매일 열심히 노력 중이었다. 그런 노력이 어떠한 위험을 부를 가능성도 충분히 있는 것이다.

"노르키아 호수까지는 불과 10킬로르 정도니까 빨리 다녀올게. 한 시간……. 아니, 45분이면 돌아올 거야."

그렇게 말하고 키리토는 재빨리 일어섰다. 남쪽의 대계단이 아니라 북쪽 승강동으로 향한 건 커시드럴의 높은 층에서 비행술로 호수까지 가기 위해서이리라. 재빨리 아스나도 자리에서 일어서서,

"나도 갈게!"

하고 말했다. 돌아본 키리토가 아유하 술사단장 쪽을 살짝 살폈다.

하얀 로브를 입은 여성은 표정에 걱정스러운 빛을 띠었지만 포기한 듯 가볍게 고개를 끄덕였다. 그래도 "빨리 돌아오시길" 하고 한마디 덧붙이는 것을 잊지 않은 아유하에게 꾸벅 머리를 숙이고 아스나는 종종걸음으로 키리토 옆으로 갔다.

"저기, 시내에서 급한 움직임이 생기면 제가 알리러 가겠습니다!"

하고 소리친 건 기사 렌리였다. 키리토는 "부탁할게!" 하고 대답한 뒤 승강동 문을 열었다. 두 사람은 동시에 안으로 뛰어가 재빨리 문을 닫고 휴우 하고 안도의 한숨을 쉬었다.

"……탈출 성공, 이라는 얼굴이네."

아스나가 옆을 쳐다보며 속삭이자 키리토는 설레설레 머리를 흔들었다.

"그게 아니라니까. 나는 그냥 단순히 로니에 일행이 걱정이 되서……."

"후후, 알고 있어. 내가 승강반을 움직일게."

바닥에 놓여 있는 은색 원반에 올라탄 아스나는 한가운데 있는 유리로 만든 통을 두 손으로 감쌌다.

예전에는 승강반을 담당하던 에어리가 신성술로 조작했던 이 엘리베이터도 현재는 자동으로 바뀌었다. 엘리베이터 바닥 아래쪽에 장착한 대형 봉인부에는 대량의 바람 엘레멘트가 충전되어 있어 벽의 층수 버튼을 누르면 그 높이까지 원반을 상승시키기에 필요한 수의 바람 엘레멘트가 봉인부에서 방출되고, 자동적으로 버스트되면서 압력을 만들어내는 구조였다. 그러나 혹시 모를 때를 대비해 이용자가 자력으로 조작할 수 있도록 바람 엘레멘트 생성용 유리통도 남아 있었다. 즉, 완만한 속도로 설정되어 있는 자동 장치 대신 수동으로 원반을 조종할 수도 있는 것이다.

옆에 선 키리토가 "저기, 안전 운행으로……"라며 말을 건넸지만, 끝까지 듣지 않고 아스나는 통 내부에 바람 엘레멘트 열 개를 생성시켰다. 이 원반을 움직이는 법을 알려준 전 승강 담당 에어리는 "상승을 시작할 때 세 개를 해방하고 그 뒤에는 속도가 떨어지려고 할 때마다 하나씩"이라고 말했지만, 그건 승객을 운반할 때의 평화로운 모드였고 마음만 먹으면 더 스피드를 낼 수 있다고 살짝 알려준 것이다.

"버스트!"

라는 커맨드로 우선 여섯 개의 바람 엘레멘트를 해방. 유리통 안에서 녹색 섬광이 번뜩이면서 아래쪽에서 대량의 공기가 분출되며 두 사람이 탄 원반을 맹렬한 속도로 밀어 올렸다.

"우와앗……!"

하고 소리친 키리토가 아스나의 양 어깨를 붙잡았다. 기룡이나 심의력으로 하늘을 날 때는 아무렇지도 않은 얼굴을 하면서 왠지 이 승강동만큼은 힘든 모양이었다. 아스나가 언더월드를 방문하기 전에 커시드럴의 고층에서 떨어진 것이 원인인 모양이지만 자세한 건 좀처럼 말해주지 않았다.

사실 아스나는 이계전쟁 중 정합기사 앨리스에게서 당시의 사건에 대해 들은 바 있었다. 아직 비행술을 사용할 수 없었던 무렵 검 하나에 의지해 80층 외벽에 매달렸으니 상당히 공포스러웠을 거라 생각은 하지만, 정신 연령을 따라잡은 키리토가 승강동 안에서만은 어린아이 같은 모습을 보이므로 왠지 속도를 내게 된다.

여섯 개의 바람 엘레멘트를 사용한 급상승이 감속되는 타이밍에 남은 네 개를 동시에 해방. 원반은 다시 급가속을 했고 키리토는 "으아악!" 하고 아스나의 등에 달라붙었다. 불쌍하니 더 이상은 괴롭히지 말아야지 하고 생각했을 때, 마침 90층에 도착했으므로 바닥의 페달을 밟아 원반을 벽면에 고정시켰다.

이곳 승강동은 과거에는 50층과 80층을 연결하고 있을 뿐이었지만, 자동화와 함께 1층부터 50층까지의 샤프트가 신설

되었고 종래의 샤프트도 90층까지 연장되었다. 이유는 물론 이 층에 있는 대욕탕이 전 직원에게 해방되었기 때문이지만, 90층에는 외벽에 커다란 개폐부가 없으기에 계단으로 95층 ≪효성의 망루≫까지 달려갔다.

어제 로니에, 티제와 함께 요리사인 하나까지 점심을 먹었던 곳이었지만 저녁이 다가오자 공중정원은 또 다른 얼굴을 드러냈다. 기울어진 햇빛이 외부에서 직접 들어오자 마치 부유성 아인크라드의 저녁 풍경 같은──물론 규모는 훨씬 작았지만──분위기를 내는 것이다.

아스나는 이곳에서 석양이 지는 모습을 보는 걸 무척 좋아했지만 지금은 그럴 때가 아니었다. 북쪽의 입구 쪽으로 먼저 달려간 키리토가 뻗는 오른팔에 자신의 몸을 맡겼다.

"저기……, 급한 건 알지만 안전 운전 알지?"

하는 아스나의 말에 아무 말 없이 미소로만 답한 뒤 키리토는 검은 가죽으로 된 상의를 비룡의 날개와 비슷한 형태로 변형시켰다. 그리고는 아스나를 단단히 끌어안은 뒤 날개를 크게 펼쳤다.

스피드는 빠르지만 큰 소리가 나는 풍소비행술이 아니라 조용한 심의 비행술로 날 생각인 모양이네……라고 살짝 안심한 순간, 키리토가 바닥을 찼다. 검은 날개가 힘차게 퍼덕이면서 공중으로 둥실 떠올랐고──.

다음 순간 바람 엘레멘트 여섯 개를 사용했던 승강반의 가속의 몇 배에 달하는 엄청난 속도로 두 사람은 하늘로 날아올랐다. 공기의 벽이 얼굴을 때렸고 북센트리아 제성의 가장 높

은 탑이 눈 깜짝할 사이에 다가오고 있었다. 커시드럴보다는 훨씬 낮은 것을 알고 있었지만 넘을 때는 자기도 모르게 눈을 감았다.

심의만으로 이렇게 스피드를 낼 수 있다면 풍소비행술을 풀 파워로 사용하면 어떻게 되는 걸까……, 하고 생각하다가 과거 그것을 딱 한 차례 체험한 사실을 아스나는 떠올렸다.

1년 3개월 전 이계전쟁의 마지막 무렵.

길었던 혼수상태에서 눈을 뜬 키리토는 앨리스를 납치한 황제 벡터를 쫓기 위해 최고 속도의 풍소비행술을 사용했다. 당시 아스나는 언더월드의 지리를 전혀 몰랐었기에 어느 정도의 거리를 날았는지 알게 된 것은 전쟁이 끝난 뒤였다. 그때 키리토는 아스나를 한쪽 팔로 안은 채 1,000킬로미터의 거리를 약 5분 만에 이동했다. 시속으로 환산하면 시속 12,000킬로미터, 음속이 시속 1,200킬로미터 정도이므로, 그 열 배라고 하는 엄청난 속도였다.

현재 키리토의 심의력도 강철의 기룡을 띄울 정도지만 그때는 신의 기적과 맞먹는 힘이었다. 비행술뿐 아니라 빈사 상태에 달한 앨리스의 비룡과 그 오빠 용을 구하기 위해 알로 되돌리기도 했고, 슈퍼 어카운트인 황제 벡터와의 전투에서는 언더월드 전체의 하늘이 밤처럼 바뀔 정도의 무장완전지배술을 사용하기도 했다.

문제는 그때의 키리토가 특별했던 것인지——아니면 지금은 키리토가 단순히 힘을 억제하고 있을 뿐인 건가 하는 것이었다. 만약 후자라면 로니에와 티제의 몸에 위험이 닥쳤을지도 모르는 상황에서 키리토가 심의력을 억제할 이유는 없을 텐데, 하는 생각이 들었다.

그런 생각을 하던 아스나가 무의식적으로 키리토의 몸에 단단히 매달린 바로 그 순간.

마치 그것을 기다렸다는 듯이 시계가 한층 더 선명한 녹색으로 번쩍였고, 후방에서는 셀 수 없을 정도의 버스트 소리가 연이어 작렬했다. 거인의 망치로 힘껏 후려갈기는 듯한 폭력적인 가속에 아스나는 참지 못하고 비명을 질렀다.

8

인계력 기원전, 즉 지금보다 380년 이상 과거의 인계에는 ≪신수≫라고 불리는 무빙 오브젝트들이 존재하고 있었다.

동제국의 깊은 계곡에 사는 백은의 거대한 뱀. 남제국의 화산을 둥지로 삼은 불사조. 북제국의 산맥을 수호하는 거대한 얼음 용. 서제국의 초원을 질주하는 날개 달린 사자 등등.

모두 합쳐 마흔 개 이상인 그들은 플럭트라이트를 가지고 있지 않았지만, 전용 언어화 엔진을 갖추고 있어 인계인들과 의사소통이 가능한 고도의 AI 프로그램이었다. 사람들은 신수를 토지신으로 모셨고, 많은 전설을 남겼다.

그러나 인계력 30년에 공리교회가 설립되고 최고사제 어드미니스트레이터라는 이름으로 인계를 지배하게 된 소녀에게 있어서 교회의 정사에 등장하는 신들 이외의 ≪신≫은 방해물에 불과한 존재였다. 그녀는 신수들을 모조리 무구——신기로 바꾸거나 휘하의 정합기사들로 하여금 퇴치하게 했다. 그리하여 인계력 백 년쯤에는 모든 신수가 지상에서 사라졌고, 그들과 인간의 교류를 기록한 서적도 남김없이 불타 사라졌다.

현재 인계에서 생식하는 조수(鳥獸)는 모두 사람의 말을 쓸 수 없었다. 그러나 그중에 오직 한 종, 아주 한정적이었지만 AI화되어 있는 동물이 존재했다. 그것이 바로 정합기사의 파트너인 비룡이었다.

비룡들은 사람의 말을 할 수는 없었지만, 주인이 내린 명령은 상당히 복잡한 것까지 이해할 수 있었다. 그리고 인연을 맺은 주인에게 충성을 다하려는 ≪마음≫을 가지고 있었다

그렇기 때문에 수습 정합기사 로니에 아라벨이 키우는 새끼용 츠키가케는 "통로를 통해 지상으로 나가 센트리아 북문까지 어떻게든 가 줘"라는 주인의 명령을 수행하기 위해 필사적으로 달렸다.

작은 날개를 파닥거리며 예순 개의 계단을 모두 오르고 쇠창살 사이로 몸을 집어넣어 밖으로 나온 뒤 츠키가케는 주위를 둘러보았다.

뒤에는 막 빠져나온 쇠창살, 오른쪽과 왼쪽은 가시가 있는 나무 울타리로 막혀 있어 갈 수 있는 방향은 앞으로 나 있는 오솔길뿐이었다. 그러나 츠키가케는 그 길을 가고 싶지 않았다. 왜냐하면 길 앞쪽에는 불길한 느낌의 저택이 있었기 때문이다. 그곳으로 다가가면 지하에서 오빠인 시모사키를 붙잡은 검은 인간들에게 들킬지도 몰랐다. 그런 녀석들은 무섭지 않았지만, 만약 붙잡히면 주인을 구할 수 없게 된다.

몸을 오른쪽으로 돌려 나무 울타리 꼭대기를 쳐다보았다. 주인의 키보다 높은 나무 울타리를 뛰어넘기 위해 힘껏 날개를 파닥거리며 도약했지만 뛰어넘을 수 없었다. 그래도 몇 초간 노력해보았지만, 이윽고 날개가 피곤해지면서 엉덩이부터 돌바닥에 떨어졌다. 공이 튀는 것처럼 두세 번 통통 튀긴 뒤 영차 하고 몸을 일으켰다.

이렇게 된 이상 나무 울타리를 억지로 돌파하는 수밖에 없었다.

“꾸르륵…….”

조용히 울면서 결심을 굳힌 뒤 날개를 완전히 접고 나무 울타리 아래쪽으로 얼굴을 들이밀었다.

대부분의 관목은 뿌리 근처에 공간이 있었지만, 이 식물은 지면 바로 위까지 가지가 펼쳐져 있는데다 가지에는 길이가 3센 정도나 되는 날카로운 가시가 무수히 달려 있었다. 한계까지 몸을 낮춘 뒤 지면을 기어 좁은 틈 사이를 빠져나가려고 했지만, 가시 하나가 목덜미를 찔렀고 날카로운 통증이 느껴졌다.

다시 돌아가고 싶어졌지만 츠키가케는 작은 어금니를 악물고 전진을 계속했다. 단단한 가시가 등에 난 부드러운 솜털을 계속해서 파고들면서 아직 비늘이 없는 피부를 찢었다. 고통스러운 나머지 입에서 자시도 모르게 “꾸우우……” 하는 소리가 나왔지만 그래도 앞으로, 앞으로 전진을 계속했다.

폭이 50센도 되지 않는 나무 울타리를 통과하는 데 1분 이상 걸렸다. 겨우 가시로부터 해방되자 츠키가케는 젖은 낙엽에 몸을 던져 가늘게 호흡을 반복했다.

조금이나마 통증이 약해지자 긴 목을 힘껏 굽혀 자신의 등을 보았다. 자랑이었던 노란 솜털은 엉망으로 헝클어져 있었고, 배어나온 피로 붉게 물들어 있었다.

츠키가케는 천명 수치라는 개념을 가지고 있지는 않았지만 그래도 피가 계속 흐르면 생물은 죽는다는 사실은 이해하고 있었다. 헝클어진 솜털을 코끝으로 헤치고 상처를 하나씩 핥았다. 비룡의 타액에는 약한 치유 효과가 있어 몇 번 핥자 출혈은 멎었다. 하지만 등 아래쪽에 있는 상처까지는 혀가 닿지 않았다.

그래도 통증이 어느 정도 참을 수 있을 정도로 줄어들었기에 마지막으로 한 차례 몸을 털어 진흙과 낙엽 등을 털어내고 츠키가케는 뒷다리만 사용해 일어섰다.

전방에는 깊은 숲이 펼쳐져 있었다. 노랗게 물든 햇빛은 침엽수의 가지와 잎에 막혀 지면에는 거의 닿지 않았지만 그래도 방향 정도는 알 수 있었다.

주인인 로니에가 '센트리아'라고 부르는 인간들의 거대한 도시는 남쪽에 있었다. 이 숲은 처음 온 곳이었고 마차로 왔기 때문에 거리는 잘 알 수 없었지만, 가능한 한 빨리 도착해야만 했다.

다행히 몇 시간 전 호수의 물고기를 잔뜩 먹은 덕분에 배는 아직 고프지 않았다. 지난 몇 개월 동안 축사에서 주는 죽은 물고기는 냄새가 마음에 들지 않아 그다지 먹지 않았지만, 물속을 헤엄치는 물고기를 자신이 직접 잡는 것은 즐거웠고 물고기도 신선해서 무척 맛있었다. 그 맛을 떠올리니 배가 고파오는 것처럼 느껴졌기에 물고기 생각은 그만두고 숲을 네 다리로 달리기 시작했다.

츠키가케가 사는 '커시드럴'의 정원이나 호수 주변의 초원과 달리 축축한 숲의 지면은 미끄러웠고 낙엽 밑에 돌이나 뿌리가 숨어 있어 달리기 힘들었다. 방해물에 발이 걸릴 때마다 데굴데굴 뒹굴었지만 오로지 남쪽으로 계속 달렸다.

유난히 큰 나무를 돌아 들어간 순간, 츠키가케의 예민한 코는 무언가가 썩는 냄새를 포착했다.

꾸불꾸불 구부러진 나무들에 둘러싸인 지면 일부가 파헤쳐져 있었다. 검은색 흙은 커시드럴 앞정원의 폭신폭신한 흙과 달리 차갑고 축축하고 끈적거렸다. 썩은 냄새는 커다란 구멍에서 나는 것 같았지만, 다가가 들여다보아도 바닥에는 아무것도 없었다.

"꾸룩……."

작게 울고 츠키가케는 구덩이에서 물러났다. 혹시 떨어지기라도 하면 탈출할 수 있을지 없을지 알 수 없었고, 지금은 딴짓을 할 시간도 없었다.

고약한 냄새가 나는 구덩이를 크게 우회해 몇 분간 더 달리자 앞쪽이 조금씩 밝아왔다. 숲의 출구에 다다른 것이다. 열심히 지면을 차고 날개도 퍼덕이며 마지막 10메르를 달린 츠키가케는 두 그루의 고목 사이에서 뛰쳐나갔다.

숲을 둘러싼 초원은 상당히 기울어진 햇빛을 받아 황금색으로 물들어 있었다. 차갑지만 신선한 공기를 탐욕스럽게 들이마시며 계속 달리다가 언덕이라고도 할 수 없는 작은 둔덕 위에서 발을 멈추었다.

주위를 돌아보자 오른쪽에는 초원의 끝을 가로지르는 새하얀 벽, 왼쪽으로는 반짝반짝 빛나는 호수의 수면, 그리고 정면으로는 작은 인간들의 마을이 보였다. 생각보다 멀었지만 열심히 달리면 언젠가는 도착할 것이다. 아니, 언젠가여서는 안 된다. 이러고 있는 지금도 지하 감옥에 붙잡혀 있는 주인과 그 짝꿍, 그리고 저택에 끌려간 시모사키는 공포에 떨고 있을 게 분명했다.

"꾸루룩!"

혹시라도 검은 인간들에게 들리지 않도록 작은 목소리로 운 뒤 츠키가케는 다시 달리기 시작했다.

숲 속보다는 어느 정도 편했지만 초원도 이 근처의 풀도 키가 커 달리기 불편했다. 머리를 내밀고 앞발로 풀을 헤치듯 달리고 또 달렸다.

5분 정도 지났을 무렵, 이번에는 명백하게 배가 고픈 것을 느꼈다. 새끼라고 해도 비룡은 비룡이므로 천명을 유지하는 데 필요한 식사의 양은 같은 사이즈의 개나 여우보다 훨씬 많은 것이다.

왼쪽으로 불과 100메르 정도 떨어진 곳에 커다란 호수가 금색으로 반짝이고 있었다. 물속에는 맛있는 물고기가 수도 없이 헤엄치고 있을 것이다. 그렇게 생각한 것만으로도 진로를 왼쪽으로 바꾸고 싶었지만, 츠키가케는 고개를 저었다. 배가 고픈 정도로 죽지는 않겠지만 지금 주인은 생명이 위험한 상태였다.

마차의 창으로 보았던 기억이 맞다면 호수를 둘러싼 초원의 남쪽에는 황폐하지만 넓은 밭이 펼쳐져 있을 것이다. 그곳이라면 말라비틀어진 고구마 하나 정도는 발견할 수 있으리라. 그런 기대만을 품고 다시 5분 정도를 달렸다. 바로 그때.

갑자기 앞발이 푹 하고 지면에 가라앉더니 츠키가케는 공중제비를 하며 뒹굴었다. 몸을 웅크려 몇 번 구른 뒤 겨우 멈추었지만 지면에 닿은 등에 차가운 물이 스며들면서 겨우 피가 멎었던 상처 부위가 다시 심하게 아파와 입에서 가는 울음소리가 새어나왔다.

그러나 계속 누워 있을 수는 없었다. 이 근처는 호수에서 흘러들어온 물이 지면을 넓게 덮고 있는 습지대였다. 커시드럴에서 태어난 츠키가케는 습지라고 하는 곳은 처음이었지만, 차가운 물속에 오래 있으면 천명이 빨리 줄어든다는 본능적인 지식은 가지고 있었다. 몸을 일으킨 뒤, 몸과 머리를 힘껏 뻗어 다시 한 번 주위를 확인했다.

앞쪽과 왼쪽은 광활한 습지로 막혀 있었고, 건조한 지면은 오른쪽밖에 없었다. 그러나 얼마나 가야 습지를 우회할 수 있을지는 전혀 알 수 없었다. 아주 멀리 보이는 하얀 벽까지 습지가 이어진다면 엄청난 시간을 낭비할 것이다.

"꾸르르……."

곤경에 빠진 츠키가케가 자신도 모르게 한심한 울음소리를 내었다.

그러자 마치 그 소리에 대답이라도 하듯 조금 떨어진 풀숲에서 작은 생명체가 얼굴을 내밀고 "큐큇!" 하고 높은 소리로 울었다.

갈색의 짧은 모피에 몸길이와 비슷한 길이의 긴 귀, 그리고 작고 동그란 눈을 가진 생물은 츠키가케를 보더니 대체 이건 뭐지 하는 듯 머리를 갸웃거렸다.

그리고 완전히 똑같은 것을 츠키가케도 생각했다. 살짝 뾰족한 코에서 짧은 꼬리까지 30센 정도인 그 생물은 중앙도시의 인간들에게 ≪긴귀생쥐≫라는 이름을 얻고 있었지만 당연히 츠키가케는 그런 사실을 몰랐다.

갈색 생쥐의 머리와 동체에 경계가 없는 타원형 몸을 보고 있으니 자기도 모르게 잡아먹으면 맛있으려나 하는 생각이 들었다. 그러자 생쥐는 그런 츠키가케의 식욕을 알아차린 것처럼 풀숲으로 도망치려고 하자 츠키가케는 다급히 불러 세웠다.

"꾸룩!"

잠깐 기다리라는 츠키가케의 의사가 통했는지——아닌지는 알 수 없었지만, 생쥐는 긴 수염이 있는 코끝만 남기고 멈추었다. 2초 뒤, 다시 쭈뼛거리는 느낌으로 얼굴을 내밀었다.

다시 한 번 겁을 먹으면 순식간에 도망칠 것이다. 츠키가케는 가능한 몸을 낮추며 널 먹을 생각은 없어 하는 의사를 담아 낮게 울었다.

"루루루루……."

그러자 생쥐는 다시 머리를 갸웃거리며 천천히 풀숲에서 몸을 드러냈다.

자세히 보니 가늘고 긴 발에는 물갈퀴가 달려 있었다. 틀림없이 옛날부터 이곳에서 살아온 생명체일 것이다. 그렇다면 습지를 빠져나가는 길을 알고 있을지도 모른다.

"꾸룩, 꾸루루루루룩."

——남쪽으로 가고 싶어. 길을 알면 알려줘.

라는 의사를 언어화할 수는 없었지만 필사적인 마음을 담은 츠키가케의 울음소리에 생쥐는 긴 귀를 움찔움찔 움직이면서 "큐우!" 하고 짧게 대답했다.

그 소리에, 그렇지만 나는 배가 고파, 하는 울림을 알아차린 츠키가케는 재빨리 말했다.

——만약 길을 알려주면 맛있는 물고기를 잔뜩 줄게.

——물고기 같은 건 필요 없어. 나는 나무 열매가 좋아.

——하지만 여긴 나무 같은 건 한 그루도 없잖아.

하고 츠키가케가 말하려는 순간, 두 마리 사이에 있는 수면에 작고 검은 무언가가 흔들리며 떠내려 왔다. 생쥐는 "킷!" 하고 울며 물에 뛰어들어 두 손으로 그것을 붙잡았다.

자세히 보니 그것은 분명 나무 열매였다. 아마 호숫가에 서 있는 나무에서 호면에 떨어진 나무 열매가 오랜 시간에 걸쳐 습지대까지 흘러들어온 모양이었다. 생쥐는 두 손으로 소중히 껴안은 그것을 바로 입으로 가져갔지만, 긴 앞니로 갉아도 나무 열매에서 나야 할 오도독오도독 하는 소리는 나지 않고 퍼석퍼석한 젖은 소리밖에 나지 않았다. 물에 잠겨 있는 동안 천명이 다된 것이다.

"꾸루루루, 꾸룩!"

——길안내를 해주면 싱싱한 나무 열매를 많이 줄게. 습기가 없는 바삭바삭하고 맛있는 녀석들로.

"큐우……."

——정말? 그런 건 1년에 하나도 찾기 어려운 건데.

——약속할게. 매일 원하는 만큼 먹여줄게.

——그럼, 좋아. 따라와.

하는 대화가 실제로 이루어졌는지는 츠키가케도 알 수 없었다. 그러나 검은 나무 열매를 다 먹은 생쥐는 근처의 마른 지면으로 이동하더니 키가 큰 풀숲 안으로 뛰어들었다.

츠키가케도 급히 물에서 나와 생쥐가 사라진 쪽으로 머리를 밀어 넣었다. 그러자 빽빽한 풀숲 속으로 직경 30센 정도의 터널이 연결되어 있었다. 마른풀이 촘촘하게 엮여 있는 벽은 누가 보아도 저절로 만들어진 것은 아니었다.

터널 앞쪽에 생쥐가 서서 빨리 오라는 듯 짧은 꼬리를 흔들고 있었다. 생쥐보다 몸이 큰 츠키가케에게는 폭도 높이도 조금 비좁았지만, 지하 감옥에 있던 쇠창살 틈새 정도는 아니었고 바닥에 마른 풀이 깔려 있는 것도 고마웠다.

"꾸루룩!"

스스로를 고무시키기 위해 다시 한 번 울고 츠키가케는 좁고 어두운 터널을 달리기 시작했다. 생쥐도 앞을 보고 짧은 다리를 재빨리 움직이며 미끄러지듯 나아갔다.

겨우 3메르 앞에 터널은 좌우로 갈라져 있었다. 생쥐는 속도를 늦추지 않고 왼쪽으로 갔고 츠키가케도 뒤를 따랐다. 바로 두 번째 갈림길이 나타나자 이번에는 오른쪽으로 방향을 잡았다.

이어서 나타난 것은 터널과 마찬가지로 마른 풀로 만들어진 폭 1메르 정도의 둥근 방이었다. 벽 쪽에서는 성체 생쥐 한 마리와 새끼 생쥐 세 마리가 풀의 씨앗으로 보이는 것을 먹고 있다가 츠키가케를 보고 성체 쥐가 "키킷!" 하고 경계하는 듯한 소리를 냈지만, 안내를 하던 생쥐가 무어라 대답하자 조용해졌다. 신기한 듯 시선을 보내오는 새끼 생쥐 옆을 머리를 낮추며 통과해 새로운 통로로 들어섰다.

물갈퀴가 있는 생쥐들은 아무래도 이 습지 전체에 그물망 같은 터널을 펼쳐놓은 모양이었다. 길안내가 없다면 바로 길을 잃을 터이다. 달릴 때 첨벙첨벙 소리가 나는 것이 바닥 아래쪽은 물에 접해 있는 모양이었다. 습지에 띄엄띄엄 있는 수많은 작은 섬들을, 부력이 있는 마른 풀로 만든 터널로 연결한 것이 분명했다.

두 갈래 길과 네 갈래 길, 작은 방을 몇 개나 지났는지 알 수 없어질 무렵, 드디어 앞쪽에서 희미한 빛이 보였다. 얼핏 막다른 길로 보였지만, 벽 부분의 풀이 성기게 엮여 있어 그 사이로 오후의 해가 비친 것이다.

막다른 길에서 발을 멈춘 생쥐는 풀 사이로 뾰족한 코를 내밀더니 신중하게 바깥 냄새를 맡더니, 이어서 머리 전부를 내밀었다. 그리고 확인을 끝냈는지 풀을 헤치고 밖으로 나갔다.

츠키가케도 조금 고생하며 터널을 나서자 그곳은 습지대의 남쪽 끝이었다. 앞에는 마른 풀밭이 펼쳐져 있었는데 그 앞에는 인간이 만든 것으로 보이는 판자로 된 울타리가 보였다. 그 너머가 마차에서 본 밭이 분명했다.

"꾸루루, 꾸룩!"

――고마워, 생쥐 씨. 이제부터는 혼자 갈게.

츠키가케가 그렇게 말하자 갈색 생쥐는 머리를 오른쪽으로 한 바퀴 돌렸다.

"큐이익!"

――나무 열매는 언제 주는 거야?

――지금은 없어. 그렇지만 되도록 빨리 나무 열매를 많이 가지고 또 올게. 약속할게.

츠키가케는 열심히 그렇게 이야기했지만 생쥐도 긴 귀를 세웠다 눕혔다 하며 물러서지 않았다.

――싫어, 지금 바로 먹고 싶어! 바삭바삭한 나무 열매를 잔뜩 먹고 싶다고!

――……그럼, 같이 가자. 도시에 가면 나무 열매를 받을 수 있어.

츠키가케의 말에 생쥐가 의아한 듯 눈을 깜빡였다.

――도시? 도시라는 게 뭔데?

――도시는……, 인간이 많이 있는 곳이야.

――인간? 인간은 우리를 보면 몽둥이를 들고 쫓아오는데?

――나와 같이 있으면 괜찮아. 시간이 없어. 빨리 가야 돼!

그렇게 말하고 츠키가케는 이동을 재개하려고 했다. 그러나 생쥐에게 꼬리 끝을 잡히고 말았다.

"꾸루룩!"

――왜 그래?

"키킥!"

――그쪽으로 가면 안 돼. 저 벽 너머에는 무서운 게 있다고 아버지가 말했어.

――무서운 것? 인간 말이야?

――모르겠어……. 그렇지만 벽 너머로 간 친구들은 아무도 돌아오지 않았어.

츠키가케는 고개를 갸웃거렸다. 마차의 창문으로 본 울타리 남쪽은 황폐한 밭이 펼쳐져 있을 뿐 인간은 한 사람도 없었던 것으로 기억했다. 주인들은 사령민은 모두 해방되었다고 말했다. 의미는 잘 알 수 없었지만 생쥐가 말하는 ≪무서운 것≫이 인간이라면, 지금은 위험하지 않을 것이다.

게다가 츠키가케의 공복감도 슬슬 한계에 이르고 있었다. 밭에서 무언가 먹을 것을 찾지 않으면 조만간 달릴 수 없게 될 듯했다.

"꾸루룩……."

——괜찮아, 이제는 무서운 것이 없으니까. 저기를 통과하지 않으면 도시에는 못 가.

그렇게 말해도 생쥐는 잠시 의심스러운 표정을 짓고 있었지만, 경계심을 식욕이 이긴 모양이었다.

"키킷."

——알았어. 같이 가.

——그래. 그럼 서두르자.

그렇게 말하고 츠키가케는 마른 지면을 찼다. 의외로 달리기가 빠른 생쥐도 바로 뒤를 따라왔다.

초원을 단숨에 통과해 판자 울타리에 다가가서 재빨리 좌우를 살폈다. 조금 왼쪽으로 떨어진 곳에 입구가 있어 그쪽으로 향했다.

간소하게 만들어진 입구에는 다행히 문도 창살도 존재하지 않았다. 옆에 선 나무에 붙은 간판에는 비바람에 거의 지워졌으나 인계어로 ≪직할령 부속 농원≫이라고 적혀 있었지만,

츠키가케는 물론 생쥐도 읽을 수 없었다.

문을 통과하자 흙냄새와 마른 식물의 냄새가 코를 찔렀다. 좋은 냄새는 아니었지만 숲 속에 있었던 검은 구덩이의 냄새보다는 훨씬 나았다.

넓은 농지에는 이름을 알 수 없는 채소류가 질서정연하게 줄을 서 있었지만, 돌보는 인간이 없는 탓인지 대부분 천명을 잃은 듯했다. 누렇게 마른 이파리가 지면에 붙어 있었고 이미 뿌리부터 소멸되어 신성력으로 환원된 것들도 많았다.

이래서는 츠키가케가 먹을 수 있는 채소나 과일을 발견할 수 있을 것 같지 않았다. 실망하면서도 농지 한가운데를 관통하는 길을 종종걸음으로 전진했다. 적어도 길은 습지나 초원보다 훨씬 달리기 편했다. 이 밭을 통과하면 센트리아 거리는 바로 눈앞이다. 실제로 지평선 위에는 무수히 많은 건물의 모습이 작게 보였고, 그 너머로 그리운 커시드럴의 탑이 하얗게 서 있는 게 보였다.

"꾸루룩!"

——봐, 저게 도시야.

뒤에서 따라오는 생쥐에게 조금 자랑스러운 기분으로 말을 걸었지만, 유감스럽게도 그다지 감명을 받지는 못한 모양이었다.

"키킷!"

——이상해. 저런 곳에 나무 열매가 있는 거야?

——물론이지, 엄청 많아. 나나 네가 평생 먹어도 사라지지 않을 만큼 많이 있다고.

——정말? 그럼 아버지와 어머니, 동생에게도 조금 가져다 줘도 돼?

——그래, 네 가족들 몫도 받을 수 있도록 내가 부탁할게.

달려나가며 그런 이야기를 계속했기 때문일 것이다.

츠키가케는 어느새 공기 중에 썩은 채소 이외의 냄새가 섞여 든 사실을 뒤늦게 감지하고 말았다.

먼저 알아차린 생쥐가 "키익!" 하고 경계하는 소리를 낸 것과 거의 동시에.

전방 오른쪽의 밭두렁 사이에서 가늘고 긴——하지만 츠키가케보다도 조금 큰 그림자가 튀어나와 앞길을 막았다.

이번에도 처음 보는 생물이었다. 동체와 꼬리는 늘씬하게 뻗어 있었고 사지는 짧지만 늠름했다. 길게 튀어나온 코끝과 눈 주위만 하얀색이었고, 나머지는 짙은 회색.

"꾸루루루루루……."

——거기서 비켜줘. 우린 도시까지 가고 싶을 뿐이야.

그러나 회색의 짐승은 살짝 붉게 빛나는 두 눈으로 츠키가케 일행을 응시한 채 아무 대답도 하지 않았다.

어떡할까 하고 생각하는 동안 좌우의 밭에서 부스럭부스럭 하는 소리가 들렸다. 마른 작물 사이로 모습을 드러낸 것은 같은 종류의 동물들이었다. 그 수는 네 마리. 그중 두 마리가 거의 소리를 내지 않고 뒤로 돌아왔고, 처음 나타난 녀석까지 총 다섯 마리가 츠키가케 일행을 에워쌌다.

회색의 짐승들은 과거에 이 농지에서 일하던 사령지민들이 ≪뾰족코오소리≫라 부르며 싫어하던 동물이었다. 잡식성에

야행성으로 밤중에 밭의 작물을 먹어치우기 때문이었다. 곤경에 처한 사령지민들은 감독관의 허가를 얻어 밤에는 밭에 대형 개를 풀어놓기로 했다. 개들은 뾰족코오소리들에게 용감하게 맞섰고 작물의 피해도 줄어들었지만 그래도 2, 3년에 한 번은 오소리들이 집단으로 개에게 달려들어 죽이는 일도 있었다.

하지만 사령지민들은 1년 전 농노의 신분에서 해방되었고, 개를 데리고 센트리아나 교외의 다른 곳으로 이주했다. 돌보는 사람이 사라진 밭은 황폐해졌고 반년 정도는 자력으로 열매를 맺던 식물들도 거의 전부 시들어버렸다. 먹을 것이 사라진 오소리들도 대부분 굶어 죽었——언더월드의 야생동물에게는 행동 범위가 설정되어 있으므로 그것을 넘어 이동할 수 없다——으나, 원래부터 천명치가 높았던 개체는 밭에 들어온 작은 동물이나 예전에는 쳐다보지도 않던 벌레, 그리고 동료의 사체를 먹으며 간신히 연명하고 있었다. 하지만 먹을 것이 충분하지 않은 만큼 그들은 항상 배가 고팠고 흉폭해진 상태였다.

주위를 둘러싼 뾰족코오소리들이 낮은 울음소리로 "크르르르……" 하고 으르렁거리기 시작하고 나서야, 츠키가케는 위험한 상황임을 깨달았다.

긴귀생쥐는 겁에 질린 나머지 아무 소리도 못 내는 모양이었다. 작은 동행자를 지키기 위해 긴 꼬리로 감싸며 츠키가케도 으르렁거리는 소리를 내었다.

"꾸르르르륵!"

——싸울 생각이라면 그만두는 편이 좋을 거야!

하는 의사를 전달할 생각이었지만, 오소리들은 더욱 격렬하게 으르렁거릴 뿐이었다. 그리고 생쥐와 달리 그들의 목소리에는 의사 같은 것이 느껴지지 않았다.

츠키가케로서는 알 수 없는 일이었지만, 태곳적 신수들의 먼 권속인 비룡에게는 야생동물과 의사소통을 할 수 있는 능력이 부여되어 있었다. 원래는 신수의 테리토리에서 동물 유닛을 대피시키기 위해 설정된 힘이었지만, 모든 동물이 처음부터 AI화된 게 아니라 신수가 콘택트하면 그 동물 유닛에게 최소한의 사고력과 데이터베이스가 부여되는 것이었다.

즉, 동행자인 생쥐는 츠키가케가 말을 걸었기 때문에 대답할 수 있는 능력을 얻었지만 그 힘의 대상은 자신보다 우선도가 훨씬 떨어지는 유닛에게 한정된 것이었다. 그리고 가혹한 상황에서 살아남은 뾰족코오소리의 우선도는 현재의 츠키가케보다 약간 떨어지는 정도였다. 그래서 다섯 마리에게 사고력은 부여되지 않았고, 그저 먹잇감을 사냥해 주린 배를 채워야 한다는 행동 원리만이 그들을 움직이게 하고 있었다.

말을 걸어도 반응하지 않는 야수들을 츠키가케는 주의 깊게 노려보았다.

지금까지 이런 상황에 빠진 적은 한 번도 없었다. 이런 상황은커녕 커시드럴 밖에서 단독으로 행동하는 것도 이번이 처음이다. 하지만 다섯 마리의 야수가 단순히 싸움을 하고 싶어 하는 게 아니라, 츠키가케와 생쥐를 죽이려고 한다는 것을 본능적으로 알 수 있었다.

지금 여기서 죽거나 큰 부상을 입으면 주인들과 시모사키를 위해 도움을 요청할 수 없게 된다. 츠키가케는 천명이 줄어든 상태였지만 자세히 보니 뾰족코오소리들도 무척이나 야위어 있는 만큼, 열심히 도망치면 뿌리칠 수 있을 것도 같았다.

하지만 생쥐가 도망칠 수 있을지 알 수 없었다. 발은 결코 느리지 않았지만, 습지에서 이곳 밭까지 상당한 거리를 달려왔으므로 피곤한 상태일 것이다. 츠키가케는 생쥐에게 맛있는 나무 열매를 많이 주겠다고 약속했으므로 여기서 버릴 수는 없었다.

생쥐를 희생양으로 삼고 탈출한다는 발상은 츠키가케의 AI 프로그램에는 존재하지 않았다. 어린 비룡은 다섯 마리의 포식자와 싸울 각오를 하고 힘껏 용맹하게 울부짖었다.

"가르르르르!"

이번에야말로 의사가 야수들에게 전해진 모양이었다. 정면에서 길을 막고 있던 뾰족코오소리도 입을 크게 벌려 가늘고 날카로운 이를 드러내며 포효했다.

"캬우우웃!"

그것을 신호로 좌우에서 두 마리의 뾰족코오소리가 달려들었다.

츠키가케는 얼어붙은 생쥐를 꼬리로 붙잡고 힘껏 날아올랐다. 오소리들도 도약했지만 날개를 전력으로 퍼덕여 더욱 높은 곳까지 날아올랐다.

계산이 빗나간 뾰족코오소리들은 공중에서 충돌한 뒤 자기들끼리 엉켜 떨어졌다. 그 사이에 츠키가케는 서쪽으로 활공

하여 밭에 내렸다. 이쪽에는 아직 길이가 긴 수숫대가 남아 있어 짧은 시간이라면 몸을 숨길 수 있을 듯했다.

그렇지만 생쥐를 꼬리로 잡은 채 빠져나가는 것은 불가능했고, 생쥐를 지키며 다섯 마리와 싸우는 건 더욱 어려웠다. 일단은 생쥐를 안전한 곳에 숨겨야했다.

그러기 위해 츠키가케가 선택한 것은 밭두렁 사이에 버려져 있는 나무통이었다. 썩어서 천명이 다 되기 직전이었지만 아직 형태는 유지하고 있었다. 지면에 내려놓은 생쥐 위로 재빨리 나무통을 씌우고는 거기서 조용히 있어! 하고 속삭였다.

대답은 들리지 않았지만 움직이거나 울거나 하면 위험하다는 것 정도는 이해했으리라. 그러나 만약을 위해 적을 이곳으로부터 떨어뜨려야 했다. 일부러 큰 소리를 내며 남쪽으로 달리기 시작하자 오른쪽에서 복수의 발소리가 따라왔다.

포위당하면 끝이다. 다섯 마리를 따로따로 떨어뜨려 한 마리씩 쓰러뜨리는 수밖에 없었다.

늘어선 수숫대 사이로 몸을 숨기며 오른쪽으로 왼쪽으로 불규칙하게 도약했다. 뒤에서 들려오는 발소리가 점점 줄어들고 있었다. 따라오는 뾰족코오소리가 한 마리뿐이라는 확신이 든 순간, 츠키가케는 날개를 사용해 급격하게 방향을 전환했다.

수숫대 틈새에서 뛰어나온 뾰족코오소리는 자신을 향해 돌진해오는 츠키가케를 본 순간, 뒷발로 일어섰다. 츠키가케는 무방비하게 노출된 목을 향해 화살처럼 도약한 뒤, 깊숙이 물었다.

입안에 퍼지는 신선한 피의 맛은 그다지 좋은 게 아니었다. 이번에는 고기가 싫어질 것 같았지만 그것도 살아남았을 때의 이야기였다. 목을 물려 비명도 지르지 못한 채 쓰러진 뾰족코오소리를 츠키가케는 필사적으로 제압했다.

뾰족코오소리는 예리한 발톱이 있는 앞발을 마구 휘저었지만 앞발의 발목을 잡아 할퀴어지는 것을 막았다. 인간처럼 손가락을 사용할 수 있는 비룡이기에 가능한 일이었다. 10초 정도 물고 있으니 오소리의 움직임이 조금씩 둔해졌고, 조금 뒤 스르륵 힘이 빠졌다.

천명이 다한 야수로부터 입을 때고 주위의 기척을 살폈다. 왼쪽에서 발소리가 하나 급속도로 다가오고 있었다. 몸을 숨길 여유는 없을 것 같았다.

츠키가케는 죽은 오소리 옆에 누운 뒤 움직임을 멈추었다. 직후 수수 사이를 가르고 새로운 뾰족코오소리가 모습을 드러냈다.

나란히 쓰러진 동료와 츠키가케를 본 순간 그르르……, 하고 으르렁거렸다. 그리고 천천히 다가오더니 죽은 오소리의 몸을 적시고 있는 피의 냄새를 킁킁 하고 맡았다.

동료를 걱정하는 행동인 건지, 아니면 사체를 먹으려고 하는 것인지는 알 수 없었지만 두 마리째의 주의가 흩어졌다고 느낀 순간 츠키가케는 재빨리 일어나 목을 물었다.

죽은 척하는 작전은 성공했지만, 적의 옆에서 달려든 까닭에 급소인 목을 정확하게 물지 못했다.

“캬오오오!”

뾰족코오소리가 높게 울부짖으며 오른쪽 목 부분을 문 츠키가케를 떼어내려고 발버둥을 쳤다. 조금 전에 했던 것처럼 팔을 잡고 제압하려 했지만, 제대로 되지 않아 휘저어대는 발톱에 츠키가케의 솜털이 뽑히고 피부가 찢어졌다.

지면을 오른쪽 왼쪽으로 구르는 오소리와 츠키가케 주위에 쌍방의 피가 튀었다. 이대로라면 천명이 더욱 줄겠지만 이제 와서 입을 열 수는 없었다. 츠키가케도 오른손 손톱을 오소리의 목에 찔러넣고 있는 힘을 다해 찢어 발겼다.

그것으로 간신히 두 마리째도 천명을 전부 잃고 추욱 늘어졌다. 시체의 목에서 이를 뽑으며 츠키가케는 비틀비틀 일어섰다.

자신의 몸을 살펴보니 목에서 가슴까지 무수히 많은 상처가 나 있었다. 게다가 지면을 격렬하게 구른 탓에 울타리 가시에 찔려 찢어졌던 등의 상처에서도 다시 출혈이 일어난 듯했다. 하지만 적은 아직 세 마리나 남아 있었다.

다시 귀를 기울이자 두 번째 녀석의 비명을 들은 것인지 세 방향에서 다가오는 발소리가 들렸다. 다시 한 번 달려 적을 분산시킬 기력은 이미 남아 있지 않았다. 세 마리와 동시에 싸우는 수밖에 없었다.

몇 초 뒤 마른 수수를 쓰러뜨리며 연이어 뾰족코오소리들이 나타났다. 그중 한 마리는 처음에 길을 막았던 두목 격의 녀석으로, 같이 있는 다른 두 마리보다 체격이 훨씬 컸다.

두목 오소리는 동료 두 마리의 사체를 보는 순간, 무섭게 울부짖었다.

"규아아아악!!"

무슨 말인지 알 수 없었지만 그 포효에 섞인 강렬한 분노를 츠키가케는 똑똑히 알아들었다. 적어도 기합에서는 지지 않으려고 츠키가케도 남은 힘을 모아 포효했다.

"가르르르륵!!"

츠키가케는 아직 태어난 지 1년을 조금 넘었지만 그래도 현재 인계 최강의 생물인 비룡의 유체(幼体)다. 극히 단순한 알고리즘으로 움직이는 뾰족코오소리들도 천명치나 우선도에는 나타나지 않는 위협을 느꼈는지 일순 움찔했지만, 물론 그대로 도망가 주지는 않았다.

"가웃!"

짧게 소리친 부하 격 오소리 두 마리가 앞쪽 좌우에서 동시에 달려들었다.

뾰족코오소리의 무기는 강력한 턱과 두 손의 갈고리 같은 발톱. 츠키가케도 주된 무기는 마찬가지였지만 거기에 더해 길고 다재다능한 꼬리가 있었다.

물어뜯는 승부를 하는 것처럼 보여주고 급격히 몸을 돌려 두 마리를 한꺼번에 꼬리로 후려쳤다. 자랑인 꽁지깃이 휘날렸지만 오소리들도 높은 비명과 함께 옆으로 날아가 수수 줄기에 처박혔다. 바싹 마른 수숫대에 몸이 끼면서 오소리들은 공중에서 버둥거렸다.

이 결과를 예상한 건 아니었지만 마지막 기회인 것은 분명했다. 츠키가케는 지면을 힘껏 차 두목 뾰족코오소리를 향해 정면으로 달려들었다.

"구악!"

두목이 어금니를 드러내며 달려들었다. 츠키가케는 긴 목을 있는 힘껏 굽혀 목을 노렸지만, 적은 야수다운 반응으로 앞다리를 들어 급소를 막았다. 반사적으로 들어 올린 츠키가케의 턱과 두목 오소리의 턱이 격돌해 그대로 양자는 서로의 입을 교차하듯 깊이 물었다.

얼굴 전체에 타는 듯한 통증이 느껴졌다. 양쪽 뺨에 날카로운 어금니가 깊이 파고들며 뼈가 부서지는 듯한 소리가 들렸지만 입을 벌릴 수는 없었다. 조금이라도 힘을 빼면 뾰족코오소리의 턱에 머리가 부서지리라.

두 마리는 서로의 얼굴을 문 채 지면을 격렬하게 뒹굴었다. 입 안으로 들어오는 피가 상대의 것인지 아니면 자신의 것인지도 알 수 없었다. 한 가지 확실한 건, 양쪽 모두 천명이 급격하게 줄어간다는 사실이었다. 먼저 힘이 빠진 쪽이 죽을 것이다.

츠키가케는 지금까지 죽음이라는 것을 의식한 적이 없었다.

어미용인 아키소미도 여전히 젊었고 전쟁에 참가한 적도 없었으므로 인간의 죽음을 직접 본 적도 없었다. 그러나 오늘 호수에서 살아 있는 물고기를 잡아먹은 것은 상당히 충격적인 체험이었다. 물속을 힘차게 헤엄치던 물고기가 츠키가케와 시모사키의 입에 붙잡히자 일순 격렬하게 몸을 떨다가 거짓말처럼 움직이지 않게 되었다.

아마 이 세계에서는 매일 많은 생물이 그런 식으로 죽어 더 큰 생물의 양식이 될 것이다. 오소리들 역시 재미로 츠키가케와 생쥐를 공격하는 게 아니었다. 그저 살기 위해, 그럴 수밖에 없는 것뿐이었다.

그렇지만 츠키가케도 여기서 죽어 먹이가 될 수는 없었다. 저택의 지하 감옥에는 주인과 오빠 용, 그리고 그의 주인이 구원을 기다리고 있었다. 주인들을 붙잡은 검은 인간들은 배가 고파 죽을 지경이라 그런 일을 한 게 아니리라. 더욱 나쁜 짓을 하기 위해서 츠키가케의 소중한 사람들을 다치게……, 어쩌면 죽이려 하고 있었다. 그런 일은 일어나선 안 되었다. 절대로.

갑자기 츠키가케는 목 안쪽이 따끔거리는 것을 느꼈다.

몸의 깊은 곳에서 뜨거운 것이 소용돌이치면서 올라왔다. 더 이상 참을 수 없었다.

두목 오소리의 입에 물린 채 츠키가케는 그 열을 발산시켰다. 교차된 두 마리의 입 사이에서 무수히 많은 불꽃이 일어나면서 양쪽의 털을 태웠다. 열, 아니 화염의 대부분은 오소리의 체내로 흘러들어 치명적인 손상을 주었다.

"갸우웃!"

비명을 지르며 두목 뾰족코오소리가 츠키가케의 얼굴에서 이빨을 떼고 지면을 굴렀다. 그리고 몇 번인가 경련을 일으키더니 움직이지 않게 되었다.

자신이 무슨 일을 했는지 츠키가케도 알지 못했다. 입에서 토한 것이 비룡 최대의 무기인 열선이라는 사실도, 그리고 그것이 천명을 소모시킨다는 사실도 츠키가케는 전혀 모르고 있었다.

그 시점에 츠키가케의 천명은 최대치의 1할 이하로 떨어져 있었다. 게다가 등과 가슴, 그리고 얼굴에 입은 상처에서는 피가 계속 떨어지고 있었다.

그래도 새끼용은 겨우 일어서 뒤로 몸을 돌렸다.

수숫대에 끼어 있던 나머지 두 머리의 오소리가 마침 지면으로 내려오고 있었다. 두목이 죽어도 포기할 생각은 없는 듯했다. 낮게 으르렁거리며 조금씩 거리를 좁혀왔다.

이미 으르렁거릴 힘도 남아 있지 않았지만 츠키가케는 피에 물든 몸을 필사적으로 버티고 섰다. 만약 쓰러지면 두 마리는 바로 달려들 것이다.

조금씩 눈앞이 어두워졌다. 몸에서 힘이 빠졌다. 그래도 쓰러질 수는 없었다. 인간들이 있는 곳까지 가서 도움을 요청해야만 했다.

문득 무슨 소리가 들린 듯한 느낌이 들었다.

뾰족코오소리들이 하늘을 보고 있었다. 츠키가케도 피투성이가 된 얼굴을 위로 들었다.

저녁의 색이 짙어지는 하늘 무척 높은 곳을 무언가가 일직선으로 날고 있었다. 새는 아니었다. 비룡도 아니었다. 돌풍 같은 소리와 녹색의 빛을 내뿜는 별과 같은 것이었다.

——처음 보는 것이지만, 저게 뭔지 나는 알고 있어.

신비한 감각이 시키는 대로, 츠키가케는 그것을 향해 길게 울음소리를 내려고 했다.

소리는 전혀 나오지 않았지만, 그래도 그걸 들은 것처럼 별이 궤도를 바꾸었다.

9

몇 분——몇 시간이 지난 걸까?

창문이 하나도 존재하지 않고 센트리아의 시종(時鐘)도 전혀 들리지 않는 지하 감옥에서는 현재 시각을 알 방법이 없었다. 대표검사는 "가지고 다닐 수 있는 시계를 빨리 완성시키고 싶다"고 몇 번이나 말했었고, 실제로 사드레 공창장과 시제품을 계속해서 만드는 모양이지만 아직까지 완성은 먼 듯했다.

그 이야기를 들을 때마다 로니에는 시종이 정확한 시간을 알려주는 만큼 구태여 거추장스럽게 들고 다닐 필요는 없지 않을까……라고 내심 생각했었지만, 이런 상황에 놓이니 생각을 바꿀 수밖에 없었다.

게다가 인계에 존재하는 수천 개나 되는 시종이 연주하는 선율은 ≪솔루스의 빛 아래에≫라고 하는 찬미가였다. 아름다운 곡이기는 했지만 공리교회의 역사가 셀 수 없을 만큼 많은 거짓으로 점철되었다는 사실을 안 뒤부터는 찬미가를 들어도 예전처럼 순수하게 신을 찬양할 마음은 좀처럼 들지 않았다.

인계에 있어서 예술, 즉 음악이나 회화, 조각, 시 등은 지금도 아직 금기목록에 의해 엄격히 제한되고 있었다. 예술의 길을 걸을 수 있는 사람은 그 천직을 부여받은 자에 한했고 작품을 발표하기 전에는 제국 행정부에 의한 심사를 받아야만 했다. 창세 신화나 공리교회를 조금이라도 부정하는 내용이 있거나, 또는 극도로 오락적인 경우에도 허가는 내려지지 않았다.

대표검사는 심판 제도를 즉시 철폐하고 싶은 듯했지만 통일회의 내에서 반대 의견도 있었기에——반대의 선봉에 선 사람은 역시 정합기사 네르기우스였다——아직 실현되지는 않았다. 로니에에게는 아직 조금 어려운 문제이지만, 언젠가 사람들이 천직이나 심사에 속박되지 않고 자유롭게 노래를 부르고 그림이나 이야기를 쓸 시대가 오면 좋겠다고 생각했다.

그런 시대를 보기 위해서는 이곳에서 탈출해야만 한다.

로니에가 다시 한 번 결의를 굳히는 것과 거의 동시에, 그와는 정반대의 목소리가 작게 울렸다.

"으윽, 틀렸어……."

쇠창살 앞에서 ≪심의 자물쇠 열기≫에 도전하고 있던 티제가 뒤로 벌러덩 드러누웠다.

"키리토 선배는 눈 깜짝할 사이에 열었는데……."

위기의 상황이기는 했지만 짝꿍의 말에 로니에는 자기도 모르게 쓴웃음을 짓고 말았다.

"저기요, 선배가 한 것과 똑같은 일을 그리 간단히 할 수 있을 리 없잖아."

"그야 그렇지만……, 그쪽은 어때?"

속삭이는 듯한 물음에 아무 말 없이 고개를 저었다.

친구가 자물쇠 열기에 도전하는 동안 로니에는 지하 감옥의 벽을 조사했지만, 기대했던 비밀문은 고사하고 부술 수 있을 법한 곳도 전혀 찾을 수 없었다. 북제국 특산 화강암을 잘라

낸 돌이 1밀리센의 빈틈도 없이 쌓여 있어 수습기사의 힘으로도 조용히 뽑아내는 건 불가능했고, 그렇다고 벽이나 쇠창살을 억지로 파괴하려고 하면 틀림없이 위의 저택까지 소리가 전해질 것이다.

간신히 상체를 일으키며 무릎을 끌어안은 티제가 조용히 입을 열었다.

"시모사키, 괜찮겠지?"

똑같은 말을 한 것이 이걸로 네 번째였다. 그러나 로니에는 단짝 옆에 무릎을 꿇고 등을 부드럽게 쓰다듬으며 대답했다.

"분명 괜찮을 거야. 곧 만날 수 있어."

아무 말 없이 고개를 끄덕이는 티제의 등을 쓰다듬으며 로니에도 마음속으로 츠키가케를 걱정했다.

이 저택과 센트리아 북문 사이에는 다소 기복은 있지만 전체적으로는 평탄한 초원과 직할령 부속 농원이 존재할 뿐이었다. 새끼 비룡을 공격할 만한 생물체는 살고 있지 않으리라 생각했지만, 로니에도 사령지의 사정에 밝은 것은 아니었다. 생각지도 않은 위험에 노출될 가능성이 전혀 없다고는 할 수 없었지만, 지금의 로니에에게 할 수 있는 일은 츠키가케가 무사히 도착하기를 비는 일뿐이었다.

——신이시여.

하늘 저 멀리 있다는 신계도, 그곳에 살고 있다는 신들도 실재하지 않는다는 사실은 이미 알고 있었지만 그래도 로니에는 다시 한 번 마음속으로 기도를 올렸다.

——제발 츠키가케와 시모사키를 지켜주세요.

대답은 들리지 않았다.

대신 들려온 것은 무거운 바위가 서로 비벼지는 그 소리였다.

칸델라에 비친 통로 왼쪽에서 두꺼운 돌벽이 천천히 올라갔다. 로니에와 티제는 튕기듯 일어서 안쪽 벽으로 물러섰다. 인접한 감옥에서도 산 고블린족들이 희미한 비명을 지르고 있었다.

완전히 열린 비밀문의 안쪽 어둠에서 배어나오듯 나타난 것은 쿠르가 황제가 젯포스라 불렀던 검은 로브의 남자였다.

오른손에 든 열쇠 뭉치를 짤랑거리며 통로를 걸어온 남자는 로니에 일행의 감옥 앞에서 걸음을 멈추었다. 왠지 부자연스러운 움직임으로 몸을 숙여 안에 있는 두 사람을 살핀 뒤, 아무 말 없이 원래 자세로 돌아갔다. 그리고 몇 걸음을 전진해 옆 감옥 앞에 다시 멈추었다.

단순한 순찰인가? 하고 생각하면서도 로니에는 신중히 쇠창살로 다가가 남자의 모습을 살폈다. 그러자 남자가 열쇠 뭉치 중 하나를 골라 자물쇠에 꽂고 있었다.

철커덩 하는 차가운 소리와 동시에 고블린족들이 다시 겁에 질린 비명이 울려 퍼졌다. 문을 연 남자는 기묘하게 일그러진 목소리로 입을 열었다.

"세 마리 모두, 옥에서 나오도록."

순간 고블린들의 비명이 멈추었다. 잠시 뒤 속삭이는 듯한 목소리가 들려왔다.

"우리를……, 밖으로 보내주는 거냐?"

3초 정도 지난 뒤, 젯포스가 "그렇다" 하고 대답했다.

거짓말이야, 하고 로니에는 생각했다. 침묵이 부자연스러웠고 남센트리아 숙박소에서 엄청난 공을 들여 납치한 고블린족을 그냥 석방할 리가 없었다.

그러나 산 고블린족들은 남자의 말을 의심하는 기색도 없이 감옥에서 나왔다.

"저 문 안으로 들어가."

그렇게 말한 뒤 젯포스는 지상으로 가는 출구가 있는 오른쪽이 아니라 왼쪽의 비밀문을 가리켰다. 세 사람은 얌전히 지시에 따라 걷기 시작했다. 퇴로를 막는 것처럼 젯포스가 뒤를 따랐다.

남자가 쇠창살 앞을 지나려는 순간, 로니에는 참지 못하고 입을 열었다.

"그 사람들을 어쩔 생각인 거지?"

멈춰선 고블린족들은 석방시켜준다는 말을 완전히 믿고 있는 것인지 로니에 일행에게 당황한 듯한, 혹은 미안한 듯한 시선을 보내왔다. 그 뒤에서 젯포스가 삐걱거리는 듯한 웃음소리를 흘렸다.

"크큭……. 사람, 입니까?"

"왜 웃는 건데?"

물은 것은 티제였다. 제포스는 다시 몸을 굽혀 감옥 안을 들여다보며 웃음기가 사라진 얼굴로 대답했다.

"아무리 세상이 바뀌어도 고블린은 목숨이 붙어 있는 한 고블린입니다."

로니에는 어디선가 들은 듯한 말이라고 생각했다. 그렇지만 기억이 되살아나기 전에 젯포스는 몸을 일으켜 세 사람에게 명령했다.

"자, 계속 가라. 계단을 오르면 밖으로 내보내주지."

주춤주춤 전진을 재개한 고블린 일행과 젯포스의 모습이 비밀문 저쪽의 어둠으로 빨려들어갔다. 네 개의 발소리가 계단 위를 올라간 뒤, 그것도 사라졌다. 마지막으로 끼이익 하고 나무가 삐걱거리는 소리가 울리더니 지하 감옥에 정적이 돌아왔다.

"…………정말 풀어줄 리는 없겠지……."

티제의 말에 로니에는 끄덕이는 수밖에 없었다.

"아마……, 뭔가 준비를 끝낸 거라 생각해. 그게 뭔지는 모르겠지만……. 아마 고블린족들을 어떻게 할 생각인 거겠지."

작은 목소리로 그렇게 대답하자 티제는 일순 입술을 깨물었다가 심각한 표정으로 말했다.

"키리토 선배는 유괴범이 다시 한 번 센트리아에서 살인 사건을 일으킨 뒤 납치된 고블린족들을 범인으로 꾸밀 거라고 했어. 만약 그렇게 되면……, 센트리아에서 또 죄가 없는 사람이 살해돼."

"…………맞아……."

다시 고개를 끄덕이며 로니에는 필사적으로 생각했다.

짝꿍의 추측이 옳다면 유괴범——즉, 쿠르가 황제와 젯포스는 어딘가에서 누군가를 죽일 생각인 걸까?

키리토도 분명 이런 말을 했다.

범인이 금기목록을 위반하고 야젠 씨를 죽일 수 있었던 게 그가 사령지민 출신이었기 때문이라면 다른 사령지민 출신도 마찬가지로 죽일 수 있을지도 모른다.

대표검사가 그렇게 생각한 건 아스나의 ≪과거시술≫로 살인범의 목소리를 들을 수 있었기 때문이다. 야젠 노인을 죽이기 직전 범인이 한 말을.

——사령지민은 목숨이 붙어 있는 한 사령지민이다. 그것이 싫다면 지금 이곳에서 죽어라.

"…………아!"

불과 몇 분 전에 들었던 젯포스의 목소리가 생생하게 되살아났다.

——고블린은 목숨이 붙어 있는 한 고블린입니다.

주어가 다를 뿐 똑같은 표현이었다.

그뿐이었다. 확증이라고 하기에는 너무 약했다. 단순한 심증에 불과했다. 그렇지만 로니에는 자신의 직감이 옳다고 믿었다.

"……저 젯포스라는 남자가, 숙박소에서 야젠 씨를 죽인 범인이야."

떨리는 목소리로 그렇게 잘라 말하자, 티제도 같은 느낌을 받았는지 긴장한 표정으로 크게 끄덕였다.

"응……. 나도 그럴 거라고 생각해. 그 녀석이 얼마나 금기목록을 위반할 수 있는지는 모르겠지만, 고블린족들을 이용해 야젠 씨 때보다 더 큰 사건을 일으키려는 건 분명해. 빨리 막아야 돼."

"맞아……."

그렇게 대답하며 로니에는 쇠창살 건너편에 열려 있는 비밀문 안쪽의 어둠을 빤히 응시했다.

경과된 시간을 정확하게 알 수는 없었지만, 문제없이 갔다면 츠키가케는 슬슬 센트리아 북문에 도착할 무렵일 것이다. 그러나 당연하지만 그녀는 사람의 말을 할 수 없었다. 츠키가케가 새끼 비룡이라는 것을 문을 지키는 위사가 발견해 커시드럴로 연락을 취해 키리토나 아스나 혹은 정합기사 중 누군가에게 보고가 들어가겠지만, 이곳 직할지에 구원이 올 때까지는 앞으로 몇십 분이나 걸릴까――?

게다가 로니에와 티제가 타고 온 마차는 호수 동쪽에 세워두었다. 모습이 보이지 않는 두 사람이 서쪽 숲 속에 있는 별장, 그것도 지하 감옥에 갇혀 있을 거라고 추측하는 건 아무리 대표검사라도 불가능할 것이다. 츠키가케가 구조대를 안내해줄 것을 기대하는 수밖에 없었지만 그것에도 시간이 필요할 테니, 아무리 짧게 시간을 잡아도 구원이 오기까지는 앞으로 한 시간은 걸릴 것이다.

위로 끌려간 고블린들이 그때까지 아무 일도 당하지 않으리라 생각하는 건 지나친 낙관이었다. 지금 당장 행동하지 않으면 아마 늦고 말 것이다.

하지만 이 견고한 쇠창살을 조용히 파괴하는 일은 불가능했다. 애당초 두 사람의 힘으로 부술 수 있을지조차 알 수 없었지만 그것을 시험하는 것만으로도 커다란 소리가 지상의 저택까지 울려 황제가 알아차릴 게 분명했다. 그렇게 되면 인질로 잡힌 시모사키가 어떤 일을 당할지 알 수 없었다.

어떻게 하면……. 어떻게 하는 게 최선의 길인 것일까?

해답을 찾지 못하고 로니에는 꼬옥 두 눈을 감았다.

불과 일주일 전에도 이런 감각을 느꼈다. 키리토와 둘이서 방문한 암흑계의 옵시디아 성에서 셰이타 대사와 이스칸 총사령관의 외동딸 리제타가 납치되었고, 유괴범은 키리토의 공개 처형을 요구했었다. 일몰까지 실행하지 않으면 리제타의 목숨을 빼앗길 상황이었다.

일몰이 다가오는 가운데 냉정함을 잃은 로니에는 키리토 앞에서 완강하게 주장했었다. 만약 키리토가 처형되는 걸 선택한다면 자신도 같이 처형당하겠다고.

로니에의 그 말에 키리토는 이렇게 말했다.

——나는 포기하지 않아. 반드시 리제타를 구해낼 거야. 그리고 로니에와 함께 커시드럴로 돌아갈 거야. 그곳이 우리들의 집이니까 말이야.

그랬다, 포기해서는 안 된다. 모든 것을 츠키가케에게만 맡기고 그저 기다릴 게 아니라, 지금 무엇이 가능한지를 열심히 생각해야 했다. 고블린족들과 시모사키, 어느 쪽도 희생시키지 않는 방법이 틀림없이 있으리라.

"……티제."

로니에가 속삭이는 것과 동시에 단짝도 말했다.

"쇠창살을 부숴야겠어."

"뭐……?"

마지막 수단으로 생각하던 일을 먼저 제안받은 로니에는 저도 모르게 고개를 흔들었다.

"그, 그렇지만 소리가 위까지 들리면 시모사키가……."

그러자 티제는 알고 있다는 듯 입가에 미소를 띠며 힐끗 지하 감옥의 천장을 쳐다보았다.

"……이 저택에는 인간들이 그렇게 많지는 않을 거야. 아마 황제와 젯포스 둘뿐이겠지……. 그러지 않으면 굳이 황제 본인이 위험을 감수하고 우리 앞에 모습을 드러낼 리 없으니까 말이야."

확실히 그때 쿠르가 황제는 로니에 일행의 뒤로 몰래 들어온 젯포스가 시모사키를 붙잡을 때까지 자신을 미끼로 써서 두 사람의 주의를 끌었다. 만약 다른 부하가 있었다면 그 사람에게 미끼 역할을 시켰을 것이다.

"응……. 그건 그럴지도 모르지만……"

"겨우 둘이라면 방심한 틈을 타 시모사키를 무사히 되찾을 수 있을 거라 생각해. 다행히 우리 검은 비밀문 저쪽에 버려져 있을 테니까."

"…………."

로니에는 다시 한 번 비밀문 저편의 어둠을 응시했다.

두 사람이 바닥에 버린 검은 쿠르가 황제가 문 저쪽으로 차버렸지만 그 뒤 위로 가져간 흔적은 없었다. 감옥에서 탈출할 수 있다면 바로 검을 되찾을 가능성이 높았다.

애검만 있으면 설사 쿠르가 황제가 진짜라 할지라도 질 것 같지 않았다. 하지만 역시 걱정인 건 시모사키였다. 아무리 상대가 둘뿐이라고 하더라도, 티제 말대로 방심한 틈을 노려 구출하기 위해서는 적어도 저택 어디에 잡혀 있는지 사전에 알 필요가 있었다.

"티제."

짝꿍의 정면에 서서 로니에는 두 손을 들어올렸다.

"손 좀 빌려줘."

"뭐……?"

티제는 당황하면서도 친구가 내민 손을 단단히 잡았다.

"심의 자물쇠 열기는 어렵더라도, 심의 감지라면 우리들도 가능할지 몰라."

로니에가 말하자 티제가 단풍색 눈동자를 크게 떴다.

심의력 수업에서는 ≪움직이게 하는 힘≫과 마찬가지일 정도로 ≪느낄 수 있는 힘≫이 중시되었다. 두 사람이 고생하고 있는 ≪단좌무상(端坐無想)≫이 바로 그것으로, 수련장에 앉아 눈을 감고 사념을 지운 뒤 심의에 의한 지각력을 넓히는 훈련을 한다.

인계 최대의 심의력을 가진 키리토는 "상대가 비룡이라면 10킬로르 떨어져 있어도 감지할 수 있어"라고 했지만, 로니에와 티제는 같은 방에 있는 인간의 감지조차 백발백중으로 맞히지는 못했다. 그것을 두꺼운 돌벽 너머로 하려는 것이다. 무모한 시도 같았지만 시모사키가 있는 곳을 알아내려면 다른 방법이 없었다.

같은 생각을 한 것인지 일순 무언가를 말하려던 티제가 다시 입을 굳게 다물었다. 그리고 로니에의 손을 고쳐 잡고 눈을 감았다.

똑같이 눈을 감은 뒤, 로니에는 지하 감옥의 차가운 공기를 조용히 들이마셨다. 눈앞에서 티제도 숨을 들이마시는 것이 느껴졌다. 1초 멈춘 뒤 가늘고 길게 내뱉었다.

심의력은 개인의 힘이기는 했지만 두 손을 잡고 호흡을 맞추는 ≪신기합일(身気合一)≫로 합할 수가 있었다. 상당한 고등 기술로 절친한 사이인 티제와도 과거 몇 번밖에 성공한 적이 없었다. 하지만 심의로 천장을 관통하여 시모사키를 탐지하는 일은 한 사람의 힘으로는 아마 역부족일 것이다.

두 사람의 호흡이 한 번 이루어질 때마다 동조가 깊어졌다. 맞닿은 피부의 감각이 융합되면서 어디까지가 자신의 손인지 알 수 없었다. 자신과 외계의 경계가 조금씩, 조금씩 희미해지면서 지각의 범위가 넓어졌다——.

지하 감옥 바로 위쪽으로 세 개의 기척이 느껴졌다. 나란히 누워 있는 것 같았다. 이것이 산 고블린족일 것이다.

조금 떨어진 곳에 두 개의 기척. 살아 있는 인간의 것이라고는 생각할 수 없을 만큼 차갑게 느껴지는 이 기척이 쿠르가 황제와 젯포스임이 분명했다.

그리고 같은 방의 구석에 작지만 무척이나 따뜻한 기척이 있었다. 그것을 지각한 순간 티제의 호흡이 조금 흔들렸다. 합쳐진 심의력이 순간 흔들렸지만 바로 안정을 되찾았다. 시모사키가 느끼고 있는 불안감과 외로움이 전해졌지만 큰 부상을 입은 것 같지는 않았다.

더욱 더 감지 범위를 넓혔다. 저택의 배치가 희미하게 느껴졌다. 황제가의 별장인 만큼 1층에도 2층에도 많은 방이 있었지만, 다섯 명과 시모사키가 있는 커다란 방 외에는 아무도 없는 것 같았다.

지하 감옥에서 비밀문 건너편의 계단을 올라가면 저택 1층의 보관고인 듯한 방이 나오고, 거기서 복도를 통과하면 그 방의 문은 불과 5메르 앞이었다. 두 사람이 전력으로 달린다면 15——아니, 10초.

로니에와 티제는 동시에 눈을 뜨고 서로의 눈동자를 똑바로 응시했다.

이미 말은 필요하지 않았다. 손을 풀고 쇠창살 쪽으로 돌아섰다.

무척이나 튼튼해 보이는 이 창살을 맨손으로 파괴하는 것은 어렵겠지만 두 사람의 허리에는 검집이 남아 있었다. 우선도는 검에 비할 바가 아니었지만 딱 한 번의 참격이라면 견딜 것이다.

"……있잖아, 기억해? 유지오 선배와 키리토 선배가 커시드럴의 지하 감옥에서 탈출했을 때의 이야기."

갑작스러운 티제의 말에 로니에는 한 차례 눈을 깜박였다.

"물론이지. 신철로 된 사슬을 끊고 그걸로 쇠창살을 부쉈다고 하셨었지."

"그 이야기를 들었을 때 역시 선배들은 못 말리겠다고 생각했지만……, 설마 우리가 같은 일을 하게 될 줄은 몰랐어."

"나도."

짧은 미소 뒤 로니에는 왼손으로 빈 칼집을 검대에서 풀었다. 그리고 오른손으로 옮겨 신중하게 들어올렸다. 옆에 있는 티제도 완전히 같은 동작을 취했다.

바로 위의 방에서 황제와 젯포스가 고블린족들에게 무슨 짓을 하고 있는지는 알 수 없었다. 그러나 다음 한 걸음을 내딛게 되면 더 이상은 1초의 지체도 용납되지 않았다.

…………미안.

마음속으로 칼집에게 사과한 뒤, 로니에는 날카롭게 숨을 들이켰다.

칼집으로 비오의는 사용할 수 없었지만 비오의를 사용하는 것처럼 힘껏 바닥을 찼다.

"하아아앗!!"

"이야아압!!"

찢어질 듯 높은 기합과 함께 두 사람은 노르키아류 비오의 ≪뇌섬참≫, 그리고 아인크라드류 비오의 ≪버티컬≫의 형태로 빈 칼집을 날카롭게 내리쳤다.

나무와 가죽으로 만들어진 칼집을 희미한 푸른빛이 감싼 듯한 느낌은 착각일 것이다. 두 개의 칼집은 쇠창살에 격돌했고, 엄청난 충격음과 함께 산산조각이 났다.

하지만 그와 동시에 높이 2메르, 폭 4메르인 쇠창살의 두 곳이 콰직 하고 부서지면서 통로 반대쪽까지 날아갔다. 이어서 벼락같은 굉음이 지하 감옥 전체에 울렸다.

──가는 거야!

라는 티제의 소리 없는 사념에,

──10초 만에!

하고 대답하며 로니에는 통로로 뛰어나갔다.

열려진 채인 비밀문 안으로 들어가자 그곳은 창고 같은 작은 방이었다. 오른쪽 벽에는 구속구로 보이는 가죽띠 종류가, 왼쪽 벽에는 기묘한 모양의 칼과 유리 용기가 나란히 놓여 있었다. 어떤 식으로 사용되는 물건인지는 명백했으나 그 생각을 머리에서 털어내며 뒤에서 비치는 약한 빛을 의지해 바닥을 살폈다.

로니에의 달그림자검과 티제의 제식검은 창고 구석에 마치 토막난 나무처럼 뒹굴고 있었다. 먼저 검을 발견한 로니에는 오른손으로 애검을 잡고 왼손으로 티제의 검을 주워 단짝에게 던져주었다.

여기까지 3초 경과.

정면의 벽 쪽에 돌로 만든 계단이 위로 이어지고 있었다. 날이 드러난 검을 든 채 다섯 계단씩 한꺼번에 뛰어올랐다.

막다른 곳의 문을 발로 차자, 그 안쪽도 넓은 보관고였다. 북향이기는 하지만 커다란 창문에서는 노을빛 외광이 아낌없이 들어와 지하의 창고보다 훨씬 밝았다. 바닥과 벽에 있는 무수히 많은 진열용 선반과 갑옷 걸이는 모두 비어 있었다. 이 별장이 봉쇄될 때 보물류는 남김없이 반출한 것이 분명하리라. 로니에가 발로 차 연 문도 들어와 보니 커다란 선반으로 위장되어 있어, 자세히 알지 못했다면 찾아내는 것은 어려웠을 터이다.

7초 경과.

진짜 문은 서쪽과 남쪽 벽에 하나씩. 저택의 구조는 심의 감지로 대충 파악하고 있었으므로, 망설이지 않고 서쪽 문으로 다가가 다시 발로 찼다.

너무 세게 찬 것인지 경첩이 부러지면서 떨어져나간 문이 맞은편 벽에 격돌했지만, 신경 쓰지 않고 곧바로 달렸다. 좌우로 길게 이어지는 화려한 복도. 붉은 벽지에 그려진 그림은 백합과 매였다.

목적지인 커다란 방의 문은 왼쪽으로 15메르를 더 간 뒤 오른쪽――.

8초. 9초.

기사의 각력을 짜내 복도를 2초 만에 통과한 뒤 로니에는 좌우로 여는 거대한 문 중앙에 돌려 차기를 작렬시켰다. 날아가지는 않았지만 문은 마치 쪼개질 듯한 기세로 활짝 열리며 내부 광경을 드러냈다.

10초.

1층의 면적 중 3분의 1을 차지하고 있는 넓은 방은 남쪽에 난 모든 창문이 검은 커튼으로 막혀 있어 어두침침했다. 완전히 암흑이 아닌 것은 중앙부에 십수 개의 촛불이 불을 밝히고 있었기 때문이었다.

촛불은 직경 2메르 정도의 원 모양으로 놓여 있었고, 그 가운데에는 세 사람의 고블린족이 누워 있었다. 원 바로 밖에는 검은 그림자가 하나 서서 술식으로 여겨지는 것을 영창 중이었다. 무언가 좋지 않은 일이 벌어지고 있는 것은 분명했지만 지금은 그보다도――.

크게 뜬 로니에의 두 눈은 방 왼쪽 구석에 뒹굴고 있는 커다란 마대 자루와 그쪽으로 달려가는 두 번째 검은 그림자를 포착했다.

그림자의 정체는 젯포스일 것이다. 자루 속에 든 게 무엇인가는 생각할 필요도 없었다.

——티제!

사념으로 부르며 로니에는 왼손을 앞으로 내밀었다.

동시에 티제도 검을 왼손으로 바꿔 쥐고, 오른손을 내밀어 로니에의 손과 교차시켰다.

"시스템 콜! 제네레이트 서멀 엘레멘트!"

라는 티제의 술식 영창에 로니에도 영창을 더했다.

"폼 엘레멘트! 애로우 셰이프!"

티제가 만들어낸 다섯 개의 열 엘레멘트가 로니에의 술식에 의해 순식간에 다섯 개의 화살로 변했다. 엘레멘트 생성과 변형의 술식을 분담함으로써 발동 시간을 반으로 단축시키는 고등 기술 ≪동조영창(同調詠唱)≫이었다. 아직 수습기사인 티제와 로니에였지만 수습으로서——아니, 훨씬 예전인 초등연사였을 때부터 오랜 기간 같이 수련을 쌓았기 때문에, 정기사들도 어려워하는 ≪신기합일≫과 ≪동조영창≫ 기술을 확률이 낮은 가운데도 성공시킬 수 있는 것이었다.

불과 2초 만에 엘레멘트 생성과 변형을 마친 두 사람은 목소리를 합쳐 마지막 커맨드를 소리쳤다.

""디스차지!!""

어둠을 다섯 줄기의 빛이 찢어 발겼다.

으르렁거리며 날아드는 화염의 화살을 검은 로브의 그림자는 인간이 아닌 듯한 움직임으로 뒤로 뛰어 회피했다. 화살이 차례차례 벽에 꽂히며 작은 폭발을 일으켰다.

"가, 티제!"

남은 두 개의 화살를 심의로 제어하며 로니에가 소리쳤다.

손을 놓은 티제가 마대 자루를 향해 곧장 돌진했다. 검은 로브——제포스를 더욱 떨쳐내기 위해 로니에는 화염의 화살의 궤도를 수정해 추적시켰다.

네 발째도 빗나갔다. 그러나 다섯 번째 화살이 펄럭이는 로브를 스치며 화염을 옮겨 붙였다.

젯포스가 아무 말 없이 로브를 벗어 던지고 더욱 뒤로 물러났다. 동시에 티제가 마대 자루가 있는 곳에 도착해 단단히 묶인 줄을 왼손의 검으로 잘랐다.

"시모사키!"

비명 같은 목소리로 소리치며 자루 속으로 왼손을 넣었다.

자루에서 꺼낸 새끼용은 거친 취급을 당했는지 하늘색 깃털이 조금 빠진 데다 축 늘어져 있었지만, 그래도 주인의 가슴에 안기자 작은 목소리로 "꾸르르……" 하고 울었다.

시모사키가 무사한 것에 대한 안도감과, 아직도 돌아오지 않은 츠키가케를 걱정하는 마음이 끓어올랐지만 로니에는 그것을 억지로 참으며 소리쳤다.

"티제, 시모사키를 밖의 안전한 곳으로! 여긴 내게 맡겨!"

"그렇지만……!"

고개를 흔들려는 짝꿍에게 단호하게 소리쳤다.

"빨리 가!"

의식을 잃은 듯한 고블린족들을 구하기 위해선 젯포스와 음산한 영창을 계속하는 황제와의 전투를 피할 수 없었다. 시모사키를 안은 채로는 싸울 수 없었고, 만약 다시 빼앗기면 두 번 다시 되찾지 못할 것이다.

"……알았어. 금방 올게!"

그렇게 소리치고 티제는 검을 옆으로 쓸 듯이 휘둘렀다. 가까이 있던 커튼이 잘려나가고 그 안쪽에 있던 유리창이 요란한 소리를 내며 부서졌다.

어둠이 사각형 모양으로 뜯겨나갔고, 붉은 저녁놀이 방으로 들어왔다. 마치 솔루스의 빛을 두려워하는 것처럼 검은 로브를 잃은 젯포스가 다시 후퇴했다.

남자가 로브 아래에 착용하고 있던 옷은 어딘가 구속구 비슷한 것이었다. 무수히 많은 징이 박힌 가죽 띠가 꼬챙이처럼 마른 사지와 몸통에 단단히 감겨 있어, 방어구인지 아니면 일종의 징벌을 받는 중인 것인지 바로 판단할 수 없었다.

그리고 가죽 띠 사이로 보이는 피부 역시 이상한 색이었다. 저녁노을에 비친 모습만으로는 정확하지 않았지만 살아 있는 인간의 것이라곤 생각할 수 없는 푸른빛이 도는 회색.

어디선가 본 듯한 색깔인데……라고 로니에가 생각한 바로 그 순간, 시모사키를 안고 있던 티제가 부서진 창문을 넘어 앞정원으로 탈출했다. 시모사키를 안전한 곳에 숨기기 위해 저택을 둘러싼 숲으로 달려갔다.

짝꿍이 돌아올 때까지는 2대 1이었다. 무리하게 싸우고 싶지는 않았지만 바닥에 누워 있는 고블린족들과 쿠르가 황제가 영창을 계속하고 있는 이상하리만치 긴 술식이 마음에 걸렸다.

쉰 목소리에 귀를 기울였지만 무슨 말인지 한 마디도 알아들을 수 없었다. 그러나 술식이 완성되면 좋지 않은 일이 일어날 것은 확실했다.

달그림자검의 끝을 정확하게 젯포스에게 겨누면서 로니에는 황제의 영창을 중단시키기 위해 새로운 열 엘레멘트를 생성하려고 했다.

그러나 그 직전, 커튼이 쳐진 남쪽 창 쪽으로 물러나 있던 젯포스가 두 다리의 가죽 띠에 장착된 칼집에서 거의 소리도 없이 두 개의 단검을 뽑았다. 오른손에 들린 것이 조금 더 컸고, 왼손에 쥔 쪽은 칼날이 녹색으로 물들어 있었다.

왼족의 것이 지하 감옥에서 시모사키에게 들이대었던 독 나이프였다.

그리고 아마 오른손에 든 것이 야젠 씨의 목숨을 빼앗은 나이프이리라.

중앙의 촛불을 피하면서 젯포스가 조금씩 거리를 좁히고 있었다. 커튼이 떨어져 나간 창문에서 들어오는 석양이 지금까지 후드로 감추고 있던 얼굴을 붉게 비추었다.

남자의 머리에는 머리카락이 한 올도 없었다. 가늘고 긴 얼굴도 몸통과 마찬가지로 검푸른 빛이었고, 눈동자가 이상할 만큼 작은 두 눈은 번쩍이며 빛을 내고 있었다. 기억에 없는 용모였다.

"……예상보다 꽤 빨리 감옥에서 나왔군요, 아가씨."

생기 없는 입술을 일그러뜨리며 젯포스가 속삭였다.

"예상보다……? 그럼……, 비밀문을 열어둔 채로 있었던 건 일부러 그랬던 거야?"

로니에의 물음에 비쩍 마른 남자는 희미하게 미소를 지어 보였다.

"물론이지요. 놀란가르스 황제가 시종장인 제가 문단속을 잊을 리가 있겠습니까?"

"시종장……?!"

로니에의 두 눈이 커지자, 젯포스는 살짝 미소를 더했다.

제성에서의 전투 이전에도, 또 그 이후에도 놀란가르스 황제가의 시종장인 인물과는 만난 적이 없기 때문에 얼굴을 모르는 것도 당연했다. 그러나 로니에는 그가 어떻게 되었는지에 대해서는 알고 있었다. 대란이 진압된 뒤 열린 회의에서 인계수비군 세루루트 장군이 보고하는 것을 분명히 들었기 때문이다.

"황제가의 시종장은……, 죽었어. 대귀족 장군들과 함께 투항을 거부하고 인계군에게 사살되었다고 들었어."

"그것이야말로 제 의무이자 제 기쁨이죠. 황제 폐하를 위해서라면 저는 몇 번이고 죽을 수 있고, 몇 번이고 살아날 수 있습니다."

나이프를 든 두 손을 가슴 앞에서 교차시키며 그렇게 말한 뒤, 젯포스는 아주 잠깐 방의 중앙에 선 검은 로브의 남자를 쳐다보았다.

그렇다――수상쩍은 술식을 영창하고 있는 쿠르가 놀란가르스 황제 역시 분명 죽은 사람이었다. 게다가 젯포스와 달리 황제의 목숨을 빼앗은 건 로니에 자신. 오른손에 든 검이 황제의 가슴을 깊숙이 찔렀을 때의 감촉은 아직도 손바닥에 남아 있었다.

두 사람이 가짜가 아니라면 젯포스의 말처럼 죽었다가 되살아날 수 있다는 뜻이었다. 하지만 죽은 자의 소생은 인계 최대의 심의력을 가진 키리토도 여신 스테이시아의 힘을 사용하는 아스나도 신성술사단장 아유하 프리아도——그리고 300년 이상 인계를 지배해온 반신인 최고사제 어드미니스트레이터조차 하지 못한 일이었다. 두 사람이 정말로 되살아났다고는 생각할 수 없었다. 무언가 속임수가……, 로니에에게는 상상도 할 수 없을 정도의 사악한 계략이 분명 있을 것이다.

로니에의 표정에서 무언가를 읽었는지, 젯포스는 교차하고 있던 팔을 풀며 이야기를 되돌렸다.

"지하 감옥 문을 열어놓은 채 둔 이유는 물론 당신들을 이곳으로 불러내기 위한 것이었습니다. 고블린 놈들의 전투 훈련에 안성맞춤인 상대이기는 하지만, 녀석들은 저 비밀 통로를 지나지 못하니까요……."

"전투 훈련……? 지나지 못한다고……?"

갈라진 목소리로 따라하며 로니에는 촛불의 원 안에 누워 있는 고블린족들에게 시선을 던졌다. 그들은 아무리 보아도 장신인 젯포스나 황제는 물론이고 로니에보다도 작았다. 아까 지하 감옥에서 데리고 나올 때는 아무 문제도 없지 않았던가.

이해를 할 수 없는 일뿐이었지만 한 가지 분명한 건 빨리 술식의 영창을 제지시켜야 한다는 것이었다. 그러기 위해서는 일단 젯포스를 배제해야만 했다.

"……쓸데없는 이야기는 이제 됐어. 당신이 죽었다가 되살아났다면 다시 한 번 저세상으로 보내면 돼!"

단호하게 말하고 로니에는 왼손을 뻗었다.

젯포스는 양손에 검을 쥐고 있었다. 지금 상태로는 신성술을 사용할 수 없을 것이다. 술식으로 붙잡아놓고 단숨에 거리를 좁혀 벨 생각이었다.

"시스템 콜! 제네레이트 서멀 엘레멘트!"

조금 전에는 티제에게 맡겼던 엘레멘트 생성의 술식을 최대한 빨리 영창해 열 엘레멘트를 다섯 개 소환했다. 동시에 젯포스가 바닥을 차더니 두 자루의 단검을 휘두르며 달려들었다. ≪동조영창≫이 아니면 자신이 더 빠르다고 판단한 것이겠지만, 이건 로니에가 펼친 함정이었다.

생성된 곳에 엘레멘트를 내버려두고 로니에는 크게 물러서며 소리쳤다.

"디스차지!!"

가공이 되지 않은 열 엘레멘트 다섯 개가 일제히 해방되면서 엄청난 굉음과 함께 폭발했다.

공격술로 엘레멘트를 가공할 필요가 있는 건, 쉽게 말하자면 목표를 맞히기 위해서였다. 직진성과 관통력을 우선시한 ≪애로우 셰이프≫, 추적 능력을 우선시한 ≪버드 셰이프≫, 그 외에도 많은 가공 술식이 있지만 적이 스스로 엘레멘트를 향해 다가온다면 그런 것들은 필요하지 않았다. 다가온 순간 그냥 해방하면 되는 것이다.

로니에의 계획대로 젯포스는 폭발에 확실히 휘말렸다. 그런 방어구라 부르기도 힘든 가죽 띠로는 절대 막을 수 없었다. 열 엘레멘트 술법은 기본적인 공격술이지만 엘레멘트가 다섯 개면 젊고 튼튼한 병사라도 천명이 모두 날아갈 만큼 위력이 있었다.

만약 살아 있다고 해도 곧장 움직일 수는 없겠지. 바로 그때 베겠어――!

"하아앗!"

높은 기합소리와 함께 허공에 남아 있는 검은 연기의 중심을 향해 달그림자검을 내리쳤다.

카아아앙! 하는 귀를 찌르는 듯한 금속음이 울렸고, 손목에서 오른쪽 어깨까지 관통하는 충격과 함께 검이 멈추었다.

"…………?!"

경악하는 로니에의 눈앞에 흩날리는 연기 사이로 젯포스의 모습이 보였다.

가죽 띠는 대부분 검게 탔고 몇 군데는 찢어져 있었다. 가장 손상이 심한 곳은 오른쪽 가슴으로, 너덜너덜해진 가죽 띠가 늘어져 있었으며 그 아래쪽 피부에는 주먹이 두 개 들어갈 정도로 패여 있었다.

그러나 그것뿐이었다. 피는 한 방울도 흐르지 않았고 대형 나이프를 머리 위로 올린 오른손은 로니에의 검을 제대로 받아내고 있었다.

있을 수 없는 일이었다. 폐와 심장이 손상될 만큼 몸에 구멍이 났으면서 서 있는 것도. 수습이라고는 해도 정합기사단의 일원인 로니에가 신기급 우선도를 가진 달그림자검을 사용한 혼신의 일격을, 위사도 아닌 시종장이 한손으로 막아냈다는 것도.

지근거리에서 젯포스가 씨익 웃었다.

재빨리 내미는 왼손의 소형 나이프, 독기 어린 녹색으로 물든 그 칼끝을 로니에는 다시 한 번 뒤로 뛰어 피하려고 했다.

그러나 시간이 부족했다. 나이프는 녹색의 뱀처럼 허공을 미끄러지면서 품 안으로 파고들었다. 펄럭이는 외투의 끝부분이 소리도 없이 절단되었고——.

푸욱!

하는 축축한 소리가 로니에의 귀에 들렸다.

그러나 그것은 뒤쪽에서 날아온 은색의 금속——아마도 철 엘레멘트로 생성되었을 말뚝이 젯포스의 복부에 깊숙하게 꽂히는 소리였다.

"로니에!"

소리치며 부서진 창문에서 날아들어온 것은 제식검을 쥔 티제였다.

"그 녀석에게서 떨어져!"

친구의 말에 따라 명치로부터 불과 몇 밀리센 떨어진 곳에서 멈춘 독 나이프로부터 한 걸음 더 물러섰다. 미소가 사라진 젯포스도 따라오려고 했지만 다시 티제가 소리쳤다.

"디스차지!!"

으르렁거리며 날아온 두 번째 말뚝이 젯포스의 등에 명중해 가슴 중앙을 뚫고 뾰족한 끝을 드러내었다. 남자의 입에서 검은 피가 쏟아졌다.

이번에야말로 죽었으리라. 굵기 3센이나 되는 말뚝에 심장을 관통당하고도 살아있을 수 있는 인간은 없다.

그렇게 확신하면서도 로니에는 두 발로 바닥을 차며 마지막 참격을 날리기 위해 검을 들었다.

"안 돼! 그 녀석은 아직 움직일 수 있어!"

티제가 그렇게 소리치지 않았다면 젯포스가 무서운 속도로 휘두른 대형 나이프에 목을 베었을지도 모른다.

"아니…………?!"

경악하면서 로니에는 한계까지 상체를 뒤로 젖혔다. 얼굴에 풍압이 느껴질 정도로 가까운 거리를 둔한 은색 칼날이 통과했다.

나이프를 휘두른 젯포스도 죽지는 않았지만 무사하지는 않았는지 추격을 포기하고 부자연스러운 걸음걸이로 후퇴했다. 그는 방의 중앙 가까이에 멈춰 서서 촛불의 원을 지키려는 듯 두 자루의 나이프를 든 팔을 벌렸다.

그 사이에 방을 가로질러 로니에 옆으로 달려온 티제가 제식검을 젯포스에게 겨누면서 소리쳤다.

"로니에, 저 녀석은 인간이 아니야!"

"뭐……? 무슨 말이야……?"

당황한 로니에의 얼굴에서 자신이 들어온 깨진 창문으로 잠깐 시선을 던지며 티제가 말했다.

"숲 속에서 마대자루가 산더미처럼 쌓여 있는 것을 발견했어. 안에는 전부 흙……, 이상한 냄새가 나는 점토였어."

"점토……?"

그 단어를 듣는 순간, 로니에의 뇌리에도 스치고 가는 것이 있었다.

젯포스의 회색 피부. 열 엘레멘트의 폭발에 휘말려도 움푹 패일뿐인 육체. 시커먼 피.

똑같은 질감을 가진 몸을 로니에는 암흑계의 옵시디아 성에서 보았다. 인간이 아니었다. 갑자기 보물고에 출현한 거대한 괴물――.

"…………미니언!"

로니에의 말에 티제가 깊게 고개를 끄덕였고 젯포스는 검은 피로 젖은 입술을 일그러뜨렸다.

미니언. 그것은 다크 테리토리의 암흑술사 길드만 제조할 수 있는 인조 생물이었다. 단순한 명령밖에 듣지 못하지만 거대한 체구에 어울리는 막대한 천명과 열이나 냉기에 대한 높은 내구성을 가진다. 만약 젯포스가 사람이 아닌 점토로 만들어진 미니언이라면 열 엘레멘트 다섯 개의 폭발에 직격당하고도 몸이 패일 뿐이었던 것도 이해가 되었다.

그러나 그 가능성은 새로운 수수께끼를 불렀다.

"미니언은……, 말하는 것도 할 수 없는 괴물이야. 그렇지만 저 녀석은……."

다시 로니에가 소리치자 복부와 가슴에 철 엘레멘트 말뚝이 박힌 젯포스가 알아듣기 힘든 목소리로 말했다.

"……신성술을 연구했던 것은 당신들 공리교회만이 아닙니다……. 쿠르가 폐하는……. 아니, 가장 오래되고 가장 고귀한 혈통인 4황제가는 수백 년 전부터 어떤 술식을 완성시키기 위해 부단한 연구를 거듭해왔습니다…….”

“4황제가가……, 공동으로?!”

이번에는 티제가 놀란 목소리를 내었다.

놀란 것은 로니에도 마찬가지였다. 놀란가르스 북제국의 하급 귀족 가문에서 태어난 로니에에게 있어 오랜 시간 다른 세 개의 제국은 존재하지 않는 거나 마찬가지인, 아득하게 먼 나라였던 것이다. 세계의 끝이로 생각했던 ≪불후의 벽≫이 마음만 먹으면 단숨에 넘을 수 있다는 것이나, 인계 밖에는 광활한 세계가 펼쳐져 있다는 사실을 피부로 실감하게 된 건 이계전쟁에 참가한 뒤의 일이었다.

그렇지만 네 개 제국의 황제들은 몇백 년이나 전부터 협력해서 신성술을 연구해왔다고 젯포스는 말했다. 충격적인 이야기이기는 했지만 잘 생각해보면 불가능한 것도 아니었다. 최고사제 통치하에서도 통행증만 있으면 불후의 벽을 오고 가는 일은 가능했고, 커시드럴을 둘러싸듯 서 있는 네 개의 제성은 하늘에서 보면 각각 1킬로르르도 떨어져 있지 않았다. 황제 본인은 어렵다고 해도 사신이 왕래하는 정도의 일은 충분히 가능했다. 예를 들면 시종장 같은 위치의 사람이——.

“그 술식이라는 건 뭔데?!”

티제의 추궁에 젯포스는 묘한 미소를 띠었다.

“큭큭큭큭……. 여기까지 듣고도 모르다니 어리석은 아가씨들이군요. 뻔한 거죠……. 최고사제가 독점했던 신의 기술, ≪영원의 생명≫을 손에 넣기 위한 기술이었던 겁니다…….”

“영원의……”

"생명이라고?!"

로니에와 티제는 벌써 몇 번째인지도 모를 충격에 입을 다물 수 없었다.

반면 젯포스는 상처받은 몸을 한층 유쾌한 듯 흔들며 나이프를 쥔 두 손으로 가느다른 머리를 감쌌다.

"크크크……. 존재하는 모든 술식, 영약, 때로는 맹독까지 이용해 저희들은 천명의 자연 감소를 막기 위한 실험을 반복했습니다. 그 무대가 된 것이 당신들이 갇혀 있던 지하 감옥입니다. 그곳에서 죽어간 사령지민들은 그 생명을 숭고한 목적을 위해 바친 거죠……."

역겹기 짝이 없는 독백을 거슬리는 웃음소리가 장식했다.

그 목소리와 끈적거리는 시선 속에서 오래된 원한과 증오, 그리고 질투를 느낀 로니에는 얼굴을 찌푸렸다.

황제가의 시종장이면 상급 귀족과 비견되는 지위와 권력을 가지고 있었을 것이다. 그런 인간이 왜 수습기사밖에 되지 않는 두 사람을 질투하는 걸까……라고 생각하다가 문득 깨달았다.

젯포스가 질투하는 건 티제와 로니에 개인이 아니었다. 정합기사라고 하는 존재 그 자체인 것이다. 천명이 동결되어 영원한 시간을 살아가는 불사신들――.

인간으로서 최고의 권력을 휘두르고 사치스럽기 짝이 없는 생활을 보내온 황제와 상급 귀족에게 있어 자신들이 아무리 원해도 손에 넣을 수 없는 영원한 생명을 가지고 제성보다 훨씬 높은 백아의 탑에서 인계를 내려다보는 최고사제와 정합기사들은 아무리 질투하고 질투해도 부족한 존재였으리라. 게다가 공리교회에 대한 굴복을 강제하는 금기목록 때문에 황제라도 반감을 드러내는 일조차 허락되지 않았다.

그러나 정합기사에게는 정합기사 나름대로의 고통이 있었다. 커시드럴에 들어가서야 로니에도 그 사실을 알 수 있었다.

천명을 동결받은 자는 그렇지 못한 자와의 이별을 무한히 반복해야만 한다. 예를 들어 기사단장 파나티오. 그녀는 200년 이상을 살아온 불사신이지만 외동아들인 벨체는 그렇지 않았다. 최고사제의 죽음과 함께 잃어버린 천명동결술을 누군가 부활시키지 않는 한——그리고 파나티오가 그것을 벨체에게 행하는 것을 선택하지 않는 한, 아들은 분명 어머니보다 먼저 나이를 먹고 죽을 것이다. 그것은 양쪽 모두에게 무척이나 잔인한 운명이었다.

"영원한 생명 따윈 세상의 섭리에 반하는 거야!"

필사적으로 분노를 억제하며 로니에는 그렇게 소리쳤다.

"그런 것을 위해 죄도 없는 사람을 몇 명이나……몇십 명이나 죽이다니, 절대 용서 못 해."

순간 젯포스의 인공적인 얼굴이 과거에 없었을 만큼 크게 일그러졌다.

"가증스러운 기사 놈들……. 당신들에게 그런 말을 할 권리는 없습니다."

저주가 담긴 말과 함께 검은 피가 입에서 터져 나왔다.

티제의 추측대로 젯포스가 미니언이라 하더라도, 육체 내부가 어떻게 되어 있는지는 상상도 가지 않았다. 가슴과 복부를 굵은 말뚝에 관통당하고도 죽지 않는 만큼 인간과는 완전히 다르겠지만, 그렇다고 단순히 점토로 이루어진 인형은 아닌 모양이었다. 적어도 몸 안에 피가 흐르는 것은 분명한 듯했는데, 그 피를 모두 잃으면 이번에야말로 죽지 않을까 싶었다. 체격은 진짜 미니언보다 훨씬 작으므로 피의 양도 분명 적을 것이다.

옵시디아 성에 출현한 세 마리의 미니언 중 두 마리는 이스칸 총사령관의 권격을 받고 산산조각이 나 폭발했고, 한 마리는 셰이타 대사의 손칼에 머리부터 두 동강이 나 죽었다. 로니에와 티제의 기량으로는 그렇게까지 결정적인 손상――키리토가 말하는 ≪대미지≫를 주는 건 어렵겠지만, 두 개의 나이프를 피해 팔이든 다리든 하나만 자르면 승기는 있었다.

그렇지만 문제는 젯포스가 자신의 몸을 바쳐 지키려고 하는 쿠르가 황제였다. 로니에와 티제가 이 방으로 들어온 지 이미 3분 이상이 경과하고 있었지만, 아직 영창은 계속되고 있었다. 신성술은 술식이 길면 길수록 복잡하고 강력한 효과를 내지만 이렇게까지 긴 술식을 로니에는 알지 못했다. 아스나가 사용한 과거시술의 영창도 무척 긴 느낌이었지만, 그래도 분명 2분 정도였다.

젯포스와의 전투를 오래 끌 수는 없었다. 출혈로 죽는 것을 기다릴 게 아니라 가장 빠른 시간 내 승부를 결정짓고 황제의 영창을 막아야만 했다.

“티제, 내가 비오의를 발동시키면 빛 엘레멘트를 이용해 저 녀석의 움직임을 막아줘.”

로니에가 속삭이자 단짝은 바로 고개를 끄덕였다.

두 사람의 검력과 술력, 그리고 심의력은 완전히 동일한 수준이었다. 티제도 틀림없이 내심으로는 위험한 역할을 로니에에게 맡기고 싶지는 않을 것이다. 그러나 지금 두 사람에게는 자신의 실력 이외의 부분에서 커다란 차이가 있었다. 티제의 인계군 제식검은 우선도가 25였고, 로니에의 달그림자검은 우선도가 39――. 그렇기에 직접 베는 것은 로니에가 맡아야만 했다.

"……분명 정합기사도 공리교회도 절대적으로 옳은 존재는 아닐지도 몰라."

애검을 머리 위로 들면서 로니에가 소리쳤다.

"그렇지만 우리는 항상 올바르게 살려고 노력하고 있고, 너희들이 하는 짓은 누가 뭐라고 해도 나쁜 짓이야!"

주인의 의사를 알아차린 것처럼 도신이 선명한 담청색 빛을 뿜었다. 뒤에서 티제가 술식을 영창한 순간, 혼신의 힘으로 바닥을 찼다.

등에 보이지 않는 날개가 힘차게 날개를 퍼덕이며 맹렬한 가속을 낳았다. 10메르 이상의 거리를 순식간에 없애고 적에게 돌진. 아인크라드류 고속돌진기 ≪소닉 리프≫였다.

"네 녀석도 우리 대망(大望)의 양식이 되어라, 계집!"

짐승의 어금니처럼 뾰족한 노란 이를 드러내며 젯포스가 절규했다. 두 손의 나이프를 휘릭 하고 반대로 바꿔 잡고 로니에에게 반격을 가하려고 했다.

그런 그의 모습을 순백의 빛이 감쌌다.

높은 파열음이 세 번 연이어 울렸다. 티제가 쏜 빛의 탄환이 공중에서 로니에를 추월한 것이다.

광소술의 위력은 열 엘레멘트나 얼음 엘레멘트에 미치지는 못하지만, 압도적인 사출 속도와 명중률을 자랑하는 것과 동시에 눈을 부시게 하는 데 가장 적합했다. 게다가 어둠의 힘으로 만들어진 미니언에게는 반대 속성이기에 어느 정도의 대미지도 줄 수 있을 터이다.

강렬한 빛에 부딪힌 젯포스의 안면에서 보라색 연기가 피어올랐다. 움직임이 멎은 것은 일순에 불과했지만 로니에에게는 그것으로 충분했다.

내려치는 두 개의 나이프 사이를 담청색 섬광이 비스듬하게 빠져나갔다.

달그림자검은 전 시종장의 오른쪽 어깨를 깊이 파고들어 왼쪽 겨드랑이로 빠져나왔다. 우뚝 선 채 경직된 젯포스의 입에서 갈라지는 듯한 목소리가 흘러나왔다.

"……쿠르가, 폐……하……."

마른 몸의 윗부분이 스르륵 왼쪽 아래로 미끄러졌고, 둔한 소리를 내면서 융단에 떨어졌다. 잠시 뒤 하반신도 무릎부터 허물어졌다.

로니에는 두 개의 절단면에서 솟아오르는 새카만 피를 옆으로 뛰어 피했다.

이번에야말로 쓰러뜨렸다고 확신한 순간 온몸의 힘이 빠질 것 같았지만, 아직 전투는 끝난 게 아니었다. 술식 영창이 끝나기 전에 쿠르가 황제도 쓰러뜨려야만 했다.

눈앞에는 소리도 없이 흔들리는 촛불의 원. 그 안에는 눈을 감고 누워 있는 세 명의 산 고블린족들. 그리고 그 건너편에 두 손을 높이 들고 술식을 영창하는 검은 로브의 남자──.

되살아난 황제 역시 미니언이라면, 어중간한 공격으로는 쓰러뜨릴 수 없었다. 젯포스와 마찬가지로 몸을 절단하거나 머리를 떨어뜨릴 필요가 있었다.

마지막 기력을 쥐어짜 로니에는 다시 비오의를 발동하기 위해 검을 겨누었다.

다음 순간, 몇 가지 일이 동시에 발생했다.

"로니에!"

뒤에서 티제가 비명을 지르듯 소리쳤고,

"젯포스여, 임무를 다하라!"

영창을 중단한 황제가 벼락처럼 소리쳤다.

푸욱!

동시에 강한 충격이 로니에의 오른쪽 발을 강타했다.

조금 뒤 엄청난 격통이 머리까지 밀려왔다. 돌아보니 머리와 왼팔밖에 없는 젯포스가 나이프를 오른발 발등에 깊이 찌르고 있었다. 칼날의 색깔은 얼룩덜룩한 녹색.

통증에 이어 강렬한 저림이 느껴져 로니에는 이를 악물었다. 독이 온몸에 퍼지기 전에 대처해야 했지만, 독소 분해술에는 여러 종류가 있기에 독의 정체를 알지 못하면 어떤 술식을 사용해야 될지 알 수 없었다.

"크윽……!"

신음을 흘리면서 검으로 젯포스의 왼팔을 절단했다. 그리고 검의 끝으로 나이프를 발에서 뽑아내었다. 상처에서 솟아나는 피는 이미 검은색을 띠고 있었다.

독이 퍼지는 것이라도 늦추기 위해 로니에는 다섯 개의 빛 엘레멘트를 생성시키고 검으로 자신의 오른쪽 무릎 위를 깊게 베었다. 다시 피가 흘렀지만 그 색은 아직 붉었다. 상처에 빛 엘레멘트를 침투시키고 ≪미스트 셰이프≫ 술식으로 안개로 바꿔 피에 녹아들게 했다.

이것으로 독과 빛 엘레멘트가 어느 정도 서로 상쇄되겠지만 완전하게 해독하기 위해서는 허리의 휴대용 자루에 들어 있는 약초를 사용한 전용 술식이 필요했다. 남은 건 하늘에 맡기고 알고 있는 독소 분해술을 하나씩 사용해보는 수밖에 없었다.

그렇게 생각한 로니에는 왼손으로 휴대용 자루를 열려고 했지만 이미 손가락 끝의 감각이 둔해져 가죽 끈을 풀 수 없었다. 부상을 입은 오른쪽 다리뿐만 아니라 왼쪽 다리에서도 힘이 빠져 휘청 하고 몸이 기울어져――.

"로니에!"

뒤에서 달려온 티제가 쓰러지려는 로니에를 부축했다. 동시에 재빨리 제식검을 휘둘러 바닥에서 여전히 꿈틀거리던 젯포스의 머리를 잘랐다.

점토질 물체를 자르는 둔한 소리와 카앙! 하는 날카로운 금속음이 겹쳤다. 머리 꼭대기부터 턱밑까지 두 동강이 난 젯포스는 본인의 천명을 이번에야말로 완전히 소실한 듯 스르르 녹으며 형태를 잃었다. 바로 옆에서 무릎을 꿇고 있던 하반신도 검은 점액으로 변해 바닥에 퍼지더니 금세 증발되기 시작했다.

젯포스의 머리가 소멸된 곳에는 기묘한 것이 떨어져 있었다. 백합 꽃잎과 맹금의 깃털을 형상화한 은색의 원반——놀란가르스 황제가에 봉사하는 자들에게 주어지는 상징으로, 꽃잎과 깃털은 최고위층임을 나타내는 것이었다.

원반은 두 동강이 나 있었다. 티제의 검이 자른 것이다. 측면에서 보라색 연기 같은 것이 피어오르더니 희미하게 비명소리를 울리며 사라졌다.

지금의 현상이 이미 죽어야 했던 젯포스와 황제가 미니언으로 되살아난 수수께끼의 핵심일 것이다. 아마도, 아니, 틀림없이 황제의 머리에도 무언가 자신과 관련된 물건이 들어 있을 것이고 그게 점토의 몸에 인격과 기억을 부여한 것이리라.

"티……제……."

입까지 전부 마비되는 것을 느끼며 로니에는 단짝의 이름을 불렀다.

——황제의 목을 베는 거야. 그렇게 하면 쓰러뜨릴 수 있어.

그렇게 말을 잇고 싶었지만 이미 입이 움직이지 않았다. 로니에를 왼팔로 안고 있던 티제는 제식검을 바닥에 꽂고 자신의 휴대용 자루를 열심히 뒤지고 있었다. 황제를 쓰러뜨리는 일보다 로니에의 해독을 우선할 생각인 것이다. 그 판단을 비난할 수는 없었다. 반대 입장이라면 로니에도 그렇게 했을 것이기 때문이다.

깊숙이 눌러쓴 후드 안쪽에서 쿠르가 황제가 희미한 미소를 띠는 것처럼 느껴졌다. 그 미소에는 오랫동안 충신이었던 젯포스가 두 번째 죽음을 맞이한 일에 대한 애석함 같은 것은 조금도 존재하지 않았다.

"커넥트 올 서킷! 오픈 게이트!"

두 손을 최대한 치켜들고 마른 몸을 크게 뒤로 젖히며 황제가 깨진 종소리 같은 목소리로 소리쳤다.

구절의 의미는 전혀 이해할 수 없었다. 그렇지만 일종의 직감에 따라 로니에는 마비된 머리를 필사적으로 위로 들었다.

커다란 방의 높은 천장은 검게 칠해져 있었고 비싸 보이는 랜턴이 몇 개나 달려 있었지만 불빛은 들어오지 않았다. 그러나 로니에의 시선을 바로 빼앗은 건 천장의 중앙——누워 있는 고블린족들의 바로 위에 열린 원형 구멍이었다.

직경은 30센 정도일 것이다. 그다지 정교한 형태가 아니었고 목재의 거스러미도 그대로 남아 있었다. 아마도 2층 방의 바닥을 도끼 같은 것으로 난폭하게 파낸 듯했다.

무엇 때문에 그런 짓을……, 하는 의아함은 곧바로 전율로 변했다.

구멍 안쪽에서 무언가 검은 것이 꾸물꾸물 움직이고 있었다. 점성이 강한 진흙 같은 것이었다. 죽은 젯포스의 몸을 구성하고 있던 점토성 물질과 비슷했다.

로니에와 티제가 멍하니 바라보는 가운데 구멍에서는 검은 점토, 아니 점액질이 스르륵 늘어졌다. 강한 압력으로 밀려 나오는 것처럼, 혹은 자신의 의지로 기어 나오는 것처럼도 보이는 움직임이었다.

점액은 마치 풍선처럼 부풀어 오르더니, 흔들리고 발버둥치다가――엄청난 소리와 함께 파열했다.

칠흑의 폭포가 되어 바닥에 떨어진 점액은 순식간에 세 사람의 고블린족을 삼키며 로니에와 티제의 눈앞에서 산더미처럼 퇴적되었다. 높이가 2메르를 넘어서야 겨우 점액의 유입은 멈추었지만, 살아 있는 듯한 움직임은 멈추지 않았다. 내부에 고블린족들을 감싼 채 부르르, 부르르 경련을 계속했다.

"…………!"

티제가 소리 없이 외치더니, 로니에를 안은 채 뒤로 크게 물러났다.

독의 영향은 온몸으로 퍼져 가능한 일은 감각이 없는 오른손으로 애검 자루를 필사적으로 쥐는 것뿐이었다. 만약 나이프에 묻어 있던 것이 사람을 죽일 수 있는 독이라면 천명이 급속도로 줄고 있었겠지만, 마비된 몸은 통증조차 느낄 수 없었다.

즉시 해독술을 사용해야 했지만 로니에는 꿈틀거리는 칠흑의 점액에서 눈을 뗄 수가 없었다.

부정형의 작은 산처럼 보이던 점액질이 경련을 일으키며 세 개로 분열되었다. 점액질이 바닥을 흐르면서 촛불의 원을 삼키더니, 불꽃이 차례로 사라졌다.

지금 이 커다란 방을 비추는 빛은 티제가 부순 창문으로 들어오는 석양과 로니에가 발로 차 연 문에서 들어오는 복도의 빛뿐이었다. 양쪽 모두 너무 약해 중앙까지는 거의 들어오지 않았다.

세 개의 그림자가 된 점액이 더욱 거대화하며 사람의 모습으로 변하는 것을 두 사람은 멍하니 바라보았다.

마치 새끼줄을 꼬듯 연이어 근육이 생겼다. 늠름한 상체. 이상하리만큼 긴 두 팔. 산양처럼 굽은 두 다리. 등에는 접힌 날개. 그리고 바닥으로 드리워진 꼬리.

옵시디아 성에서 본 미니언의 모습에 한없이 가까웠다. 그러나 딱 하나 다른 곳이 있었다.

진짜 미니언은 뱀장어처럼 가늘고 길쭉한 머리끝에 원형의 입이 있고 양쪽에 동그란 눈이 두 개씩 달려 있다. 그러나 눈앞에 우뚝 선 그 괴물의 머리는 인간의 것에 훨씬 가까웠고, 뾰족한 코와 귀를 가지고 있었으며 반쯤 감긴 눈도 두 개뿐이었다.

"저 얼굴은……, 고블린족……?"

티제가 떨리는 목소리로 중얼거렸다. 확실히 괴물의 얼굴은 고블린족과 닮아 있었지만 생쥐의 얼굴을 연상시키는 특유의 귀여움은 어디에도 없었다. 크게 찢어진 입에는 날카로운 이빨이 수없이 보였고 벗겨진 머리에는 두 개의 뿔까지 자라나 있었다.

갑자기 몇 분 전 젯포스가 한 말이 머릿속에서 메아리쳤다.

——고블린 놈들의 전투 훈련에 안성맞춤인 상대이기는 하지만, 녀석들은 저 비밀 통로를 지나지 못하니까요……."

눈앞에 있는 미니언 세 마리가 세 명의 산 고블린족이 황제의 술식과 검은 점액의 힘으로 변신한 것이라면 확실히 지하 감옥으로 가는 계단은 통과할 수 없었다. 몸의 길이가 2메르

반에 달하는 만큼 굽은 다리를 완전히 펴면 머리가 천장에 부딪힐 것이다.

젯포스——아마 황제도——는 4제국 대란으로 죽은 그들의 유물을 점토에 묻음으로써 사람 모양의 미니언으로 되살아났다. 그리고 세 명의 고블린족은 살아 있는 채 점토를 뒤집어쓰고 거대한 미니언으로 변한 것이었다.

두 현상의 뒤에는 또 다른 흑막이 존재할 것이다. 유물을 사용해 황제들을 되살리고 미니언의 제조법을 알려준 누군가가. 그리고 그 인물이야말로 옵시디아 성에서 발생한 유괴 사건과 인계에서의 일련의 사건을 이어주는 열쇠가 분명했다.

하지만 지금은 그보다도 고블린들을 원래대로 되돌리는 방법을 찾는 게 먼저였다.

미니언을 평범하게 파괴하면 틀림없이 고블린족들도 죽을 것이다. 내부에 있는 그들을 다치게 하지 않고 검은 점토만 분해할 필요가 있었다. 반대 속성인 빛 엘레멘트를 대량으로 부딪히면 가능할지도 모르겠지만 열 개나 스무 개 가지고는 턱없이 부족할 터이다. 게다가 이곳의 공간신성력은 아마 그만큼 남아 있지도 않을 것이다.

"로니에, 이걸 마셔."

갑자기 그런 목소리와 함께 입에 작은 병이 닿았다. 천명을 회복시켜주는 영약인가 생각했지만 냄새가 달랐다. 로니에가 이런저런 생각을 하는 동안 티제는 매질과 술식으로 해독약을 만든 모양이었다.

입 안으로 들어온 액체는 강렬한 쓴맛이었지만 한 모금 마신 것만으로도 혀의 마비가 풀리는 느낌이 들었다. 그렇지만 티제는 어떻게 로니에의 몸에 들어가 독의 종류를 알아낸 것일까?

그런 의문을 눈빛으로 읽었는지 짝꿍이 다시 속삭였다.

"그 나이프는 아마 ≪루베릴의 독강≫일 거야. 나도 실물을 본 건 처음이지만 리넬 님이 알려주신 것과 색깔이 똑같았어."

그렇구나, 하고 시선만으로 고개를 끄덕였다.

정합기사 리넬 신서시스 트웬티에잇과 단짝인 피젤 신서시스 트웬티나인은 과거 키리토와 유지오를 독검으로 마비시켜 죽이려고 했다는 일화를 가진 사람이었다. 지금은 듬직한 선배 기사이고 다른 기사들과는 조금 느낌이 다른 지식을 이것저것 전수해주었는데, 티제도 어딘가에서 독검에 대해 배웠을 것이다.

간신히 마비가 풀린 입을 겨우 움직여 로니에가 속삭였다.

"티제……, 저 미니언을 죽이면 안 돼. 고블린족들을 구해야만 해."

"……알아."

깊이 끄덕이고 티제는 부서진 창문을 힐끗 쳐다보았다.

"하지만 우리 술력으론 미니언 세 마리를 빛 엘레멘트로 분해하는 건 무리야. 로니에가 움직일 수 있게 되면 일단 여기서 탈출하는 게 좋겠어."

"……그렇지만……."

로니에와 티제가 도망치면 황제와 미니언도 모습을 감출지도 모른다. 지하 감옥으로 가는 통로는 사용할 수 없더라도 미니언은 하늘을 날 수 있었다. 비룡이 없으면 추적은 불가능했다.

"알고 있어. 하지만 그렇게 하는 수밖에 없어."

고통을 참는 표정으로 로니에의 귀에 입을 가까이 대고 티제가 말했다.

"만약 술식이 듣지 않아서 검을 사용할 수밖에 없게 되더라도……, 우린 아마 저 미니언들을 베지 못 해."

"…………!!"

로니에는 가늘게 숨을 들이켰다.

확실히 그 말대로였다. 미니언은 산 고블린족과 하나의 존재였기에 검으로 베게 되면 그들을 죽일지도 모르는 이상, 로니에와 티제가 그럴 수밖에 없다고 판단하더라도 몸이 의사를 따르지 않을 가능성이 높았다. ≪오른쪽 눈의 봉인≫──.

하지만 그것은 로니에와 티제 두 사람에게만 적용되는 일이 아니었다. 정합기사들도 인계수비군의 위사들도 "인계와 암흑계의 평화를 지키기 위해 절대 아인족을 다치게 해서는 안 된다"라는 철칙을 공유하고 있는 이상, 같은 상황에 빠질 것이 분명했다.

만약 이 셋뿐 아니라.

≪아인족이 강제로 변신당한 미니언≫이 수십, 수백에 이르는 규모로 센트리아를 공격해오면 정합기사단은 싸울 수 없었다.

아니, 그보다 더욱 무서운 사태가 벌어질 수도 있었다.

쿠르가 황제와 젯포스가 산 고블린족을 납치해 미니언으로 변신시킨 건 인계와 암흑계에 새로운 전쟁을 일으키기 위해서였다. 만약 이 미니언이 센트리아를 습격하여 다수의 사상자가 발생하고, 추후에 정체가 산 고블린족이라는 것이 판명되면 그 영향은 야젠이 살해된 것과는 비교도 되지 않을 것이다. 이계전쟁 전보다 훨씬 강한 분노와 증오가 생길 것이고, 인계의 백성들은 다크 테리토리에 대한 역침공을 원하게 될 것이다.

그런 결정적인 파국을 회피하기 위해서라면 일부 기사는 오른쪽 눈의 봉인을 해제하고 미니언을 쓰러뜨려야 할지도 모른다.

하지만 만약 황제와 그 뒤에 있는 누군가가 양쪽 세계의 분쟁을 원하는 게 아니라, 지금의 평화가 깨어지기를——인계통일회의에 의한 통치의 종결을 원한다면.

그들은 아인족이 아니라, 인계인을 미니언으로 바꾸려고 하진 않을까?

현재 인계에 체류 중인 다크 테리토리에서 온 관광객은 아무리 많다고 해도 200에서 300 정도일 것이다. 어떻게 그들 모두를 납치한다고 해도 만들 수 있는 미니언의 수에는 한계가 있었다. 그러나 인계의 총인구는 8만을 넘었다. 재료인 점토만 있으면 얼마든지 준비할 수 있었다.

그렇게 인계인으로 미니언을 만들면 그때야말로 정합기사들은 누구 한 사람 싸울 수 없게 된다.

미니언 대군으로 인계통일회의를 제압한 뒤 다크 테리토리에 침공해 암흑계군까지 섬멸시키는 일까지도 가능할 것이다. 그렇게 되면 최고사제 미니스트레이터가 계획했던 ≪검골병(소드 골렘) 계획≫의 재림이나 다름없는 것이었다.

찰나의 순간 거기까지 생각이 미친 로니에는, 지금은 움직이지 않는 세 마리의 미니언 사이로 쿠르가 황제의 그림자를 응시했다.

오랜 시간 고위 술식의 영창으로 소모된 것인지 바닥에 한쪽 무릎을 꿇고 있었다. 그러나 검은 로브에서 풍기는 눈에 보일 정도의 사악함은 전혀 약해지지 않았다. 옵시디아 성에서 어린 리제타를 죽이려고 한 유괴범과 똑같거나 그 이상의 악의가 느껴졌다.

저 남자만큼은 절대 놓치면 안 돼.

하는 로니에의 결의를 알아차린 것처럼 황제가 움직였다. 다소 비틀거리면서도 일어서서 대기 자세를 취하고 있는 미니언 사이를 빠져나와 로니에 일행과 대치했다.

"……유파는 모르겠으나 훌륭한 비오의였다, 계집."

예상치 못한 갑작스러운 말에 로니에는 바로 대꾸하지 못했다. 그러나 황제는 그런 것에는 신경 쓰지 않고 후드 안쪽에서 갈라진 목소리로 말을 이었다.

"역시 나를 죽이고 호자이카의 왼팔을 자를 만한 실력이야."

자신을 죽였다고 담담하게 말할 수 있는 정신력에는 한기를 느꼈지만, 그 뒤에 나온 이름은 들은 적이 없었다. 정확하게는 어디에선가 들은 것도 같았지만 바로 떠오르지는 않았다.

눈살을 찌푸리는 로니에를 대신해 티제가 "어……?" 하고 중얼거렸다. 로니에의 몸을 안은 팔이 살짝 굳었다.

"……호자이카 이스타발리에스……?"
"그렇다. ……그 모습을 보아 하니 녀석은 이름을 대지 않은 모양이군."
그 대화를 듣고 나서야 로니에는 겨우 누구의 이름인지를 깨달았다.
4제국 대란 중 목숨을 잃은 이스타발리에스 동제국 황제.
하지만 쿠르가 황제는 무언가를 착각하고 있었다. 1년 전 전투에서 로니에와 티제가 돌입한 곳은 북센트리아 제성으로 동센트리아는 가지도 않았었다. 호자이카 황제를 벤 것은 동센트리아 제성을 공격한 기사 네르기우스와 기사 엔토키아이기 때문이다.
애당초 로니에가 비오의로 벤 인간은 몇 분 전 죽은 젯포스를 포함해도 겨우 세 명뿐이었다. 첫 번째는 쿠르가 황제 본인, 그리고 두 번째는 옵시디아 성 최상층에서 싸웠던 검은 로브의 유괴범.
그때 로니에는 조금 전과 마찬가지로 ≪소닉 리프≫를 사용해 유괴범의 왼팔을 잘랐다.
왼팔…….
해독약 덕에 드디어 감각이 돌아온 로니에의 머리끝부터 발끝까지의 털이 모조리 서는 것 같았다. 머릿속에 유괴범의 목소리가 어렴풋이 되살아났다.
——그렇군. 봉인의 사슬을 벤 건 인계 대표검사님이었나. 소문 이상으로 귀찮은 분이로군…….
지금 돌이켜보니, 만약 유괴범의 정체가 암흑계인이었다면 인계 대표검사의 소문 같은 것을 알 리가 없었다. 지난번 방문을 포함해 두 번 있었던 키리토의 옵시디아 방문은 모두 비밀리에 이루어졌고, 암흑계 사람들은 대표검사를 볼 기회도 없기 때문이다.

"호……, 혹시……?"

바싹 말라붙은 입술을 겨우 움직여 로니에는 황제에게 다시 물었다.

"옵시디아 성에 나타난 유괴범이 당신처럼 미니언으로 되살아난 이스타발리에스 황제였던 거야……?"

그 물음에 쿠르가는 씨익 웃었다.

"호자이카의 사체는 발견되지 않았겠지?"

로니에가 무언가를 말하기 전에 재빨리 오른손을 들었다.

"안심하도록 해라. 그 녀석은 죽었으니까. 지면에 떨어진 사체가 녹아 사라진 거다……. 젯포스처럼 말이지."

그것은 유괴범이 호자이카 황제였으며, 또한 미니언이었다는 사실을 인정하는 말이었다. 하지만 새로운 의문이 다시 떠올랐다.

"……어떻게 인계에 있었던 당신이 그런 걸 아는 거지?"

그렇게 물은 건 로니에가 아니라 티제였다.

그 말에 쿠르가 황제는 대답하지 않고 검은 로브의 가슴 쪽을 펼쳐 보였다.

그곳에 가느다란 사슬로 매달려 있는 것은 어둠 속에서도 핏빛으로 빛나는 붉은 보석. 유괴범——호자이카 황제의 가슴에 매달려 있던 것과 완전히 동일했다.

"호자이카의 계획은 실패하고 그 녀석은 다시 죽었다. ≪신주≫가 파괴되면 더 이상 되살아날 수는 없으니까. 하지만 그 녀석이 보고 들은 것은 짐에게 이어져 새로운 계획의 초석이 되지……. 이 융합형 미니언도 마찬가지……. 원형으로는 너희들 기사들의 발을 묶을 수 없다는 걸 알고 만든 것이다."

그렇게 말하며 쿠르가는 왼손으로 미니언의 늠름한 팔을 만족스러운 표정으로 쓰다듬었다.

연이어 덮쳐오는 경악과 충격, 그리고 전율로 로니에는 머리가 터질 것 같았지만 필사적으로 생각했다.

신주라고 하는 것은 젯포스의 머리에서 나온 휘장을 말하는 게 분명했다. 구조까지는 알 수 없었지만 역시 그것이 미니언의 소재를 이용한 소생술에 필수적인 요소인 것이다.

셰이타 대사와 로니에에게 양팔을 잘린 호자이카 황제는 옵시디아 성 최상층 창문으로 몸을 던졌다. 사체가 발견되지 않은 것은 날아서 도망친 것이 아니라 떨어지면서 신주가 파괴되어 점토의 몸이 용해되었기 때문이었다.

하지만 쿠르가의 말을 믿는다면 호자이카가 가슴에 걸고 있던 붉은 보석은 부서지지 않은 듯했다. 게다가 어떤 수단을 이용했는지는 모르지만 3,000킬로르나 떨어진 옵시디아에서 놀란가르스 제국까지 이동했고, 쿠르가에게 호자이카의 기억과 지식을 부여했다.

여기가지의 추측이 올바르다면…….

저 붉은 보석이야말로 인계와 암흑계에서 꿈틀거리는 거대한 음모의 핵심이었다.

마비독이 정화되면서 다시 움직일 수 있게 된 오른손으로 로니에는 애검을 강하게 쥐었다.

역시 여기서 도망갈 수는 없다. 만약 쿠르가 황제를 쓰러뜨려도 보석이 어디론가 사라지면, 언젠가 축적된 악의를 계승하는 자가 분명 또 나타날 것이기 때문이다.

"티제……, 어떻게든 30초만 미니언을 붙잡고 있어줘."

스스로에게도 들리지 않을 정도의 음량으로 로니에가 속삭였다.

"황제를 베면 고블린족들도 원래대로 돌아올지도 몰라."

희박한 희망이었지만 조종하는 사람이 없어지면 적어도 시간은 벌 수 있었다.

문제는, 독은 해독되었지만 오른쪽 발등과 오른쪽 무릎의 부상이 나은 게 아니라는 것이었다. 검기나 비오의에는 강한 도약이 필수적인 만큼 혼신의 일격을 펼칠 수 있는 것은 기껏해야 한 번이나 두 번뿐. 그래도 하는 수밖에 없었다.

"……알았어."

로니에의 몸을 부축하고 있던 티제가 마찬가지로 작은 목소리로 대답했다.

다시 한 번 양 손발의 손가락과 발가락을 살짝 움직여 감각이 돌아온 것을 확인했다. 황제가 이런저런 이야기를 늘어놓는 통에 약의 효과가 나는 시간을 벌었지만, 그건 분명 저쪽도 마찬가지일 것이다. 황제는 정신적 소모——점토만 들어있을 미니언의 머리 어디에 정신이 깃들어 있는지는 알 수 없지만——에서 회복한 듯했고, 융합형 미니언의 피부 표면도 처음 만들어졌을 때보다 더욱 단단할 것 같은 광택을 띠고 있었다.

쿠르가 황제는 다시 손가락 끝으로 미니언의 팔을 누르며 마음에 드는 듯 고개를 끄덕였다.

"어쨌든, 원래 전투 훈련은 제포스가 담당할 예정이었지만 그 녀석은 죽고 말았으니 너희들이 책임을 져줘야겠다."

그렇게 말하며 슬금슬금 뒤로 물러섰다. 미니언으로 하여금 로니에와 티제를 죽이게 할 생각인 것이다.

옵시디아 성에서 호자이카 황제가 부렸던 원형 미니언은 신성어나 암흑어를 사용한, 극히 단순하고 제한된 종류의 명령밖에 내릴 수 없었다. 게다가 사고력은 야생동물 수준인 까닭에 정합기사의 검기와 술식을 이용한 복잡한 전술에는 대응할 수가 없었다. 이계전쟁 당시 암흑술사 길드가 비장의 무기로 투입한 미니언 800마리는 기사장 베르쿨리가 쳐놓은 무장완전지배술 함정을 인식하지 못하고 순식간에 전멸된 바 있었다.

고블린족을 이용한 융합형 미니언이 원형보다 진화된 점은 아마 그 부분일 것이다. 보다 고도의 다양한 명령을 이해할 수 있게 된 것이 분명했다. 그러나 당연히 수많은 명령을 부여하기 위해서는 시간이 걸린다. 그 틈을 노려 황제 본인을 베고자 했다.

나란히 서 있는 미니언의 후방에서 쿠르가 황제가 휘하의 병사에게 명령을 내리듯이 오른손을 높이 들었다.

"미니언들이여! 저 두 계집을 죽여라! ――액티베이트!!"

내린 명령은 그것뿐이었다. 인계어와 신성어로 딱 한마디씩.

무언가가 진동하는 듯한 소리와 함께 미니언의 두 눈이 붉게 빛났다.

직후 거대한 몸이 아른거릴 정도의 속도로, 오른쪽과 왼쪽의 미니언이 크게 도약했다. 왼쪽의 미니언은 부서진 창문 앞에, 오른쪽 미니언은 열린 채 있는 문 앞에 자리를 잡았다.

로니에 일행을 방에 가둔 것이었다. "죽여라"라는 명령을 수행하기 위해서 두 사람을 놓쳐서는 안 되겠다고 생각해 유일한 탈출구가 되는 두 곳을 막은 것이다.

몇 초 전의 상상이 틀렸다는 걸 로니에는 깨달았다. 융합형 미니언은 복잡한 명령을 알아듣는 것보다 훨씬 높은——상황을 인식하고 자신이 판단하여 움직일 수 있는 힘을 가지고 있었다.

그러나 두 마리가 탈출로를 막은 까닭에 쿠르가 황제 앞에 남은 미니언은 하나뿐이었다. 내부에 무고한 고블린이 들어 있는 융합형 미니언을 벨 수는 없었지만 공격을 피해 황제를 노리는 일이라면 가능했다.

——티제!

쥐어짜듯 전달한 사념에 반응한 단짝이 등을 받치고 있던 오른손으로 로니에를 힘껏 앞으로 밀어냈다. 동시에 로니에도 부상당한 오른발로 바닥을 찼다. 부츠와 무릎에서 선혈이 튀며 가라앉았던 통증이 쇠꼬챙이로 찌르는 것처럼 전신을 관통했지만 이를 악물고 견뎠다.

기사 두 사람의 힘을 합한 초고속 돌진에 미니언은 믿을 수 없을 만큼 준민한 반응을 보였다. 길고 커다란 오른팔이 굵기 30센짜리 통나무처럼 바람을 가르며 로니에를 덮쳤다. 손가락 끝에는 쇠갈고리 같은 손톱이 있어 닿으면 몸이 찢어질 것 같았다.

그러나 그 공격을 로니에는 예측하고 있었다.

아무리 융합형 미니언의 능력이 높아도 전체의 형태는 원형 미니언과 거의 다를 것이 없었다. 그렇다면 원형과 마찬가지로 주된 무기는 두 손의 갈고리 손톱일 것이다.

"크읏……!"

악문 이 사이에서 무의식적으로 신음소리가 나왔지만 흉악한 형태의 갈고리 손톱을 아슬아슬한 순간까지 끌어들인 뒤 명중하기 직전 상체를 힘껏 뒤로 젖혔다.

발부터 먼저 바닥 위를 미끄러지면서 공격을 피했다. 새끼 손가락의 갈고리 손톱이 흩날리는 머리카락을 스치며 머리카락이 3센 정도 절단되었지만, 그 정도라면 싼 대가였다.

혼신의 공격에 실패한 미니언은 그 힘을 이기지 못하고 왼쪽으로 회전하며 로니에에게 등을 지게 되었다. 미니언도 인간의 형태를 하고 있는 이상 그런 자세로는 공격을 할 수 없었다. 로니에가 재빨리 몸을 일으키자 불과 7메르 전방에 쿠르가 황제의 모습이 보였다.

완전히 ≪소닉 리프≫의 거리 안이었다. 혼신의 일격으로 머리 한가운데에 있을 신주도, 가슴에 매달고 있는 붉은 보석도 파괴하여 모든 것을 끝내야 했다.

피투성이가 된 오른발로 다시 한 번 바닥을 차며 달그림자검을 날카롭게 들어올렸다——.

그때였다.

어두컴컴한 바닥에서 무언가 검고 긴 것이 채찍처럼 튀어오르며 믿을 수 없는 속도로 로니에의 목을 향해 날아왔다.

반사적으로 왼팔을 들어 목을 지켰다.

100분의 1초 뒤 검은 채찍이 왼쪽 팔을 때렸다.

——이건, 미니언의 꼬리야!

융합형 미니언은 몸이 한 바퀴 회전하는 힘을 이용해 후방공격이 가능한 유일한 무기인 꼬리를 오른팔 이상의 속도로 휘두른 것이었다.

로니에가 그렇게 인식한 것과 왼쪽 팔의 뼈가 부서지는 소리가 들린 것은 동시였다. 갑옷을 두른 듯 단단한 꼬리는 거기에서 멈추지 않고 팔과 함께 로니에의 가슴까지 타격, 순간적으로 로니에의 몸을 공중에 띄우는가 싶더니 엄청난 기세로 후방으로 날려버렸다.

공중을 10메르 이상이나 날아간 로니에는 등부터 벽에 부딪히며 그대로 튕겨져 바닥에 떨어졌다.

시계가 어두웠다. 숨을 쉴 수 없었다. 왼쪽 팔뿐 아니라 갈비뼈도 몇 개 부러진 것 같았지만, 전신에 받은 충격이 너무 커서 통증조차 느껴지지 않았다.

일어서야 해, 하고 생각해도 몸은 전혀 움직여주지 않았다. 경장이라고 해도 가슴에는 금속제 방어구를 장착하고 있었는데, 겨우 일격에 천명이 위험한 수치까지 떨어진 것 같았다.

"로니에——!!"

어디선가 티제가 이름을 부르고 있었다. 바닥에 닿은 얼굴을 필사적으로 움직이며 어두침침한 두 눈을 크게 떴다.

전방 왼쪽에서 곧바로 달려오는 단짝의 모습이 희미하게나마 보였다. 그리고 오른쪽에서 맹렬하게 달려드는 거대한 그림자도.

……티제, 피해.

그렇게 소리치고 싶었지만 목구멍에서는 약간의 공기가 새어나올 뿐이었다.

자신을 노리는 미니언을 알아차린 티제는 멈춰 서서 반격하려고 했다.

그러나 제식검을 재빨리 들어 올린 순간, 그녀의 모습은 부자연스럽게 경직되었다.

≪오른쪽 눈의 봉인≫이 발동된 것이다. 로니에의 부상에 이성을 잃고 반사적으로 미니언을 공격하려고 했지만 그 순간 적의 체내에 고블린족이 있다는 것을 떠올린 모양이었다.

로니에는 지금까지 봉인이 발동된 경험이 한 번도 없었다. 그러나 그 고통은 영혼이 직접적으로 파괴될 정도라는 말은 들었다. 로니에가 아는 한 자신의 의지로 봉인을 돌파한 인간은 상급수검사 유지오, 정합기사 앨리스, 오크족 족장 릴피린과 스스로 오른쪽 눈을 뽑아낸 이스칸 총사령관까지 겨우 네 사람밖에 없었다.

그런 격통에 휘말려 움직일 수 없게 된 티제의 몸을 미니언이 엄청난 힘으로 가격했다. 선혈이 공중에서 긴 꼬리를 끌었고, 로니에는 자신의 부상도 잊고 소리 없는 비명을 질렀다.

바닥에 내동댕이쳐진 티제는 한 차례 튕긴 뒤 로니에 바로 옆까지 굴렀다. 정신을 잃었는지 눈을 감은 채 움직이지 않았다. 미니언의 갈고리 손톱에 깊게 찢어진 상처에서는 대량의 피가 흐르고 있었다.

"티……제……."

자신도 입으로 피를 흘리며 로니에는 필사적으로 바닥을 기어가 부서진 왼팔을 뻗어 단짝의 몸에 가져갔다. 지금 즉시 빛 엘레멘트로 치료하지 않으면 티제는 죽을 것이다.

"시스테……코……올."

필사적으로 술식을 외우려고 했으나 성량이 부족해 술식이 발동되지 않았다. 티제의 상처를 막은 왼손은 이미 손목까지 새빨갛게 물들어 있었다.

정합기사는 인계군의 위사보다 훨씬 높은 무구장비 권한과 술식행사 권한, 그리고 그것들이 만들어내는 압도적인 근력과 운동력을 가지고 있었지만, 천명의 수치 자체는 보통 사람들과 다르지 않았다. 최대치는 상위 기사들은 약 5,000, 아직 열일곱 살인 로니에와 티제는 3,000 정도 밖에 되지 않았다.

소리를 낼 수 없어도 스테이시아의 창은 신성문자의 인을 맺으면 만들 수 있었다. 그러나 로니에에게 티제의 천명치를 볼 용기는 없었다. 그저 눈물을 흘리며 왼손으로 상처를 막고 반복해서 술식을 영창하려고 할 뿐이었다.

카앙 하는 소리가 방 반대편에서 울렸다. 두 사람을 빈사 상태까지 몰고 간 미니언이 바닥에 떨어진 티제의 제식검을 주워 멀리 내던진 것이다.

나머지 두 마리는 부서진 창문과 문 앞에서 움직이려고 하지 않았다. 한 마리만으로 로니에와 티제를 죽일 수 있을 거라고 판단한 모양이었다. 그 한 마리가 주의 깊은 발걸음으로 두 사람에게 마무리를 짓기 위해 다가왔다.

"큭큭큭……, 크하하하하하!"

방 가운데에서 쿠르가 황제가 일그러진 목소리로 웃었다.

"훌륭해. 겨우 한 마리……, 그것도 고블린 따위의 융합형으로 이런 전투력이라니. 많은 피와 뼈가 녹아 있는 흙일수록 강력한 미니언이 될 거라고는 들었지만 예상 이상이군. 죽은 뒤에도 자신의 몸을 짐에게 바친 사령지민 놈들을 칭찬해야겠군……. 하하하하하!"

귀에 들려오는 말의 의미를 생각하는 일조차 로니에는 이미 불가능했다.

눈앞이 점점 어두워졌다. 황제의 홍소가 멀어져갔다. 감각이 남은 것은 티제의 피에 젖은 왼손뿐. 그리고 그 따뜻함도 조금씩, 조금씩 희미해졌다.

드디어 두 사람 앞까지 다가온 미니언이 두 팔을 동시에 들어올렸다.

갑자기——.

오른손에도 희미한 온기가 느껴졌다.

자신의 손이 무엇을 쥔 것인지 바로 알지는 못했다. 조금 단단한 가죽 줄로 꼼꼼하게 싸인 그것은, 달그림자검의 손잡이.

두근, 두근, 하고 맥박을 울리며 검이 무언가를 말하고 있었다. 자신을 해방시켜 달라고 호소하고 있었다.

하지만 ≪그런 일≫을 할 수 있을 리 없었다. 달그림자검은 분명 높은 우선도를 가진 명품이었지만, 신기는 아니었던 것이다.

신기란 인간이 정련한 금속이 아니라 신수나 신조, 신목 같은 전설적인 존재로 만들어진 무기를 말한다. 그러므로 신기는 각각 고유의 기억을 가지고 있었고, 주인과 마음이 통할 수 있었다.

반면 달그림자검을 만든 건 인간일 터이므로 전신의 기억은 존재하지 않았다. 많이 사용할수록 손에 익숙해지는 일은 있어도 그 이상의 현상을 일으킬 수는 없는 것이다.

할 수 없어. 할 수 없어…….

자신과 티제의 죽음을 앞두고 가늘고 길게 이어지는 시간 속에서 로니에는 그 말만을 머릿속으로 몇 번이나 반복했다.

문득 새로운 목소리가 들린 것 같았다.

――검뿐만이 아니야. 옷도, 구두도, 식기도……. 신성술로 생성된 엘레멘트 하나라도 마음이 이어지면 반드시 대답을 해줘. 아마 사람도…….

그것은 먼, 아주 먼 옛날 들었던 죽은 유지오 상급수검사의 말이었다.

마음이 이어진다는 것.

달그림자검에 마음이 없다고 생각한 건 주인인 로니에였다. 그러나 돌이켜보면 부대표검사 아스나가 세 자루의 검 중 하나를 고르라고 했을 때 로니에는 그 선택을 자신이 아닌 검에게 맡겼다. 그 순간 로니에의 오른손은 초승달을 새긴 백은의 칼밑을 가진 이 검에 자연스럽게 끌렸다.

그리고 지금 로니에에게 ≪달그림자≫라는 이름을 부여받은 검은 위기에 빠진 주인을 구하기 위해 말을 걸고 있었다. 검을 믿고 마음을 이음으로써 기억을 해방시키라고.

자루에서 전해지는 오른손의 온기와 티제의 피에 젖은 왼손의 온기가 몸속 깊은 곳으로 전해졌고, 로니에는 그 작은 힘을 모두 모아 소리쳤다.

"인핸스 아머먼트."

크게 소리칠 생각이었지만, 그 목소리는 자기 자신에게도 들리지 않을 만큼 약하기 그지없었다.

그러나 검은, 그리고 세계의 이치는 로니에의 부름에 응답했다.

달그림자검의 칼밑과 도신에서 엄청나게 눈부신 은색 섬광이 폭발했다. 양손의 갈고리 손톱을 내려치기 직전이었던 미니언은 그 빛을 받은 순간 높은 소리로 울부짖으며 물러섰고, 출구를 막고 있던 다른 두 마리와 계속 크게 웃고 있던 쿠르가 황제조차도 눈을 가리며 몸을 비틀었다.

동시에 로니에는 꼬리 공격으로 부서진 왼팔과 나이프에 관통당한 오른발의 고통이 완화되는 것을 느꼈다. 티제의 상처에서 흘러나오던 피도 급속도로 줄어들었다.

≪무장완전지배술≫.

신기를 가진 상위 기사만이 사용할 수 있는 심의력의 정수이자 진정한 오의.

아마도 달그림자검은 자신의 천명을 빛 엘레멘트 치유술의 강화판이라고 할 수 있는 영광(靈光)으로 바꾸어 방출한 모양이었다. 무장완전지배술치고는 무척이나 단순한 부류였지만 수습기사가 된 지 1년밖에 되지 않은 로니에가 본격적인 수업도 없이 발동시킨 것은 기적이었다.

도신의 발광은 10초 이상 이어졌고, 이윽고 조금씩 약해지면서 깜빡거리다가 사라졌다.

티제의 몸에 새겨진 깊은 상처에서 이어지던 출혈은 멈추었고 얼굴에도 아주 조금이지만 핏기가 돌아왔다. 그러나 아직 의식은 돌아오지 않았고 로니에의 왼팔과 오른발도 완전히 치유된 것은 아니었다.

한편 세 마리의 미니언은 반대 속성인 빛에 타 온몸에서 회색 연기를 내고 있었지만, 분해까지는 이르지 않았다. 아무래도 손상은 극히 표면적인 것일 뿐 금방이라도 움직일 수 있을 것 같았다.

황제를 놓치고 싶지 않았지만, 티제의 목숨과는 바꿀 수 없었다. 미니언이 다시 공격해오기 전에 이 방에서, 아니, 이 저택에서 탈출해야 했다.

달그림자검이 준 기력을 긁어모아 왼손으로 티제를 끌어안고 일어섰다. 출구는 복도로 이어지는 문 쪽이 컸지만 미니언이 쫓아오면 도망칠 수 없었다. 부서진 창문을 통해 앞정원으로 나가는 수밖에 없었다.

"티제, 조금만 더 힘내!"

빈사 상태인 친구에게 그렇게 속삭이며 로니에는 15메르 떨어진 창문을 향해 달리기 시작했다.

한 걸음 움직일 때마다 왼팔과 오른발에 불꽃 같은 통증이 느껴졌다. 즉시 숨이 거칠어졌고 목에서는 헉헉 하는 소리가 새어나왔다.

앞으로 10메르. 8메르. 7메르…….

"미니언들아, 창문을 막아라!"

방 중앙에서 영광의 대미지에서 벗어난 듯한 쿠르가 황제가 소리쳤다.

"슈고오오오오!!"

산 고블린족과 닮은 듯 닮지 않은 듯한 목소리로 부서진 창문 근처에서 웅크리고 있던 미니언이 소리쳤다. 탈출구를 막아선 미니언은 두 팔과 등에 달린 날개를 펼쳤다. 티제가 부순 창문은 미니언의 거대한 몸에 의해 완전히 막히면서 석양도 들어오지 않게 되었다.

뒤에서도 두 마리의 미니언이 연이어 포효했다.

탈출하기 위해서는 창문 앞의 미니언을 배제할 필요가 있었다. 하지만 로니에는 융합형 미니언을 공격할 수 없었다. 죽이는 게 아니라 쓰러뜨리기 위해 다리를 베려고만 해도 ≪오른쪽 눈의 봉인≫이 발동하여 조금 전 티제처럼 움직일 수 없게 될 것이다.

남은 수단은 다시 한 번 무장완전지배술을 사용하는 것뿐이었다. 치유력을 가진 영광이라면 미니언의 육체를 태우더라도 내부의 고블린은 다치지 않을 것이다. 하지만 달그림자검의 천명이 얼마나 남았을까? 스테이시아의 창을 확인할 여유는 없었다.

만약 무장완전지배술로 천명을 모두 사용하면 달그림자검은 부서질 것이다.

그렇다고 하더라도.

티제를 구하기 위해서라면 검은 용서해줄까?

필사적으로 달리며 로니에는 오른손의 검을 들려고 했다.

문득 무언가가 들려왔다.

무수히 많은 은그릇이 공명하는 듯한. 밤하늘의 별들이 소곤거리는 듯한.

몇백 명이나 되는 천사가 노래하는 듯한.

라————————.

하는 장엄한 울림과 함께 천장을 뚫고 무지개색 빛이 쏟아졌다.

이 세상 것이라고는 생각할 수 없을 정도의 청정한 빛이었지만 미니언들이 고통스러워하는 모습은 보이지 않았다. 붉은 눈을 깜빡이며 당황한 듯 천장을 바라보고 있었다.

그 천장에 갑자기 가느다란 격자 모양의 빛이 생겼다.

빛은 점점 커져만 졌다. 천장이 몇십 개의 판자로 분해되고 있었다. 판자들은 완전히 분리되어 있었지만 어찌된 영문인지 떨어지지는 않았다. 공중에 뜬 채 사방으로 미끄러지고 있었다.

분해되고 있는 것은 천장만이 아니었다. 2층의 벽도 지붕도 가구류까지 무지개색 빛에 싸여 밖으로, 밖으로 소리도 없이 이탈되었다. 마치 정교하게 나무로 조립되었던 집이 안쪽에서부터 바깥쪽으로 붕괴되는 듯한 광경이었다.

붕괴의 여파는 드디어 1층 벽에도 미쳤다. 굉장히 튼튼해 보이는 돌벽을 이루고 있던 회색 석재가 조각조각 나면서 미끄러지듯이 앞정원으로 이동했다. 창틀째 뜯긴 유리창이 그 뒤를 따랐다.

거대한 저택이 불과 십여 초 만에 바닥만 남기고 완전히 분해되었다. 천사의 노랫소리가 멀어지고 무지개색 빛이 잦아들었다——.

직후, 바닥 바깥쪽에 부유하고 있던 수많은 자재가 굉음과 함께 낙하했다.

이 이상으로 질서정연할 수 없는 대량 파괴가 끝나자 로니에가 서 있는 곳은 이미 저택 안이 아니었다. 발밑에는 여전히 검은 융단이 있었지만 머리 위에는 붉은 저녁 하늘이 끝없이 펼쳐져 있었다. 붉게 타오르는 솔루스는 하단이 한끝산맥과 닿아 있었고 아직 겨울의 차가움이 남아 있는 북풍이 두 사람의 머리카락을 흔들었다.

세 마리의 미니언도 쿠르가 황제도 아연한 표정으로 멍하니 서 있었다. 명령만을 따르는 원형 미니언이라면 상황의 변화에는 신경 쓰지 않고 공격을 계속했겠지만 융합형은 빈약하게나마 자아를 가지고 있기 때문에 어떻게 대응하면 좋을지 고민되는 모양이었다.

하지만 움직일 수 없는 것은 로니에도 마찬가지였다. 탈출이 절망적이라고 생각되었던 큰 방이——아니, 악의와 공포로 가득했던 황제가 별장 그 자체가 겨우 십여 초 만에 완벽하게 분해되는 초현상에 머리가 따라가지 못하는 것이었다.

"……로니에."

갑자기 왼쪽 귓가에 희미한 목소리가 들렸다. 덕분에 간신히 정신을 차리고 똑같이 갈라진 목소리로 친구의 이름을 불렀다.

"티제……!"

의식을 되찾은 친구가 보고 있는 것은 로니에가 아니었다. 단풍색 눈동자는 남쪽 하늘의 한 곳에서 움직이려고 하지 않았다.

로니에도 빨려들 듯 머리를 들었다.

넓은 하늘을 물들인 황금빛과 꼭두서니빛 사이에 작은 그림자가 떠 있었다.

한 사람――이 아닌 두 사람. 한쪽은 진주색 드레스를 입고 밤색의 긴 머리카락을 미풍에 나부끼는 여성으로, 내린 오른손에는 가느다란 세검을 들고 있었다.

그리고 여성의 허리에 오른쪽 손을 둘러 받치고 있는 것은 상하 모두 검은색 옷을 입은 검은 머리의 남성. 상의 자락은 비룡의 날개 같은 모양으로 변형되어 천천히 날갯짓을 하고 있었다.

두 눈을 한계까지 크게 뜬 로니에는 여성이 왼팔로 무언가를 꼭 품고 있는 걸 깨달았다. 연노랑색 솜털에 싸인 생명체. 긴 목과 꼬리, 작은 날개를 가진 새끼 비룡.

"……츠키가케……."

떨리는 목소리로 중얼거린 뒤 뜨거운 것이 치밀어오는 목으로 힘껏 숨을 들이마시고 두 사람의 이름을 불렀다.

"아스나 님. ……키리토 선배……."

작은 츠키가케가 열심히 센트리아까지 달려가 두 사람을 불러온 것이었다. 거대한 저택을 분해한 무지개색 빛은 언더월드 전체에서 아스나만이 가진 스테이시아 신의 힘, ≪무제한 지형조작≫이 분명했다.

로니에와 티제보다 조금 늦게 쿠르가 황제도 멀리 높은 곳에서 자신을 보고 있는 자의 존재를 알아차린 모양이었다. 힘없이 내리고 있던 오른손 손가락이 갈퀴처럼 휘어지더니 로니에에게도 들릴 정도로 빠드득거리는 소리가 났다.

"…………인계통일회의……, 대표검사. 끝까지 짐을 방해하는 것이냐?"

내뱉는 목소리 그 자체가 저주인 것처럼 일그러지고 갈라져 있었다. 검은 로브의 자락이 크게 펄럭이며 마른 고목처럼 가는 왼팔이 하늘에 뜬 두 사람을 가리켰다.

"미니언들아! 저 불경한 녀석들을 떨어뜨려라!"

새로운 명령을 받은 세 마리의 융합형 미니언들은 재빨리 얼굴을 공중으로 향하더니 뾰족한 입을 크게 벌렸다. 무수히 돋아난 날카로운 어금니 안쪽에서 보라색의 독기가 음산하게 꿈틀거렸다.

설마 융합형 미니언은 비룡의 열선처럼 공력력을 가지고 있는 숨결……, 신성어로 ≪브레스≫까지 쏘는 건가?

"선배! 조심하세요!"

로니에는 필사적으로 외쳤지만 그 목소리는 너무나도 약해 100메르의 고도에 떠 있는 두 사람에게 들릴 리가 없었다.

그러나 키리토는 로니에의 목소리를 들은 것처럼 지금까지 자연스럽게 내리고 있던 오른손을 위로 뻗었다. 그 손에 쥐여 있는 것은 석양을 받아 금색으로 반짝이는 칠흑의 장검. 키리토의 신기 ≪밤하늘검≫이었다.

미니언 세 마리가 한계까지 입을 벌려 브레스를 쏘려고 했다.

갑자기 주위가 급속도로 어두워졌다.

로니에는 미니언의 입에서 흘러나온 독기가 햇빛을 가린 것인가 하고 생각했다. 그러나 그렇지 않다는 것을 금방 알 수 있었다. 어두워진 건 미니언의 주위뿐만이 아니었다. 저택을 둘러싼 숲에는 어두운 그림자가 가라앉았고 방금 전까지 선명한 붉은빛이었던 하늘도 짙은 보라색으로 물든 채 별까지 몇 개 반짝이고 있었다.

그리고 서쪽 지평선 위에 뜬 솔루스까지도 루나리아에 가려진 것처럼 빛을 잃고 있었다.

갑자기 찾아온 밤과 같은 어둠 속에서, 단 하나 강렬하게 빛나는 것이 있었다.

키리토의 오른손에 쥔 밤하늘검. 그 도신이 똑바로 쳐다보지 못할 정도의 눈부신 황금색 빛을 발하고 있었다.

저택의 분해를 상회하는 초현상이 다시 나타나자 제아무리 쿠르가 황제라도 겁이 나는 듯했다. 그러나 다시 왼손을 들고 과감하게 소리쳤다.

"상관하지 마라! 쏴라!!"

미니언 세 마리가 일순 내렸던 머리를 다시 상공으로 올려 보라색이 감도는 독기를 발사했다.

그것은 비룡의 열선과 달리 길게 꼬리를 끌며 날아가는 구체였다. 야수의 비명을 연상시키는 기묘한 소리를 내며 상승하는 독기 덩어리를 향해 키리토가 밤하늘검을 날카롭게 내려쳤다.

로니에의 시계가 순백으로 물들었다.

너무 눈부신 탓에 눈을 가늘게 뜰 수밖에 없었지만, 그래도 얼굴을 돌리지 않고 로니에는 모든 것을 보려고 했다.

하얀 빛을 발하는 것은 방대한 수의 입자였다. 열을 가지지 않은 순백색 빛의 점이 주위의 공간을 가득 메우고 있었다.

독기 브레스는 빛의 점을 밀어내며 상승을 계속했지만 마치 뜨거운 물속에 떨어진 얼음처럼 급속도로 작아지더니 사라지고 말았다.

"…………이게, 전부, 빛 엘레멘트?"

티제의 속삭이는 목소리에 로니에도 아무 말 없이 고개를 끄덕였다.

빛의 점이 가진 색깔이나 움직임은 많이 보아 익숙한 빛 엘레멘트 그 자체였다. 그러나 엘레멘트라는 것은 빛 엘레멘트뿐 아니라 다른 엘레멘트도 마찬가지지만 아무리 고위 술사가 두 손의 손가락을 모두 사용한다 하더라도 동시에 생성할 수 있는 것은 열 개가 한계였다.

지금 넓은 공간을 가득 메운 빛 엘레멘트의 숫자는 최소한 수천……, 어쩌면 일만 개도 넘을 것이다.

생성하는 방법은 어떻게든 추측할 수 있었다. 키리토의 밤하늘검은 주위의 공간 그 자체에서 신성력을 흡수하는 무장

완전지배술——정확하게는 그 상위 기술에 해당하는 ≪기억 해방술≫을 가지고 있다. 그 힘으로 솔루스의 빛을 흡수해 막대한 신성력을 모두 빛 엘레멘트로 바꾼 것이다.

그렇지만 엘레멘트는 술사의 의식에서 멀어진 순간 소멸하거나 폭발한다. 처음에는 손가락 하나로 하나의 엘레멘트를 조작하는 훈련부터 시작하지만, 한 손으로 다섯 개의 엘레멘트를 조종할 수 있게 되면 어엿한 한 사람의 술사라 할 수 있었고 두 손으로 열 개를 제어할 수 있게 되면 이미 달인이라 할 수 있었다. 로니에도 티제도 현재로서는 다섯 개밖에 만들 수 없었다.

그렇게 다루기 어려운 엘레멘트를 대체 어떻게 하면 동시에 1만 개나 제어할 수 있는 걸까?

멍하니 선 채 로니에는 마치 빛나는 눈송이처럼 흩날리는 빛 엘레멘트를 응시했다.

한편 미니언들은 다시 독기 브레스를 쏘기 위해 입을 크게 벌렸다.

공간에 떠 있기만 하던 빛이 움직인 건 바로 그 순간이었다. 1만 개의 빛 엘레멘트가 총체로서의 의지를 가진 것처럼 움직이더니 세 마리의 미니언을 감쌌다. 달그림자검이 내뿜은 영광에 노출되었을 때처럼 비부가 지직거리며 타오르며 고약한 냄새가 나는 연기가 피어올랐지만 그것도 오래 가지는 않았다.

짙은 회색의 거대한 몸통에 무수히 많은 빛 엘레멘트가 차례차례 침투해 내부에 순백의 빛을 내뿜었고——.

무서운 괴물은 비명을 지르지도 못하고 액체가 되어 그대로 무너져내렸다.

흩어지는 점액질도 공중에 있는 동안 증발되었고, 그 속에서 산 고블린족들이 나타났다. 의식은 없었고 의복이며 장신구는 하나도 없었지만 다친 곳은 없는 모양이었다.

빛 엘레멘트 일부는 로니에와 티제를 감싸며 상처를 치유했다. 무어라 비유할 수 없는 따뜻함과 기분 좋은 좋은 느낌에 온몸의 힘이 빠질 듯했지만, 힘껏 견디며 계속 서 있었다.

융합형 미니언 세 마리가 완전히 소멸되고 로니에와 티제의 부상이 낫는 것과 동시에 하늘도 원래의 색을 되찾았다.

막대한 빛 엘레멘트는 대부분 자신의 역할을 다하고 소멸되었지만 마지막으로 남은 수백 개는 열 개의 고리가 되어 바닥 위에 떠 있었다. 세로로 겹쳐진 고리가 만든 작은 우리 안에 갇힌 건 물론 쿠르가 놀란가르스 황제였다. 고리의 크기는 로브에 닿을 듯 말 듯한 정도로, 조금이라도 움직이면 빛 엘레멘트가 점토로 된 몸에 침투하여 미니언처럼 분해될 것이다.

방금 전보다 약간 더 붉은 기가 강해진 석양 아래 남자의 모습은 완전히 그림자가 되어 후드를 쓴 표정은 보이지 않았다. 하지만 그렇게 오만불손했던 황제가 얌전히 포로가 되는 일을 선택하리라고는 생각되지 않았다.

"티제, 일어날 수 있겠어?"

작은 목소리로 묻자 단짝은 힘차게 고개를 끄덕였다.

"응, 이제 괜찮아. 고마워, 로니에."

"그건 나도 마찬가지야……. 고마워, 티제."

두 사람은 잠깐 서로의 몸을 안았다가 다시 떨어졌다. 재빨리 부상 정도를 확인하니 오른발과 오른쪽 무릎에는 희미하게 상처 자국이 남았을 뿐이었고, 부서진 왼팔의 뼈도 완전하지는 않았지만 붙은 모양이었다. 더욱 중상이었던 티제도 움직이는 데 지장은 없는 듯했다.

미니언이 내던진 티제의 제식검은 바닥만 남은 방의 반대쪽에 떨어져 있었다. 그쪽을 향해 걷기 시작하는 티제를 로니에는 왼손을 들어 제지했다.

"나중에 해. 지금은 황제로부터 눈을 떼면 안 돼."

로니에의 말에 단짝도 결연한 표정으로 고개를 끄덕였다. 바닥에 쓰러진 고블린족들도 걱정이었지만 황제가 다시 그들에게 술식을 걸려고 할 가능성도 있었다. 달그림자검을 빈틈없이 겨누며 조금씩 빛의 우리로 다가갔다.

상공에서는 키리토와 아스나가 커다란 곡선을 그리며 내려오고 있었다. 두 사람이 착지할 때까지 황제가 이상한 짓을 못 하도록 하는 것이 로니에와 티제가 할 일이었다.

두 사람이 우리 3메르 앞에 멈추었을 때, 검은 로브의 모습이 작게 흔들렸다.

"큭큭큭, 큭큭큭큭……."

귓가에 들려오는 소리를 죽인 웃음소리. 재빨리 검을 겨눴지만 황제는 웃는 것을 멈추려고 하지 않았다.

"……쿠르가 놀란가르스. 당신의 흉계도 이제 끝이야. 이번에야말로 얌전히 투항하도록 해."

최대한 늠름한 목소리로 그렇게 말하자 웃음소리는 그쳤지만 대신 여전히 교만한 목소리가 들려왔다.

"1년 전의 재현이군, 계집. 당시 영광스러운 죽음을 선택한 짐이 이번에는 굴욕을 받아들일 거라고 생각하는 거냐?"

"……그 외에 다른 선택지는 없어."

"선택지……라, 모르고 있군. 너희들은 아무것도 몰라."

중얼거리듯 대답한 황제는 고개를 살짝 위로 들었다. 로니에도 힐끔 상공을 살피니 키리토와 아스나는 이미 저택 바로 위까지 도달해 있었다. 두 사람이 내려오기까지 앞으로 10초 정도 남았을까?

절대로, 아무 짓도 못하게 막을 거야.

로니에의 그런 결의를――.

쿠르가 황제는 생각지도 못한 방법으로 빠져나갔다.

"잠시 동안의 이별이군, 계집. 또 만나지."

그렇게 말하더니 황제는 몸을 앞으로 쓰러뜨렸다.

"앗……!"

티제가 소리치며 왼손을 뻗으려고 했지만 이미 할 수 있는 일은 없었다. 두께 1밀리센도 되지 않는 빛의 고리가 검은색 로브째 쿠르가 황제의 몸을 절단했다. 조각조각이 난 점토 몸이 위에서부터 차례로 바닥에 떨어지며 퍼억퍼억 하는 소리와 함께 쌓였다.

열한 개의 검은 덩어리는 바로 점액으로 변한 뒤 사방으로 퍼지며 증발했다.

키리토와 아스나가 도착했을 때 융단 위에 남은 건 검은 헝겊 조각과 두 개의 장식품뿐이었다.

하나는 흰 백합과 날개를 펼친 매가 새겨진 황금 반지.

그리고 다른 하나는 거무스름한 사슬에 달린 채 불길하게 빛나는 진홍색 보석――.

멍하니 선 로니에의 어깨에 달려온 키리토가 손을 얹었다.

"미안, 많이 늦었지? 괜찮아?!"

순간 긴장이 풀려 비틀거리며 주저앉을 뻔했지만 억지로 버티며 로니에는 대표검사의 얼굴을 보았다.

"아……, 네. 저는 괜찮아요. 하지만 황제가……."

"화……, 황제?!"

키리토가 깜짝 놀라는 표정을 지었지만 자세한 설명을 할 수가 없었다. 티제를 살피려는 아스나의 팔에서 노란색 덩어리가 튀어나와 로니에의 얼굴을 덮쳤기 때문이었다.

"꾸루루루룩――!"

그 울음소리를 들은 순간 이번에야말로 로니에의 두 눈에서 눈물이 쏟아졌다.

"츠키가케……!"

애검을 키리토에게 맡기고 양팔로 새끼용을 꼭 껴안았다.

가까이에서 보자 츠키가케의 솜털에는 여기저기 진흙과 피가 묻어 있었고 자랑이었던 꽁지깃도 무참하게 빠져 있었다. 아무리 센트리아가 멀어도 초원과 밭을 달린 것만으로는 이렇게 될 수 없었다. 틀림없이 츠키가케도 엄청난 고생을 한 끝에 키리토를 이곳까지 인도한 것이리나.

꾸우꾸우 하고 어리광을 부리며 울음소리를 내는 새끼용을 부드럽게 쓰다듬고 있노라니 동쪽 숲에서도 높은 울음소리가 들려왔다.

덤불 속에서 뛰어나온 하늘색 털뭉치가 구르듯 돌진해왔다. 앞정원에 쌓인 저택의 잔해를 통과해 바닥에서 뛰어오르더니 티제를 향해 도약했다.

"시모사키!!"

티제도 소리치며 애롱을 꼭 껴안았다. 그 옆에서 아스나가 부드러운 미소를 지으며 말했다.

"시모사키의 울음소리와 저택 창문을 밝힌 빛 엘레멘트의 빛이 없었다면 우린 이곳을 못 찾았을 거야. 모두, 정말 고생했어."

"…………네……."

티제가 젖은 목소리로 대답하자 그녀의 사슴에서 시모사키가 "꾸루룩!" 하고 자랑스러운 표정으로 울었다. 츠키가케도 "꾸루루룩!" 하고 따라 울었고 거기에 "쿠큣!" 하는 세 번째 울음소리가 뒤를 이었다.

"…………?!"

깜짝 놀라 소리가 들린 곳을 쳐다보자 키리토의 상의 안에서 새끼용보다 훨씬 작은 생물이 튀어나와 몸을 타고 오르더니 머리 위에 앉았다. 무척이나 긴 귀를 가진 생쥐 같기도 하고 토끼 같기도 한 갈색 동물은 일동을 둘러보더니 무언가를 호소하듯 다시 "큐윳!" 하고 울었다.

"……키, 키리토 선배. 그건 뭔가요?"

아연한 표정으로 묻자 키리토도 당황한 시선을 머리 위 생쥐에게 보내면서 말했다.

"아니, 그게……. 직할령 남쪽의 밭 위를 날고 있는데 츠키가케가 족제비 같은 녀석들과 싸우고 있더라고……"

"그건 족제비가 아니라 오소리일 거라 생각해."

라는 아스나의 지적에 "어떻게 다른 건데……" 하고 고개를 갸웃거린 뒤 설명을 이었다.

"그래서 그 오소리를 쫓아내고 츠키가게의 상처를 치료한 뒤 다시 호수 쪽으로 날아가려고 하니까 츠키가케가 근처에 떨어져 있던 버킷, 이 아니라 나무통으로 달려가더니……, 그 안에서 이 녀석을 꺼내 오지 뭐야."

"통 안에서요……?"

"응, 상황상 오소리와 싸우기 전에 츠키가케가 통 안에 숨긴 것 같았어. 그래서 뭔가 중요한 플래그, 아니, 조건인가 싶어 데리고는 왔는데 딱히 아무 일도 없더군……."

대표검사가 입을 다물자 츠키가케가 로니에와 키리토를 번갈아 쳐다보면서 "꾸르륵……" 하고 울었고, 또 생쥐가 "큐큐큐큣!" 하고 뒤를 이었다.

로니에는 생쥐의 말은 물론이고 츠키가케의 울음소리도 정확하게는 이해할 수 없었다. 그래도 그 대화가 어떤 내용인지 느낄 수 있었다.

"저기……, 아무래도 츠키가케가 이 생쥐에게 무언가 약속을 한 것 같아요……."

"약속……?"

키리토와 아스나, 티제가 동시에 고개를 갸웃거리자 생쥐는 불만스러운 표정으로 대표검사의 머리 위에서 통통 뛰었다.

그 모습이 너무나 웃겨 자기도 모르게 웃음이 나왔다.

그때였다.

조금 떨어진 바닥 위에서 피처럼 붉은 섬광이 폭발했다.

"키잇!"

생쥐가 비명을 울리며 키리토의 품안으로 뛰어들었다. 츠키가케도 시모사키도 경계하는 울음소리를 내었다.

눈을 파고드는 듯한 빛을 오른손으로 막으며 로니에는 그쪽을 살폈다.

빛나는 것은 바닥에 떨어진 보석이었다. 쿠르가 황제와 호자이카 황제가 걸고 있던 목걸이.

"선배! 저게 모든 일의 원흉이에요!"

로니에가 그렇게 소리쳤고 키리토가 붉은 섬광을 향해 한 걸음 내딛는 바로 그 순간.

보석이 무서운 기세로 하늘로 날아올랐다.

불화살보다 빠른 속도로 계속 올라가는 붉은 빛을 향해 키리토가 오른손을 내밀었다. 그러자 빛의 속도는 급격하게 감소하더니 30메르 정도 위의 상공에서 정지했다.

키리토가 ≪심의의 팔≫로 붙잡은 것이다.

강철의 기룡을 비상시킬 정도로 강한 키리토의 심의력을 뿌리칠 리가 없다. 로니에는 그렇게 확신했지만 보석은 좀처럼 떨어지지 않았다. 뒤로 늘어진 사슬이 계속 흔들렸지만 보석은 하늘 위 한 점에 그대로 머무르고 있었다.

교착 상태는 3초 정도 이어졌다.

갑자기 카앙! 하는 충격음이 울려 퍼졌다.

심의력으로 잡아당기던 사슬이 산산조각이 나 떨어졌다.

그러나 붉은 보석은 족쇄에서 해방된 것처럼 맹렬하게 상승하더니 새빨간 석양에 녹아들어 보이지 않게 되었다. 마지막으로 한 번 구름이 닿을 듯 높은 곳에서 붉은 빛이 반짝 꼬리를 끌었다.

그 빛이 향한 곳은 솔루스가 가라앉는 나라……, 웨스달라스 서제국 쪽이었다.

10

"티제 씨, 로니에 씨. 다친 덴 어때?"

부대표검사가 묻자 두 사람은 힘차게 고개를 끄덕였다.

"네, 이제 완전히 다 나았어요."

로니에가 대답하자,

"키리토 선배식으로 말하면 '100퍼 회복'이에요!"

티제도 주먹을 들어보였다.

100퍼라고 하는 신성어의 의미는 모르지만, 아스나는 알아차린 듯 쿡 하고 웃었다.

"그래, 다행이네. ……이번에는 두 사람도 정말 고생이 많았어……."

웃음기를 지우고 긴 속눈썹을 내리깔며 말하는 아스나에게 로니에와 티제는 세차게 고개를 흔들었다.

"아니에요, 위험한 곳으로 뛰어든 건 저희잖아요……."

"아스나 님이 말씀해주신 덕분에 아유하 사단장에게 치료도 잘 받았어요. 보세요, 이렇다니까요."

그렇게 말하고 티제는 상의와 하의를 헤치더니 배를 보여주었다. 융합형 미니언의 손톱에 깊이 베였던 상처는 완전히 치유되어 흔적조차 남아 있지 않았다.

그건 물론 좋은 일이었지만, 아무리 커시드럴 95층 ≪효성의 망루≫에 이 세 사람밖에 없다 해도 여자아이가 배를 내보이는 건 조금 경박스러운 일이었다. 로니에는 오른손을 뻗어 티제의 옷을 끌어내리며 말했다.

"어쨌거나 아유하 님의 약석(藥石)에 대한 지식은 굉장하네요……. 저희들도 학원에서 열심히 배우긴 했지만 이름도 들은 적 없는 식물이며 광물이 계속해서 나와 깜짝 놀랐어요."

"아유하 씨는 신성술사단 단장에 취임한 뒤에도 안식일에는 혼자 신종 약초를 찾으러 다니는 모양이야. 이상한 약초를 계속 먹어보라고 한다며 동생인 소네스 씨가 투덜거리던걸."

다시 미소를 띤 아스나가 작은 목소리로 덧붙였다.

"무엇보다 아유하 씨는 어릴 적부터 약사가 꿈이었는데, 키리토 군이 북센트리아에서 제피리아 꽃을 피게 했다는 이야기를 들은 뒤로 식물 연구에 대한 열정이 되살아난 것 같아."

"아……, 그래도 키리토 선배를 따라하는 건 추천 못 하겠어요……."

자기도 모르게 로니에가 그렇게 말하자 티제가 무척 밝은 목소리로 웃었다. 바닥에서 말린 물고기를 먹고 있던 츠키가케와 시모사키도 "꾸르륵!" 하고 울었고, 그 옆에는 두 마리의 새로운 친구인 긴귀생쥐 나츠가 맛있게 호두를 갉아먹고 있었다.

황제 직할령에서의 사건이 있은 지 벌써 사흘이 지나 오늘은 2월 27일이었다. 월말인 30일에는 4황제 반란 진압 1주년을 기념하는 축제가 센트리아 시 전역에서 대대적으로 있을 예정이었기에 커시드럴 안도 평소보다는 조금 분주했다.

그렇지만 통일회의의 면면들로서는 절대 들뜰 수 없는 상황이었다.

1년 전 분명히 죽었던 동제국 황제 호자이카 이스타발리에스와 북제국 황제 쿠르가 놀란가르스가 미니언의 몸을 빌려 부활해 일련의 사건에 깊이 관여했다는 것. 특히 쿠르가는 센트리아 시에서 지척의 거리인 직할령에 오랫동안 잠복해 있었고, 원형보다 훨씬 더 강력한 융합형 미니언의 양산 계획을 진행시키고 있었던 만큼, 그 사실을 알게 된 파나티오와 듀솔버트, 정보국장 샤오 슈카스는 큰 충격을 받았다.

사건 이후 4제국 직할령과 사령지 구석구석을 다시 수색했지만 상급 귀족의 은닉 재산이 몇 건 발견되었을 뿐 음모와 관계되는 발견은 없었다. 가장 중점적으로 수색한 것은 황제의 별장에서 서쪽 하늘로 날아간 붉은 보석이었지만 지금 현재로서는 행방이 묘연했다. 상대가 인간이 아니라 작은 새알 크기의 보석이므로 서제국에 들어가 수색을 지휘하는 기사 피젤과 리넬도 어려움을 겪는 모양이었다.

쿠르가 황제의 또 하나의 유품인 황제가 문장이 들어간 반지는 커시드럴이 자랑하는 두 명의 술사 아유하와 소네스가 공동으로 해석에 임하고 있었다. 황제가 ≪신주≫라고 부른 그 반지에 소생의 비밀이 감추어져 있는 것은 분명했지만 물건에서 그 물건에 시행된 술식을 이끌어내는 건 물건에 술식을 거는 것보다 백 배는 어렵다……고 소네스가 말했다.

즉, 현재로서는 음모의 흑막과 연결되는 단서는 거의 끊긴 상태였다. 다른 물증으로는 시종장 젯포스가 사용했던 크고 작은 두 개의 나이프와 별장 부지에 대량으로 쌓여 있던 점토 자루 정도였지만, 새로운 단서와 연결될 가능성은 낮았다.

인계통일회의는 점토와 반지에 대한 조사를 의뢰하기 위해 암흑계에서 고위 암흑술사를 초빙하기로 결정하고 이미 옵시디아 성으로 전령 기마를 보낸 상태였다. 그러나 이스칸 총사령관 앞으로 가는 친서가 도착하기 위해서는 앞으로 12일, 저쪽에서 보내는 답장이 도착하기까지 또 2주가 걸릴 것이므로 초빙이 실현된다고 해도 한참 뒤에 가능한 일이었다.

한편 로니에와 티제는 별장 안에서 소리가 들렸을 때 왜 보고를 하지 않았냐며 파나티오 단장에게 실컷 잔소리를 들었지만 납치된 산 고블린족의 발견과 구출에 큰 공을 세웠으므로 수습기사에서 하위 정합기사로의 승격이 결정되었다.

정식 서임은 해방 기념제가 끝난 3월 상순 예정이었지만, 이미 기사 번호를 받은 상태였다.

이계전쟁에서 산화한 기사 엘드리에 신서시스 서티원에 이어 32번이 티제, 그리고 33번이 로니에였다.

정합기사단의 전통에 따르면 두 사람 모두 가문을 버리지 않으면 안 되었지만 ≪신서시스≫란 '신서사이즈 비의를 받은 자'라는 의미의 신성어이므로 키리토, 아스나와 의논한 끝에 신서사이즈되지 않은 두 사람은 번호만 추기하기로 결정했다. 즉, 다음 달 중에 기사 티제 슈트리넨 서티투와 로니에 아라벨 서티스리가 탄생하는 것이었다.

황제와 젯포스와의 싸움 이후 두 사람의 무구장비 권한은 40으로 상승했고, 그 정도면 기사단의 일원으로서 전혀 부족함이 없는 숫자였지만 지금 현재 정기사가 된다고 하는 실감은 로니에에게 들지 않았다.

그것은 어쩌면 이틀 전에 이야기를 들은 뒤 이 건에 대해 티제와 전혀 이야기를 나누지 않아서일지도 모른다.

로니에는 몇 번인가 이야기를 나누려고 했지만 그때마다 티제가 "미안, 지금은 아직……" 하고 외면하는 것이었다. 그리고 그녀가 승격에 대한 일을 이야기하고 싶지 않아 하는 이유도 로니에는 어렴풋이 알고 있었다.

아마 티제는 정기사로 승격하기 전까지 두 가지 일에 대해 결착을 지으려고 생각했을 것이다.

하나는 기사 렌리로부터 받은 구혼.

그리고 또 하나는 죽은 유지오에 대한 감정.

애당초 두 사람이 봉쇄된 황제의 별장에 다가간 것은 귀신이 나온다는 소문의 진위를 조사하기 위해서였다. 지금 생각해보면 주민들이 귀신이라고 착각했던 것은 젯포스가 숲에서 흙을 파내는 모습이었을 것이다.

하지만 티제는 틀림없이 귀신――유령이 실재하기를 바라고 있었다. 만약 죽은 자가 나타난다는 게 사실이라면 유지오와 다시 한 번 만날 수 있을지 모른다고 생각했던 것이다.

황제의 별장에 유령은 없었다.

하지만 그 사건 이후 티제의 망설임은 더욱 깊어졌을 것이 분명했다.

황제와 젯포스는 ≪신주≫와 미니언 제조 기술을 이용해 되살아난 죽은 자였다. 그 말은 같은 방법을 사용한다면 유지오도 소생이 가능할지도 모른다는 뜻이었다.

물론 유지오 자신은 미니언의 몸을 빌려 되살아나는 일은 바라지 않을 것이다. 그러나 다시 한 번 만나 이야기를 하고 싶다……. 자신의 감정을 전하고 싶다는 티제의 마음은 아플 만큼 이해가 되었다.

유지오에 대한 감정은 정리되지 않았고 렌리에게 답변도 못 하는 동안 티제가 기한으로 삼았던 정기사로의 승격이 생각보다 빨리 결정되고 말았다. 그로부터 이틀 동안 낮에는 평소보다 더 밝게 행동했지만 밤이 되면 자신의 방에서 혼자 울고 있다는 사실을 로니에는 알고 있었다.

힘이 되고 싶었다. 고통을 조금이라도 덜어주고 싶었다. 그렇지만 로니에가 할 수 있는 일은 아무것도 없었다.

오늘의 다도회는 티제가 가끔 보이는 어두운 표정을 알아차린 아스가가 기획한 것이었다. 사방이 뚫려 있는 효성의 망루에는 솔루스의 빛이 부드럽게 쏟아지고 있었고 봄의 내방을 예감시키는 산들바람이 기분 좋게 불었다. 하나 조리사가 비장의 무기로 내어놓은 사과 향기가 나는 차도 아스나가 구운 사과 파이도 무척이나 맛있었고, 간식을 다 먹고 장난치는 세 마리를 보고 있으면 저절로 미소가 번졌다.

그러나 명랑하게 웃는 티제의 단풍빛 눈동자 깊은 곳에 깃든 슬픔은 지워지지 않았다.

이대로라면 티제는 정기사 승격을 거부할지도 모른다.

어쩌면 검과 휘장을 기사단에 반납하고 센트럴 커시드럴을 떠날지도…….

그런 예감에 사로잡히며 로니에는 안타까운 표정으로 티제를 바라보았다. 바로 그때.

"미안, 늦었지?!"

하는 목소리와 함께 키리토가 계단에서 뛰어왔다.

바로 아스나가 일어서며 두 손을 허리에 대었다.

"왜 이렇게 늦은 거야? 우린 벌써 파이도 다 먹었다고."

"응……? 내, 내 몫은……"

"글쎄……, 남아 있으려나?"

"우와, 너무하잖아."

평소와 다름없는 대화가 반복된 뒤 키리토는 왼손에 들고 있던 가느다란 꾸러미를 근처 화단에 세워놓고 로니에와 아스나 사이의 의자에 앉았다.

물론 아스나는 파이를 남겨 놓았고 크게 자른 파이와 사과차를 키리토 앞에 놓았다. 바로 크게 입을 벌리고 베어무는 키리토에게 티제가 물었다.

"그런데 키리토 선배, 일 때문에 늦을 거라고는 들었는데 어디에 갔던 거예요?"

"우물우물……. 아니, 그게 듀 아저씨가 불러서……. 30일 축제의 경비 태세를 강화하고 싶다고 해서 의논을 좀 했어."

듀솔버트 사범에 대한 지나치게 친근감 넘치는 별명은 못 들은 것으로 하고 이번에는 로니에가 질문했다.

"그건 검은 황제 일당이 축제 때 무슨 짓을 꾸밀지도 모르니까……, 때문인가요?"

"거, 검은 황제?"

키리토와 아스나가 눈을 깜빡이는 것을 보고 로니에는 티제와 얼굴을 마주보았다가 설명했다.

“그, 일련의 사건을 일으킨 녀석들을 가리키는 공식 명칭이 아직 없는 것 같아서 저희들은 그렇게 불러요…….”

“그렇군, 검은 황제 일당이라……. 흐음, 괜찮은걸. 나도 그렇게 불러야지. ……어쨌거나 듀 아저씨가 걱정하는 게 바로 그 일이긴 한데 나는 그럴 가능성은 낮다고 봐. 되살아난 황제들의 목적은 어디까지나 인계와 암흑계에 또 한 번의 전쟁을 일으키는 건데, 그러기 위해 준비한 융합형 미니언이 분해되어 버렸으니까. 무슨 짓을 꾸민다고 해도 잠시 동안은 준비가 필요하겠지…….”

“그러게……. 반대로 말하면 티제 씨와 로니에 씨가 쿠르가 황제의 은신처를 발견하지 못했으면 그 융합형 미니언이 해방제 때 공격했을지도 모르겠어.”

아스나의 말에 키리토도 고개를 크게 끄덕였다.

“맞아……. 파나티오 씨에게는 야단을 맞은 모양이지만, 이번에는 두 사람이 정말 큰일을 했어. 결국 숲 속에서 점토를 200자루 이상이나 발견했고……. 그게 전부 신형 미니언이 되었을 거라 생각하면 오싹해.”

“그럴 경우 안에 들어가는 개체는 어떻게 구할 생각이었을까요……?”

티제가 그렇게 묻자 키리토는 사과 차를 한 모금 마신 뒤 입을 열었다.

“으음……. 지금 인계에 있는 아인족을 전부 납치하는 것은 현실적이지가 않지. 교류사업도 일시적으로 멈추게 되서 관광객들은 대부분 귀국 중이고……. ——아, 그렇지. 산 고블린족 오로이와 다른 세 사람은 내일 아침 출발하기로 했어. 로니에와 티제에게 감사 인사를 하고 싶어 하더군."

"네, 당연히 배웅을 갈 거예요."

바로 대답하고 로니에는 동쪽 하늘을 쳐다보았다.

400년 이상이나 인계와 암흑계를 갈라놓은 동쪽 대문은 1년 3개월 전 두 세계를 싸우게 하기 위해 붕괴되었다. 전쟁의 종결 뒤 대문은 재건되었지만 목제 문은 계속 열려 있는 그대로였다.

그렇지만 야젠 노인이 살해당한 뒤 문은 다시 닫히고 말았다. 그런 의미에서는 검은 황제 일당의 음모는 이미 일정 부분 효과를 거둔 셈이었다. 게다가 사건이 완전히 해결된 것도 아니었다.

대욕탕에서 기사 피젤에게 들은 것을 떠올리며 로니에는 시선을 대표검사의 얼굴로 되돌렸다.

"저기, 키리토 선배. 서제국 황제 알더레스 웨스달라스 5세는 아직 사체가 발견되지 않은 거죠……?"

"응, 그렇다고 들었어. 서제국 제성은 파나티오 씨의 기억해방술로 전소되어서……, 잔해를 치우는 데만 3개월이 걸렸으니 만약 알더레스 황제의 사체가 묻혔다고 해도 잔해를 치웠을 때는 신성력으로 승화되었을 거야."

"어쩌면 도망쳐서 어딘가에 숨어 있을 수도 있고……."

아스나의 지적에 키리토는 팔짱을 끼며 고개를 끄덕였다.

"응……. 쿠르가 황제가 별장에 숨을 수 있었던 것도 육체가 미니언이라 식량을 먹을 필요가 없었기 때문일 거야. 그렇지만 알더레스 황제가 살아 있으려면 식량이 필요해. 본인이 상점에 가게 되면 반드시 의심을 받을 테니 샤오의 정보망에 걸릴 거야. ……단지……”

“단지, 뭐?”

“피젤과 리넬의 조사에 따르면 해방된 서제국 근위기사단 멤버 중에 현주소가 확인되지 않는 기사 출신이 몇 명 있는 모양이야. 물론 황제가에 충성을 맹세한 사람들이니 전원이 바로 인계수비군으로 오지는 않겠지만…….”

“만약 그 사람들이 황제와 합류한다면 식량을 손에 넣는 것도 그다지 어렵지는 않겠네. 그렇게 가정하고 수색 범위를 넓힐 필요도 있겠어.”

“하여튼, 일손은 아무리 많아도 부족하다니까.”

그렇게 말하는 키리토 본인도 매일 수많은 업무에 치여 동분서주하는 것을 로니에는 알고 있었다. 자기도 모르게 상체를 펴고 큰 목소리로 말했다.

“저기, 저희들도 정기사가 되면 더 열심히 도울게요!”

그러자 키리토는 로니에를 보며 “믿고 있어”라며 미소를 지었고 이어서 티제에게 시선을 돌렸다가 깜짝 놀란 듯 눈을 크게 떴다.

로니에도 오른쪽으로 고개를 돌렸다.

그러자 조금 전까지 진지한 표정으로 이야기를 듣고 있던 티제가 마치 눈물을 필사적으로 참는 것처럼 입술을 깨물고 고개를 숙이고 있었다.

“티제…….”

반사적으로 손을 내밀어 친구의 등으로 가져갔다. 몸집은 티제 쪽이 조금 컸지만 지금은 어린아이처럼 작게 느껴졌다.

키리토와 아스나는 아무 말도 하지 않았다. 기사단 대표답게 의연하게, 하지만 진심으로 티제를 걱정하는 표정으로 물끄러미 지켜보고 있었다.

"꾸루룩……."

정원의 중앙에서 츠키가케, 나츠와 술래잡기를 하고 있던 시모사키가 짧게 울더니 테이블로 다가와 티제의 오른손 손가락을 낼름낼름 핥았다. 그 손으로 새끼용의 머리를 부드럽게 긁어준 뒤 티제는 천천히 고개를 들었다.

"저기……. 키리토 선배, 아스나 님……."

아무 말 없이 고개를 끄덕이는 두 사람에게 티제는 쥐어짜듯 한 마디 한 마디 말했다.

"……저, 정기사 승격은 사퇴하려고 생각해요."

"그건 왜?"

키리토가 직선적인 말과 표정으로 물었다. 수검학원에서 처음 만났을 때와 조금도 달라진 게 없는, 강하면서도 부드러운 느낌의 검은 눈동자에 이끌린 듯이 티제는 최근 계속 마음속에 끌어안고 있던 문제를 드디어 털어놓았다.

"……제가 황제의 별장을 조사하려고 한 건……, 거기에 유령이 나온다는 소문 때문이었어요. 만약 유령이 존재한다고 하면……. 언젠가 다시 한 번 유지오 선배를 만날 수 있을지 모른다고, 그렇게 생각한 거죠. 제가 사적인 감정을 우선시한 탓에 로니에와 츠키가케, 시모사키를 위험에 빠트렸어요.

그런 저에게……, 정기사가 될 자격은 없어요."

티제의 마지막 말은 무척이나 떨렸고, 말을 마치는 것과 동시에 단풍색 눈동자에서 눈물이 한 방울 굴러 떨어졌다.

로니에에게도 친구에게 하고 싶은 말이 많았지만 지금 티제의 감정을 받아주는 것은 키리토의 역할이었다.

"…………만나고 싶겠지."

부드러운 그렇지만 아주 조금 무엇인가를 참는 듯한 목소리로 키리토가 말했다. 티제가 번쩍 고개를 들어 젖은 두 눈으로 키리토를 쳐다보았다.

"나도 유지오를 만나고 싶어서, 만나고 싶어서 견딜 수 없을 때가 있어. 혼자 있으면 어느새 그 녀석이 했던 말이며 웃는 얼굴이 떠오르지. 그리고……, 확실히 이쪽 세계에서는 죽은 사람의 목소리를 듣는 방법이 없는 건 아니야. 인간의 기억은 소중히 여기던 물건이나 좋아하던 장소에 스며드니까, 그것을 이용해 술식으로 유사한 영혼을 불러내는 일도 불가능하지는 않아……."

키리토의 말에 티제가 움찔 하고 몸을 떨었다. 티제는 두 손을 가슴 앞에 모으더니 짜내는 듯한 목소리로 물었다.

"그럼……, 그렇다면 만날 수 있는 건가요? 다시 한 번 유지오 선배를……."

그 말을 듣고 키리토는 잠깐 두 눈을 감은 뒤, 천천히 고개를 저었다.

"……만약 어떤 술식으로 유지오의 목소리를 듣는 일이 이루어진다 하더라도 그게 진짜 유지오라고는 할 수 없어. 미니언으로 되살아난 황제가 진짜 황제가 아니었던 것처럼……. 이 곳의 5층 위, 커시드럴 최상층에서 유지오는 최고사제와 싸우다 죽었어. 그 녀석의 영혼은 신서사이즈 의식으로 빼앗겼던 어린 시절 앨리스의 영혼과 함께 아주 먼 곳으로 여행을 떠난 거야. 그 뒤에도 검에 깃든 유지오의 기억이 몇 번이나 나를 구해주었지만……, 황제 벡터와의 전투에서 그것도 다하고 말았지……."

키리토의 말은 위로의 마음으로 가득했지만, 동시에 잔혹한 것이기도 했다. 티제는 천천히 어깨를 떨어뜨리며 작게 중얼거렸다.

"그럼……, 이제 선배의 기억은 이 세상 어디에도 남아 있지 않은 거네요……."

"아니, 그렇지는 않아."

강한 어조로 그렇게 단언하고는 키리토는 오른손을 들어 자신의 가슴에 대었다.

"기억은 여기에 있어. 유지오와 만나고 함께 생활했던 사람 모두의 안에 그 녀석의 기억이 남아 있어. 기억 속의 유지오가 말을 걸어온다면……. 그건, 그것만은 진짜 유지오야."

그 말을 듣고 놀란 듯 숨을 들이켠 티제가 똑같이 오른손을 자신의 가슴에 대었다.

그렇지만 몇 초 뒤, 그 손은 힘없이 무릎으로 떨어졌다.

"…………저는……. 저는, 겨우 한 달하고도 조금 더 유지오 선배의 보좌로 있었어요. 키리토 선배처럼 같이 여행도 하지 못했고 같이 공리교회와 싸우지도 못했어요. 게다가……,

유지오 선배가 교회에 끌려간 원인을 만든 것도 바로 저예요. 저 때문에 선배는 학원에서 사라지게 되었고 그대로 멀리 가 버렸어요……. 그런 저에게 유지오 선배의 목소리가 들릴 리 없어요……!"

두 손을 얼굴에 대고 울기 시작한 티제의 발에 시모사키가 걱정스러운 목소리를 내면서 머리를 비볐다. 츠키가케와 나츠도 그 모습을 나란히 서서 지켜보고 있었다.

"……티제 씨."

울음을 그치지 않는 티제에게 아스나가 조용한 목소리로 말을 걸었다.

"나도 리얼월드에서 소중한 사람을 잃은 적이 있어. 나보다 연상이었지만 무척이나, 무척이나 강하고 항상 밝게 웃었던 언니처럼 생각한 사람이었어. 같이 지낸 시간은 무척 짧았지만……, 그래도 이계전쟁 당시 그녀는 나를 도와주었어. 지금도 기억 속에는 많은 그녀가 있어. 소중한 것은 시간의 길이가 아니야……. 게다가 유지오 씨는 티제 씨 일행을 구하기 위해 행동한 거니까, 그것을 안타까워 한 적은 한 번도 없었을 거야."

입을 연 아스나가 왼손을 뻗어 티제의 등을 부드럽게 어루만지자 울음소리는 조금씩 잦아들었다.

그래도 얼굴에서 두 손을 떼지 않는 티제 정면에서 다시 키리토가 입을 열었다.

"티제. 혹시 정기사로 승격하지 않더라도 검은 교환할 거지?"

갑작스러운 질문이었지만 잠시 뒤 티제는 간신히 손을 내리고 엉망이 된 얼굴로 끄덕였다.

"……네. 별장에서는 제가 아직 제식검을 사용한 탓에 로니에만 싸워야 했으니까요……."

"그렇다면 평소에 사용할 검은 무구고에서 새로 고르는 걸로 하고……, 이것도 맡아주었으면 해."

그렇게 말하고 키리토는 근처 화단에 세워놓았던 꾸러미를 들어올렸다.

하얀 천 안에서 나타난 것은 얼음처럼 푸르고 투명한 칼밑에 장미가 새겨진, 무척이나 아름다운 한 자루의 장검이었다. 그것을 본 순간, 티제의 눈은 크게 벌어졌다.

"아……, 청장미검……?!"

키리토가 테이블 중앙에 놓은 것은 분명 청장미검――과거 유지오의 애검이었고 그가 죽은 뒤에는 키리토가 가지고 있던 최고급 신기였다.

"하, 하지만, 그건, 키리토 선배의……."

티제가 계속 고개를 저었다. 받을 수 없다는 마음은 로니에도 이해가 되었다.

최고사제와의 전투부터 이계전쟁 종반까지 오랜 시간 마음을 닫고 있었던 키리토는, 말을 하지도 걷지도 못했지만 밤하늘검과 청장미검만은 결코 손에서 놓으려고 하지 않았던 것이다. 그러나 키리토는 미소를 지으며 강한 의지가 묻어 나오는 목소리로 말했다.

"이건 티제가 가지고 있었으면 해. 지금은 아직 장비 권한이 부족해 휘두르는 건 어렵겠지만 손질을 하는 정도라면 가능할 테니까……. 소중하게 닦고 있으면 언젠가 틀림없이 티제에게도 유지오의 목소리가 들릴 거야. 그 목소리만은 절대 가짜가 아니야. 술식으로 이끌어낸 것이 아니라 기억 속에서 전달된 목소리니까……. 자."

키리토의 재촉에 티제는 쭈뼛거리며 두 손을 뻗어 하얀 가죽 칼집에 든 장검을 받았다.

현재 티제의 무구장비 권한은 로니에와 같은 40. 한편 청장미검의 우선도는 분명 45였다. 숫자가 5나 다르면 대장장이나 세공사 천직이 아닌 이상 보통은 드는 일도 어려웠다.

유지오와 키리토는 수검학원에 입학하면서부터 신기인 이 검을 자유자재로 다루었다. 그 말은 무구권한 장비가 상위 기사급인 45에 달해 있었다는 뜻이다. 그렇게 생각하면 두 사람이 센트럴 커시드럴에서 듀솔버트나 파나티오와 같은 기사들과 호각 이상으로 싸웠다는 이야기에도 고개가 끄덕여졌지만, 항상 키리토가 말한 것처럼 강하다는 건 숫자만으로 나타낼 수 있는 게 아니었다.

티제는 일어서서 두 발을 벌리고 길게 숨을 내쉬었다. 같은 시간을 들여 숨을 들이마신 뒤 멈추고——청장미검을 조금씩 신중하게 들어 올렸다.

신기는 티제의 손을 거부하지 않고 가슴에 안겼다. 두 손으로 검을 꼭 안고 손잡이에 자신의 뺨을 가져다 댄 티제가 희미하게 눈물 자국이 남은 얼굴에 미소를 띠며 말했다.

"……키리토 선배. 소중한 청장미검은 제가 맡을게요. 매일 열심히 손질하고 진지하게 수련해서……, 언젠가 이 검을 휘두를 수 있을 만큼 강한 상위 기사가 될게요!"

"……응."

키리토와 아스나가 동시에 고개를 끄덕였고 로니에는 어느 사이엔가 자신의 두 눈에도 번진 눈물을 눈을 깜빡여 떨어뜨렸다.

유지오에 대한 감정과 렌리로부터 받은 구혼. 그것에 티제가 답을 찾기 위해서는 아직도 긴 시간이 필요할 것이다. 하지만 조금씩……, 한 걸음씩 나가야만 한다. 지금까지 두 사람이 그래 왔던 것처럼.

정원을 산들바람이 지나가며 오후 두 시를 알리는 종이 상쾌하게 울려 퍼졌다.

"이런……, 슬슬 시간이 됐군."

갑자기 키리토가 그렇게 말하더니 남아 있는 사과 파이를 단숨에 입 안으로 밀어 넣었다. 나무 열매를 좋아하는 나츠처럼 부풀어 오른 뺨을 열심히 움직이며 파이를 먹는 키리토에게 아스나가 물었다.

"시간이라니, 무슨?"

"모두, 정문을 봐줘."

시키는 대로 통로를 이동해——신기를 안고 있는 티제는 발걸음이 물리적으로 무거워 보였지만——남쪽 회랑에서 커시드럴 앞정원을 내려다보았다.

평소에는 닫혀 있던 문이 활짝 열려 있었고, 마침 그곳을 통해 대형 4두 마차가 들어오고 있었다.

"와아, 엄청 큰 마차네……."

티제의 말에 로니에도 고개를 갸우뚱거렸다.

"누가 탄 걸까……?"

"이런이런, 며칠 전 회의 때 보고가 있었잖아."

크림이 묻은 얼굴에 씨익 미소를 띠우며 키리토가 말했다.

"이번 달에 들어오는 수습 신성술사들이야."

"아…………!"

그러고 보니 확실히 그런 의제가 있었다. 검은 황제 소동으로 완전히 잊어버리고 있었지만, 그 말대로라면 지금 저 마차에는…….

"……프레니카!"

동시에 소리친 로니에와 티제는 키리토와 아스나의 얼굴을 번갈아 바라보았다.

"저, 저기, 선배. 저희들……."

"그래, 마중하러 갈 거지? 청장미검은 나중에 방으로 보내줄게."

"죄……, 죄송합니다. 잘 부탁드리겠습니다!"

사실은 잠시라도 놓고 싶지 않겠지만 신기를 든 채로는 달릴 수 없었다. 키리토에게 검을 맡긴 티제와 함께 가장 빠른 속도로 머리를 숙였다.

"아스나 님, 파이와 차 잘 먹었습니다! 그럼 실례하겠습니다!"

"잘 다녀와."

방긋 웃으며 손을 흔드는 아스나 앞을 지나 내려가는 계단으로 향하는 두 사람 뒤에서——.

"그럼 나도 세르카를 마중하러 갔다 올게."

하는 목소리가 들렸다. 급히 멈춰 돌아보니 청장미검을 오른손에 든 키리토가 회랑에서 허공으로 휘익 날아오르고 있었다.

"앗, 잠깐 키리토 군! 나도 데리고 가!"

아스나가 소리치며 뒤따라 도약했다. 대표검사와 부대표검사가 순식간에 모습을 감추는 것을 보고 로니에와 티제는 다시 얼굴을 마주 보고 쿡쿡 하고 웃었다.

"자, 츠키가케, 시모사키, 나츠도 가야지!"

다시 몸을 돌려 이름을 부르자 새끼용들은 "꾸루룩!" 하고 대답했고 생쥐는 츠키가케의 등에 올라탔다.

두 사람과 세 마리는, 이른 봄 꽃이 흐드러지게 피어 있는 망루를 힘차게 달리기 시작했다.

(마침)

후기

소드 아트 온라인 20 『문 크레이들』을 읽어주셔서 대단히 감사합니다!

19권과 부제가 같습니다만 이는 실수나 게을러서가 아니라 1, 2권(아인크라드)과 3, 4권(페어리 댄스) 때처럼 이어지는 타이틀이기 때문입니다. 이 두 권으로 문 크레이들 이야기는 일단 완결……입니다만, 아직 사건이 완전히 해결되었다고는 할 수 없겠네요……. 사건의 진짜 흑막은 누구인지, 붉은 보석은 무엇인지 등 많은 수수께끼가 남고 말았지만 키리토 일행과 검은 황제단의 싸움은 앞으로 백 년 이상이나 계속되고 최종적으로는 우주괴수 어비설 호러(18권 마지막에 등장)와의 결전으로 이어질 예정입니다만, 거기까지 쓰려면 과연 몇 권이나 필요할지……(무섭). 하지만 이번 두 권에서 적어도 티제와 로니에의 감정에 대해서만큼은 대답을 내어놓으려고 했습니다만 그것도 조금 어중간해지고 말았습니다. 티제는 조만간 청장미검을 통해 유지오의 목소리를 들을 수 있으리라 생각하지만 로니에는……, 어떻게 될까요……. 후손인 로랑네이가 있는 이상 언젠가 아이를 낳겠지만 지금의 그녀를 보면 키리토에 대한 감정을 정리하고 다른 누군가와 결혼하는 미래는 도무지 상상이 가지 않습니다. 단지 이제 곧 정기사에 서임할 예정인 로니에는 앞으로도 더욱 더 강해질 것이므로 누군가가 답을 주지 않아도 언젠가 반드시 스스로 대답을 찾을 거라 생각합니다.

언더월드의 이야기는 이번 20권에서 일단락되고, 21권부터는 무대를 현실세계로 돌려 통치자가 아닌 고등학생 신분인 키리토와 아스나의 새로운 이야기가 시작될 예정입니다. 저도 아직 어떤 이야기가 될지 어렴풋이 상상만 하고 있는 단계입니다만 그렇게 멀지 않은 시간 내에 보여드리려고 생각하고 있으므로, 새로운 장도 부디 응원 부탁드립니다. 매번 독자 여러분을 기다리게끔 만드는 프로그레시브도 열심히 하겠습니다!

이번 권이 발행하는 날로부터 약 2주일 뒤인 9월 27일에는 극장판 BD&DVD도 발매됩니다. 상영 당시 그렇게나 하이 퀄리티였던 영상에 다수의 리테이크가 들어갔다는 소문입니다……! 저도 '코디얼 코드'라는 타이틀로 후일담이 되는 이야기를 썼습니다. 극장 특전이었던 '호프풀 챈트'를 읽지 않으셨어도(읽으셨다면 한층 더) 재미있게 즐기실 수 있을 거라 생각하므로 꼭 손에 들어주셨으면 합니다.

그 특전과 이번 권이 동시 진행되면서 많은 수고를 해주신 abec 씨, 점점 더 진화하는 아름답고 박력 넘치는 일러스트 정말 감사합니다. 사장 업무와 편집 업무를 겸해 언제 주무시는지가 수수께끼인 미키 씨와 서브 담당인 츠치야 씨, 아다치 씨에게도 정말 많은 신세를 졌습니다. 독자 여러분도 드디어 미지의 존으로 들어가는 SAO를 잘 부탁드리겠습니다.

2017년 7월 모일 카와하라 레키

NOVEL

SWORD ART ONLINE_소드 아트 온라인 20
〈문 크레이들〉

2018년 4월 25일 제1판 제1쇄 인쇄
2018년 4월 30일 제1판 제1쇄 발행

지음 | 카와하라 레키
일러스트 | abec
옮김 | 김준

발행인 | 오태엽
편집팀장 | 김충영
편집담당 | 오진범
일본어판 오리지널 디자인 | BEE-PEE
한국어판 디자인 | Design Plus
라이츠사업팀 | 이은선, 조은지, 이선
출판영업팀 | 안영배, 경주현, 임종현
제작담당 | 박석주

발행처 | (주)서울미디어코믹스
등록일 | 2018년 3월 12일
등록번호 | 제 2018-000021
주소 | 서울특별시 용산구 새창로 221-19(한강로2가)
전화 | (02)799-9181(편집), (02)791-0752(마케팅)
팩스 | (02)799-9334(편집)
인쇄처 | 코리아 피앤피

ISBN 979-11-89126-16-2
ISBN 979-11-89126-15-5 (세트)

새로운 출발을 함께하는 제이노블 시리즈—!!
J—NOVEL 4월 인기 발행작—!!

환수조사원 1권

초판한정 **스탠드 거치용 양면 일러스트 카드** 증정!!

아야사토 케이시 지음 / **lack** 일러스트 / **이엽** 옮김

마을을 습격해도 사람은 죽이지 않는 와이번의 속마음은.
노인이 연루된 캐트시(고양이 요정)의 재판 결과는.
날카로운 울음소리가 울려 퍼지는 마을에서 소녀들을 잡아먹는 짐승의 정체는——.
독자적인 생태계와 초자연의 힘을 가진 생물, 환수.
수수께끼에 싸인 존재인 그들과 인간의 충돌이 늘어나자 국가는 환수를 조사하고 때로는 퇴치하는 전문가를 지정했다.
그중 한 사람인 조사원 페리는 '인간과 환수의 공존'을 꿈꾸며 세계에서 유일한 환수서를 완성하기 위해 여행을 계속한다.

인간과 환수의 관계가 만들어내는 잔혹하고 다정한 환수 이야기.

즉사 치트가 너무 최강이라 이세계 녀석들이 전혀 상대가 되지 않습니다만. 4권

초판한정 **스탠드 거치용 양면 일러스트 카드** 증정!!

후지타카 츠요시 지음 / **나루세 치사토** 일러스트 / **권미량** 옮김

타카토 요기리와 단노우라 토모치카는 돌연 이세계로 소환되었다.
소환되자마자 두 사람은 '무능력자'로 분류, 같이 소환된 반 아이들에게 버림을 받았는데, 사실 요기리는 원래 특수한 '즉사 능력'을 가지고 있었고 토모치카도 단노우라류라는 고대 무술의 달인이었다.
그 힘으로 많은 위기를 넘기고 왕도에서 반 아이들과 합류한 요기리와 토모치카는 상황이 특수했다며 그들을 용서하지만 두 사람과 마찬가지로 버림받은 결과, 한 번 죽은 후에 드래곤의 힘을 얻어 부활한 시노자키 아야카는 복수를 시작한다. 게다가 그들을 소환한 장본인인 현자 시온이 다시 그들 앞에 나타나면서 **두 사람을 둘러싼 상황은 점점 더 혼란스러워져 가는데——.**

걸리 에어포스 1권

초판한정 **스페셜 책갈피** 증정!!

나츠미 코지 지음 / **토사카 아사기** 일러스트 / **권미량** 옮김

어느 날 갑자기 인류 앞에 나타난 수수께끼의 비행체, 자이. 재난을 의미하는 그 존재는 경이로운 전투력으로 모든 항공 전력을 압도했다.
그들에게 대항하기 위해 기존 기체에 특수 튜닝을 해서 이차원의 고기동(高機動)을 가능하게 만든 도터라는 병기가 개발된다. 그리고 그를 조종하는 것은 아니마라는 조종기구. 그것은——소녀의 모습을 하고 있었다.
파일럿이었던 어머니를 자이에게 잃은 소년, 나루타니 케이가 만난 건 진홍빛으로 빛나는 스웨덴제 전투기, 그리고 그것을 조종하는 아니마, 그리펜이었다.

인류의 마지막 희망이지만 움직임이 불안정한 그리펜과
하늘을 동경하는 소년의 길고 뜨거운 이야기가 시작된다.

더 브레이커 3권 -공허한 신은 세상을 미치게 한다-

초판한정 **책갈피** 증정!!

우즈키 야기 지음 / **니리츠** 일러스트 / **이신** 옮김

체험 학습을 즐기던 요다이 고등학교의 학생들 150명 이상이 한꺼번에 납치되는 사건이 일어난다. 범인은, 무장한 수많은 신도를 이끄는 여우 가면의 소녀.
"제 이름은 '우로가미'. 인간의 미래를 짊어진 신입니다."
그렇게 말한, 여우 가면을 쓴 그녀는 바로 흉악한 테러 계획을 비밀리에 진행하고 있는 수수께끼의 사교 집단 흑양종의 교주. CIRO(내각 정보 수사국)도 주목하고 있던 수수께끼의 인물이었다.
납치된 학생들. 그리고 그 속에 있는 카나타와 리세도 어쩔 수 없이 테러에 가담하기를 강요당하는데……. 카나타와 신의 대결은, 어떤 결말에 다다를 것인가?

스릴 넘치는 전개로 긴장감이 끊이지 않는,
인기 서스펜스 시리즈 제3탄!!

다나카 나이[이퀄]=여친 없는 역사인 마법사 5권

초판한정 **스탠드 거치용 양면 일러스트 카드** 증정!!

분코로리 지음 / **M다 S타로** 일러스트 / **이경인** 옮김

우연히 발견한 전송장치 탓에 암흑대륙으로 날아가버린 다나카. 아무래도 돌아갈 수는 없는 모양이다. 오고 말았으니 어쩔 수 없다며 전부터 언젠가 채집하러 올 예정이었던 젊어지는 약의 재료, 그린 실프의 날개를 채집하려고 나선다. 그러나 그곳은 이 세계에서 가장 흉악한 몬스터가 서식하는 땅. 아무리 다나카라 해도 그리 간단하게는——역시 파이어 볼은 최강이었습니다…….

갈색 쿨 로리의 등장으로 한층 더 불타오르는
이세계 동정 망상 무쌍 제5권!

[코믹] 다나카 나이[이퀄]=여친 없는 역사인 마법사 2권

(《[코믹] 다나카》는 19세 미만 구독불가 도서입니다.)

토키타 몬타 만화 / **분코로리** 원작 / **M다 S타로** 캐릭터 원안

신의 도움으로 이세계로 전생한 추남 다나카 아저씨. 그는 회복마법 치트를 부여받아 모험가로서 살고 있었다.
돈도 벌고, 꿈꿔왔던 마이 홈도 손에 넣었는데……. 느닷없이 막대한 세금을 청구당하는 바람에 절체절명의 위기?!
세금을 내기 위해 찾은 해결책은 왕국의 공주님이 걸렸다는 난치병 치료제를 만드는 일이었다.
놀랍게도 그 약의 재료로는 흉악한 레드 드래곤의 간이 필요하다는데——.

「나로우콘 대상」 수상의 문제작, 설마했던 만화화 제2탄!

※여동생을 귀여워하는 것도 중요한 업무입니다.

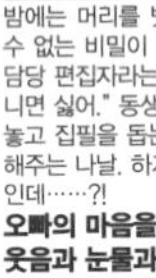

초판한정 **스페셜 책갈피&포스터** 증정!!

야요이 시로 지음 / **Hiten** 일러스트 / **유유리** 옮김

미즈키 히로에게는 '이 녀석을 위해서라면 죽어도 좋다'고까지 생각하는 여동생, 이이바가 있다. 아침이면 둘이 함께 밥을 먹고 각각 출근과 등교를 한다. 아무리 야근 지옥이 펼쳐져도 미소 짓는 이이바의 "다녀왔어?" 한마디에 구원받고, 집에 일찍 돌아온 날 밤에는 머리를 빗겨주기도 한다. ——그러나 미즈키 남매에게는 누구에게도 말할 수 없는 비밀이 있었으니. 그것은 이이바가 (안 팔리는) 라이트노벨 작가, 히로는 그 담당 편집자라는 것! "이대로는 담당 편집자가 교체될지도 모르는걸. 난 오빠가 아니면 싫어." 동생을 인기 작가로 만들기 위해 히로는 오늘도 이이바를 무릎에 앉혀 놓고 집필을 돕는다. 때로는 머리를 쓰다듬으며 칭찬해주고 욕실에서 서로를 힐링해주는 나날. 하지만 이이바가 쓰는 건 이상한 방향으로 달리는 황당무계한 소설뿐인데……?!

오빠의 마음을 지닌 모든 이는 필독!
웃음과 눈물과 감동의 열혈 창작 여동생 러브코미디 개막!!

소드 아트 온라인 20권 -문 크레이들-

초판한정 **책갈피** 증정!!

카와하라 레키 지음 / **abec** 일러스트 / **김준** 옮김

산 고블린족 오로이에 의해 인계인 야젠 노인이 살해되었다. 《금기목록》과 《힘의 규약》에 묶여 있는 언더월드의 주민에게는 결코 일어날 수 없는 사건이 발생한 것이다. 그러나 그것은 인계와 암흑계에 다시 전란을 일으키려고 하는 《진범》의 모략이었다.
진상을 파헤치던 키리토는 암흑계군의 총사령관 이스칸의 도움을 받지만 범인으로 추정되는 《검은 로브의 남자》를 아슬아슬하게 놓치고 만다.
조사가 난항을 거듭하는 가운데 아스나는 살해 현장인 숙박소에서 《과거시술(過去視術)》의 영창을 하자 의외의 영상이 떠오르는데…… .
그리고 수습 정합기사 로니에와 티제에게 《진범》의 독니가 덮쳐온다——!

《문 크레이들》 편, 완결!

[소드 아트 온라인] 20권
트럼프 바인더 한정판 동시 발매!!